D0823463

À l'encre russe

Du même auteur

Aux Éditions Héloïse d'Ormesson

Rose, 2011. Le Livre de Poche, 2012.
Le Voisin, 2010. Le Livre de Poche, 2011.
Boomerang, 2009. Le Livre de Poche, 2010.
La Mémoire des murs, 2008. Le Livre de Poche, 2010.
Elle s'appelait Sarah, 2007. Le Livre de Poche, 2008.

Aux Éditions Le Livre de Poche

Spirales, 2013.
Le Cœur d'une autre, 2011.
Moka, 2009.

Aux Éditions Fayard

L'Appartement témoin, 1992. J'ai Lu, 2010.

À paraître :

Amsterdamnation, Le Livre de Poche.

www.tatianaderosnay.com

Tatiana de Rosnay

À l'encre russe

Éditions Héloïse d'Ormesson

Roman *traduit de l'anglais*
par Raymond Clarinard

Titre du manuscrit original :
Russian Ink

© 2013, Éditions Héloïse d'Ormesson

Pour la traduction française :
© 2013, Éditions Héloïse d'Ormesson

www.editions-heloisedormesson.com

ISBN 978-2-35087-215-5

Ce livre est pour Héloïse et Gilles (ils savent pourquoi).

Et pour Sarah Hirsch (elle sait pourquoi, aussi).

In memoriam
Ma grand-mère, Natacha Koltchine de Rosnay
(Saint-Pétersbourg, 1914 – Sens, 2005)

Mon oncle, Arnaud de Rosnay
(Paris, 1946 – détroit de Formose, 1984)

Oubliez les livres que vous voulez écrire, ne pensez qu'à celui que vous êtes en train d'écrire.

Henry Miller

Il ne faut pas écrire parce que l'on veut dire quelque chose, mais parce que l'on a quelque chose à dire.

F. Scott Fitzgerald

Vendredi 15 juillet 2011

Tout n'est qu'injustice et vanité.

William Thackeray

À SON ARRIVÉE AU GALLO NERO, Nicolas n'eut pas l'impression de descendre à l'hôtel, mais plutôt de pénétrer dans une grande et belle demeure ocre, au toit carmin et aux volets verts. Des Lamborghini, des Ferrari, des Porsche et des Jaguar étaient garées un peu à l'écart. Il grimpa une volée de marches et la porte s'ouvrit. Une femme élancée en tailleur noir susurra son nom comme une mélodie. Elle les introduisit, Malvina et lui, dans un salon qui n'avait rien d'une réception, mais qui ressemblait plus à l'entrée accueillante d'une maison d'amis : le sol dallé, les solives au plafond, la cheminée de pierre surmontée d'un tableau représentant un coq noir, de profonds canapés blancs rehaussés de coussins aux couleurs vives, quelques plantes, des tables basses couvertes de livres et de revues. Au-delà des baies vitrées s'ouvrait une terrasse éclairée à la chandelle, d'où lui parvinrent des murmures de voix, de rires, le tintement des glaçons dans les verres, les arpèges d'un piano qui jouait *The Girl from Ipanema*. Le Gallo Nero fleurait bon la cannelle et le soleil, le citron et la lavande, mais surtout, respirait le plaisir et l'argent.

Deux semaines plus tôt, à Paris, par une journée caniculaire du début juillet, Frédérique, une jolie journaliste aux yeux bleus et au large sourire, qui officiait pour un magazine de luxe, lui avait glissé à l'occasion d'un déjeuner à la Cigale Récamier : « Nicolas, il faut absolument que vous alliez au Gallo Nero. » Et d'ajouter que c'était l'endroit rêvé pour une escapade dorée. Le nom était facile à retenir. Le Coq noir. Il s'était renseigné. Un hôtel très sélect. De ceux où ne se retrouvent que de rares élus. Perché sur une petite île de la côte toscane, il disposait d'une plage de rochers privée, à laquelle on accédait par un ascenseur à la James Bond, à flanc de falaise. Son chef était réputé, tout comme ses courts de tennis en terre battue et sa piscine d'eau de mer à débordement. Les tarifs étaient vertigineux. Mais c'était tentant. Il mourait d'envie de fuir la touffeur de l'été parisien. Et il n'était pas revenu sur la côte italienne depuis 2003, depuis ce voyage avec François, son meilleur ami. Il appela le Gallo Nero, une voix condescendante lui répondit : « Désolé, *Signor*, nous sommes complets à ces dates. Il faut réserver des mois à l'avance. » Il marmonna deux mots d'excuse, puis reprit : « Je peux vous laisser mon nom et mes coordonnées, au cas où une chambre se libérerait ? C'est l'anniversaire de ma fiancée, et… eh bien… » Soupir à l'autre bout du fil. Qu'il interpréta comme un oui, aussi précisa-t-il : « Nicolas Kolt. » Avant même d'avoir pu donner son numéro, il entendit comme un gémissement contenu. « Pardon ? s'étrangla la voix. Vous avez dit Nicolas Kolt ? » Il commençait à en avoir l'habitude, mais c'était toujours aussi agréable. « L'écrivain ? L'auteur de *L'Enveloppe* ? *Signor*, vous auriez dû vous présenter, nous avons, bien entendu, une chambre pour vous, une de nos plus belles, en fait, avec une vue imprenable sur le Monte Argentario. Redites-moi, quand pensiez-vous venir, *Signor* Kolt ? »

Il débarqua tard dans la soirée du jeudi, une Malvina épuisée sur les talons, à l'issue d'un long périple, un vol Paris-Charles-de-Gaulle – Rome-Fiumicino, où un chauffeur attendait de les conduire jusqu'au littoral. Ce vendredi matin, Malvina dort encore dans leur grand lit. La chambre est d'un raffinement poussé à l'extrême : un camaïeu de grège et sable courant des tentures aux parures de lit, de délicates aquarelles de villages italiens, quelques roses de jardin, des coupelles de figues et de raisin, sans oublier l'enveloppe contenant les vœux de bienvenue personnalisés du *dottore* Otto Gheza, le directeur de l'hôtel.

Nicolas se lève tôt, en prenant soin de ne pas réveiller Malvina, et jette un coup d'œil au balcon, avec ses deux méridiennes, sa table en teck, ses lauriers en pot de grès. Il enfile son maillot de bain, ainsi que le peignoir moelleux suspendu à la porte du vestibule. Puis il descend prendre son petit déjeuner sur la terrasse, empochant un Moleskine noir et un stylo-plume Montblanc.

Il ne peut s'empêcher de remarquer que tout le personnel, de la femme de chambre à la serveuse préposée à l'eau minérale, semble connaître son nom. Ils le connaissent et le prononcent comme il faut, à la russe, avec un « o » fermé, comme s'ils savaient qu'il s'agissait d'une abréviation de Koltchine. Ils lui sourient, d'un sourire simple et franc, sans obséquiosité ni vaine courbette.

Pendant le vol, il avait expliqué à Malvina que le Gallo Nero disposait de peu de chambres, une vingtaine tout au plus. L'établissement fermait en hiver, mais affichait complet d'avril à septembre. Il lui raconta la légende du Gallo Nero, découverte sur le site : un lieu unique, fruit de l'imagination d'un pilote américain et d'une héritière romaine qui étaient tombés amoureux et avaient fait construire cette villa surplombant la mer dans les années soixante. Trente ans plus tard, comme ils n'avaient pas d'enfants, ils vendirent la propriété à un riche Italien qui la transforma en hôtel. Nicolas s'y attendait, Malvina trouva l'histoire follement romantique.

Le buffet du petit déjeuner est dressé sous de grands dais carrés. Il n'y a presque pas de bruit. Tout juste le chuchotis d'une fontaine, le pépiement d'un oiseau, un avion très haut dans un ciel sans nuages. En dépit de l'heure matinale, plusieurs clients sont déjà attablés. Nicolas est conduit jusqu'à une table qui donne sur la baie. Il s'assied, face à la mer qui scintille, turquoise, tachetée çà et là de yachts, de ferries et de navires de croisière. Un maître d'hôtel lui demande s'il souhaite du thé ou du café, il précise du Lapsang souchong. On lui apporte une lourde théière en fonte cuivrée. Il patiente un instant, s'en verse une tasse. Un homme en costume sombre passe et lui glisse : « Bonne journée, *Signor* Kolt.» Nicolas salue en retour, il s'agit sans doute du directeur de l'hôtel, le Dr Gheza, peut-être aurait-il dû dire quelque chose, se lever. Il sirote une gorgée de thé, savoure son arôme fumé, sort le carnet de sa poche et l'ouvre devant lui, à la première page. Il relit ses dernières notes. Des notes pour ce fichu livre qu'il prétend écrire. Des notes pour donner le change, pour que l'on puisse dire, en toute bonne foi, que Nicolas Kolt travaille sur son nouveau roman, celui qu'ils attendent tous, le suivant, oui, celui-là même. Des notes pour qu'Alice Dor, son éditrice et agent française, et Dita Dallard, son attachée de presse, respirent un grand coup. Tout comme sa mère, Emma Duhamel, née Van der Vleuten, sa compagne Malvina Voss, Delphine Valette – son ex – et sa fille Gaïa Garnier, Elvire Duhamel et Roxane Van der Vleuten, ses tantes. Des notes aussi pour Lara Martinvast, sa meilleure amie, Isabelle Pinson, sa banquière, Corinne Beyer, sa conseillère financière… Pour Agneta Sandström, son éditrice suédoise, Carla Marsh, son éditrice américaine, Marije van Rietschoten, son éditrice néerlandaise, Alina Vilallonga, son éditrice espagnole, et ainsi de suite… Pour rassurer toutes ces femmes qui l'entourent et veillent fébrilement sur lui, dans le monde de l'édition et ailleurs. Nicolas écrit son nouveau roman. Regardez-le, occupé à griffonner, le stylo fiévreux. Si elles savaient, toutes autant qu'elles sont, que son carnet ne renferme que des gribouillages épars, des phrases incohérentes, des idées jetées en vrac, des mots enfilés à la va-vite.

Nicolas repense à la facilité de son travail sur L'Enveloppe. Il est assailli de remords. Ce roman-là, il l'a écrit quatre ans plus tôt, sur une table branlante dans la cuisine de Delphine, rue Pernety, avec Gaïa qui babillait d'un côté, la bouilloire qui sifflait de l'autre, tandis que Delphine téléphonait à sa mère ou au père de Gaïa. Rien ni personne n'aurait pu empêcher les mots de jaillir, de déferler avec passion, colère, peur et délice. Pas un instant son inspiration ne s'est tarie. Combien de fois s'est-il confié à la presse? Apparemment, les journalistes ne se lassaient pas. L'inspiration vous est-elle vraiment venue après le renouvellement de votre passeport? lui demandaient-ils aujourd'hui encore. Comment Nicolas pourrait-il leur avouer qu'il n'y avait pas de nouveau livre, parce qu'il n'en prenait pas le temps, qu'il préférait se complaire sous les projecteurs, se délecter de l'adulation sans faille de ses lecteurs?

À sa gauche, un couple grave et silencieux. Nicolas les observe. Il aime regarder les gens, leurs visages, leurs tenues, leurs montres. Depuis toujours, il se passionne pour les montres. Et maintenant, avec cette gloire récente et la fortune qui en découle, il remarque aussi les griffes, les logos, les créations de grand couturier, les chaussures de marque, les accessoires de luxe, une tendance qui exaspérait son ex, Delphine. À l'époque pénible de leur rupture, elle lui reprochait sans cesse combien il avait changé, à quel point il était devenu superficiel.

L'homme lit, la femme est absorbée dans la contemplation de ses ongles. Des Français, suppose-t-il. La cinquantaine. Lui est mince, très bronzé, le cheveu qui se raréfie – ce qui le contrarie assurément. À son poignet, une Breguet. Polo bleu marine piqué d'un crocodile. Madame a adopté les mèches des femmes de son âge. Blonde ménopausée. Robe chemisier vert amande. Il se demande s'ils ont fait l'amour récemment. À la crispation qu'il décèle autour de ses lèvres, elle ne doit pas jouir souvent. Et certainement pas avec son mari, vu comme elle se détourne de lui. Il mâchonne des céréales en buvant son café, elle picore une salade de fruits. Un instant, elle délaisse sa manucure pour regarder la mer. Son visage se pare d'une certaine mélancolie. Elle a dû être jolie, autrefois.

À sa droite, un autre couple, plus jeune. Elle a la trentaine. Le type méditerranéen, le teint bistre, les épaules rondes, la crinière rebelle, indomptable même. Lunettes noires, marque italienne. Son compagnon est grassouillet, velu, la cigarette vissée au coin du bec. Une Rolex Daytona noire. Sur la table, il a aligné ses trois portables comme des pistolets fumants. Il en prend un, parle fort tout en tirant sur sa cigarette. La femme se lève pour admirer le paysage. Déception, elle a des jambes courtaudes, la cheville épaisse. Elle porte des chaussures à talons compensés, ornées de sangles brillantes, qu'elle doit garder au pied de son lit, et enfiler même pour aller aux toilettes.

Nicolas choisit son petit déjeuner. La carte est abondante et appétissante. Il se décide pour du *birchermüesli*, melon et yaourt. Les Français viennent de quitter leur table. Il espère ne jamais finir comme ça, rongé par l'amertume. Il pense à sa mère, Emma. Revoilà la culpabilité. Il n'est pas passé la voir depuis un moment. Dans un coin de sa tête, il se promet de l'appeler. Tout en avalant son muesli, il imagine sa mère dans son appartement de la rue Rollin, pavée et tranquille, où il a grandi. Les rangées de livres le long du couloir, les journaux qui s'amoncellent dans le bureau, la rumeur lointaine et continue de la circulation rue Monge qui monte par les fenêtres ouvertes, les murs empreints de littérature et de savoir. Sa mère penchée sur une pile de copies, stylo rouge à la main. Ses annotations sûres et rapides sur le papier. Il va l'appeler, aujourd'hui, il le faut, ils bavarderont un peu, il lui proposera une date pour un déjeuner, quelque part entre la signature à Singapour et sa tournée en Scandinavie, et il l'accompagnera dans ce restaurant grec qu'elle aime bien, rue Candolle. Il s'assiéra avec elle, l'écoutera se lamenter sur sa relation à éclipse avec Renaud, un divorcé cyclothymique, sur ses difficultés avec les élèves de philosophie du collège Sévigné. Et comme toujours, il se dira qu'elle ne fait pas ses cinquante-deux ans, belle encore avec ses yeux d'un gris voilé, sa peau blanche qui s'empourpre quand elle est en colère, sa mère, et son accent belge qu'elle n'a jamais perdu en trente ans de vie à Paris. Seule depuis la mort de son père, dix-huit ans plus tôt. Nicolas est leur fils unique. Elle a vu défiler les amants, et quelques compagnons malencontreux, mais elle vit toujours seule, en dépit de sa liaison. Il fait peu de doute qu'au cours de ce repas, au-dessus d'une moussaka, elle le fixera de son regard de brume et lui demandera : « J'espère que tout ça ne t'a pas trop changé ? » Et en disant « tout ça », elle aura un de ses gestes gracieux, dessinant des bulles dans l'air. Nicolas sait qu'elle revoit régulièrement son ex, Delphine, qui vient déjeuner ou prendre le thé chez elle avec Gaïa, sa fille de treize ans, cette petite Gaïa qu'il a vue grandir ces cinq dernières années. Il sait qu'elles s'assoient dans la cuisine d'Emma et qu'elles parlent de lui. Et elles disent qu'il a changé. Oui, « tout ça » l'a changé. Comment aurait-il pu en être autrement ?

Soudain, Malvina surgit à la table du petit déjeuner. Le visage bouffi de sommeil, la marque des draps sur les joues comme des rides qui la vieillissent. Elle est étrangement pâle.

« Joyeux anniversaire, lui dit-il. Vingt-deux ans ! »

Elle lui sourit, il lui ébouriffe les cheveux, lui demande si elle veut du jus d'orange, du thé, un muffin. Elle acquiesce. Il retourne au buffet. Le bonhomme velu est toujours au téléphone, il agite son index boudiné. La brune aux jambes courtes a disparu. Nicolas et Malvina prennent leur premier petit déjeuner au Gallo Nero, tranquillement. Ils ne parlent pas, mais se tiennent par la main. Nicolas savoure le fait que les yeux de sa compagne s'accordent avec la couleur de la mer derrière elle.

Son cadeau d'anniversaire est en haut, dans leur chambre, dans sa valise. Il lui offrira plus tard, ce soir, pendant le dîner. Une montre. Il a eu du mal à la dénicher. C'est en ligne qu'il l'a trouvée, et il a rencontré le vendeur, un Serbe mielleux, au bar du Grand Hôtel Intercontinental, rue Scribe. Pourquoi aimez-vous les montres ? Une question rituelle, qui revient à chaque interview. La première fois, deux ans plus tôt, ça l'avait amusé d'y répondre. La journaliste était une blonde voluptueuse à l'œil acéré. À l'hôtel Ambassade d'Amsterdam, sur Herengracht, il avait enchaîné les rendez-vous, *De Telegraaf, Algemeen Dagblad, De Volkskrant.* Marije, son éditrice, ouvrait de temps à autre la porte du salon privé pour vérifier que tout allait bien. *L'Enveloppe* avait atteint des scores phénoménaux aux Pays-Bas, avant même la sortie du film. La presse était impatiente d'en savoir plus sur ce jeune écrivain français qui avait surpris le monde de l'édition avec un premier roman consacré à un secret de famille.

« Sur toutes vos photos, vous arborez une montre différente. Et parfois, vous en avez une à chaque poignet. Pourquoi? » Et il lui expliqua. Sa première montre, c'était son père qui la lui avait offerte, une Hamilton Khaki, pour ses dix ans. Son père était mort peu après, si bien que cette montre avait désormais la valeur d'une relique. Il ne la portait jamais, mais le simple fait de la serrer dans sa paume faisait apparaître, tel le génie de la lampe, l'image de Théodore Duhamel, dans la gloire de ses trente-trois ans, dominant de son mètre quatre-vingt-dix la cheminée de la rue Rollin, son inévitable cigare serré entre ses doigts. Son père n'ôtait jamais sa DOXA SUB au cadran orange. Nicolas pensait souvent à cette montre, que l'on n'avait pas retrouvée après sa mort. « Parfois, j'en mets deux parce que je n'arrive pas à me décider. Chaque montre raconte une histoire, répondit-il à la journaliste. Qui vous l'a offerte, à quelle occasion. Ou, si vous vous l'êtes achetée, où et comment. Je ne m'intéresse pas aux modèles à la mode, même si je les admire. (Il avait en tête la Rolex qu'il avait offerte à sa mère pour son cinquantième anniversaire, une Oyster Perpetual de 1971 portant la mention "Tiffany and Co", achetée rue de Sèvres, dans une de ses boutiques préférées. Mais il n'en parla pas, il avait appris à se méfier du mot Rolex, surtout en présence d'une journaliste équipée d'une Swatch.) Je préfère les modèles plus rares, usés, patinés d'avoir bourlingué. »

La blonde acquiesça. « Je vois. Comme votre personnage, Margaux Dansor ? Une femme qui a voyagé, vu des tas de choses, mais à qui il reste encore beaucoup à découvrir ? » Habile, constata-t-il, cette façon d'évoquer sa passion pour les montres afin d'aborder Margaux, l'héroïne de son roman. Un homme de vingt-six ans qui avait inventé une femme au foyer de quarante-huit ans, avec brio, en plus. Une de ces héroïnes crédibles, un peu désuètes, un peu folles, mais irrésistibles. Fille, épouse, sœur, mère, la fille d'à côté. Un personnage de fiction qui l'avait rendu célèbre dans le monde entier, incarné plus tard à l'écran par Robin Wright, dans l'adaptation de Toby Bramfield, qui avait valu à l'actrice un oscar en 2010.

Son cadeau plaira-t-il à Malvina ? Il l'étudie tandis qu'elle savoure son muffin. Malvina a la peau mate, elle est mince et parfaitement proportionnée. D'origine métissée, une mère polonaise et un père gallois. Peu bavarde. Tous ses gestes sont maîtrisés. Ils sont ensemble depuis neuf mois. Il l'a rencontrée à Londres, lors d'une signature à l'ambassade de France, à Knightsbridge. Étudiante au Royal College of Arts, elle avait assisté à sa conférence, avait fait dédicacer son livre, avant d'aller dîner avec lui et de finir dans sa chambre au Langham, sur Regent Street. Nicolas se débattait encore dans les séquelles houleuses de sa rupture avec Delphine. Des femmes sans visage s'étaient succédé. Puis, cette créature aux yeux bleus, sombre et silencieuse, avait surgi de nulle part ; elle souriait si rarement et le serrait si fort contre elle pendant l'amour qu'il en était curieusement ému.

Il apprécie qu'elle soit peu loquace. Il n'aurait pas supporté d'être en couple avec un moulin à paroles. Alors qu'elle se ressert un café, il réfléchit à ce qu'il est censé faire ici, au Gallo Nero. Écrire son nouveau livre, bien sûr, mais aussi profiter d'une pause bien méritée après l'année mouvementée qu'il vient de vivre. Combien de voyages? Il en a perdu le compte, il faudrait vérifier dans son calendrier. Des déplacements dans toute la France pour des salons, signatures, rencontres scolaires, universitaires, jurys de prix littéraires, et ensuite, idem à l'étranger, dans une dizaine de pays différents pour les parutions internationales de *L'Enveloppe*. Et enfin, la frénésie supplémentaire, et toute récente, de la sortie du film, l'oscar de Robin Wright, les interviews promotionnelles aux États-Unis, en Europe, et les éditions liées au film, le livre de nouveau au sommet des listes de best-sellers. Il s'est accordé quelques caprices qu'Alice Dor n'avait guère goûtés. Des publicités tape-à-l'œil pour une eau de Cologne, photographiées au large de Naxos sur le pont d'un yacht où il se prélasse langoureusement à demi nu. Celle, en noir et blanc, pour une montre, qu'il retrouve dans toutes les revues. « Était-ce bien nécessaire? s'indignait Alice Dor. Ne me dis pas que tu as encore besoin d'argent. » Non, avec trente millions d'exemplaires vendus dans le monde et un film oscarisé, il n'a pas besoin d'argent. D'ailleurs, Corinne Beyer, sa conseillère financière, y veille justement. Si l'argent continue à affluer ainsi, lui a-t-elle annoncé, il devra envisager de partir vivre ailleurs, à cause des impôts.

Malvina et lui reviennent dans leur chambre. C'est une amante tendre et douce. Parfois si fervente qu'il en a les larmes aux yeux, même s'il ne l'aime pas. Du moins, pas comme il aimait Delphine. Elle s'allonge sur le lit et lui offre ses cuisses bronzées.

Plus tard, tandis qu'ils sont sous la douche, l'ossature frêle de Malvina le renvoie à la peau laiteuse de Delphine, ses mains sur ses hanches, dans la salle de bains de la rue Pernety. Aimera-t-il jamais une femme comme il l'a aimée ? Deux ans déjà. Quand son prénom lui paraîtra-t-il de nouveau banal ? Quand cessera-t-il de se demander si elle prend des douches avec d'autres types, qui caressent sa peau blanche ? Venir au Gallo Nero, c'est aussi essayer de ne plus penser à elle. Dans ce cas, qu'est-il en train de faire ? « Allez, viens, Malve, on va se baigner », dit-il, chassant de son esprit Delphine et les douches en sa compagnie.

Ils descendent sur la plage privée par l'ascenseur de James Bond. Ici, tout le personnel est vêtu de noir. Un premier serveur annonce le nom et le numéro de chambre de Nicolas, un autre leur propose des chaises longues. « *Signor* Kolt, un parasol, une serviette, à l'ombre, au soleil, près de la mer ? » Et là, stupeur, un troisième survient. « Souhaitez-vous boire quelque chose, un rafraîchissement, peut-être, un journal, un cendrier ? » Ils choisissent une place près de la mer, avec un parasol, du thé glacé, un Coca pour Malvina, le *Libération* d'hier pour lui.

Ce n'est pas vraiment une plage. Pas de sable, mais une longue dalle de béton au pied de la falaise, hérissée de parasols, de transats, d'échelles de piscine et d'un plongeoir. De plus en plus de clients sortent de l'ascenseur à mesure que le soleil escalade le ciel limpide de juillet. À leurs conversations, Nicolas s'amuse à deviner leur provenance. Un couple suisse, particulièrement fascinant. Un âge impossible à déterminer, quelque part entre quarante et soixante. Il est chauve comme un galet, grand, voûté, osseux mais musclé. Elle est encore plus grande, chair ferme, épaules larges, seins plats, une vraie sauterelle. Des cheveux argent coupés court. Il les regarde agencer soigneusement leurs vêtements, leurs serviettes, leurs magazines, leur crème solaire. Ils ne se parlent pas, mais il les sent très unis. L'homme porte un maillot moulant, elle, un modèle une pièce. D'un bond, ils se lèvent, comme deux échassiers maigres prenant leur envol. Elle enfile un bonnet de bain et lui des lunettes de natation. Chaussés de palmes, ils se dandinent jusqu'au bord de la jetée avec une bizarre élégance. En harmonie parfaite. Nicolas se dit que ce geste a dû être répété maintes et maintes fois, des années durant; ils plongent dans les flots et entament un crawl fluide. Ils nagent sans temps d'arrêt, jusqu'aux récifs bruns à huit cents mètres de là. De retour, ils vont se doucher dans les cabines de plage voisines, et en ressortent vêtus de maillots secs. Quand ils passent près de lui, il remarque la Sea Hawk Girard-Perregaux de l'homme. Ils voient Nicolas les observer et lui sourient. Pendant plus de dix minutes, ils s'enduisent mutuellement de crème avec des mouvements précis et une concentration presque sévère.

Au tour d'une famille belge, maintenant. Nicolas n'a jamais de mal à repérer les Belges, à cause de sa mère. Le père et le fils sont trapus, roux, blancs de peau. Le fils, qui a l'âge de Malvina, est déjà grassouillet. Le nez cramoisi de soleil, constellé de taches de rousseur. Il porte un maillot de bain d'une marque française à la mode. Son père a choisi le même en rouge et une Blancpain Fifty Fathoms. La mère est une de ces femmes sveltes et tout en muscles que le bikini met en valeur. Elle lit un livre de poche. Nicolas plisse les yeux, mais il a déjà compris. *De Envelop*, l'édition flamande sortie en même temps que le film, avec l'actrice en couverture. Ça aussi, il commence à s'y habituer, au fait de croiser ses lecteurs partout où il va. La fille, les écouteurs vissés sur les oreilles, est taillée comme une poire, mais elle a du charme. Elle lit un magazine. Les ongles rongés. Rien de la sophistication de sa mère. Le père distribue des billets de vingt euros aux serveurs. Le geste est fluide, blasé. *Grazie, prego.* D'une paume rose et potelée, il les congédie.

Nicolas s'allonge, le visage dirigé vers le ciel comme un tournesol avide de lumière dorée, ses narines frémissent sous les effluves familiers de la brise – quelques notes de cyprès et de thym, un soupçon d'iode et un zeste de citron. La dernière fois qu'il a apprécié ces parfums, c'était en 2003, lors de son voyage en Ligurie avec François. Nicolas est revenu en Italie – Milan, Rome, Florence – depuis que l'ouragan Margaux a bouleversé son existence en 2008 (c'est en ces termes qu'il a décrit son livre aux journalistes), mais il n'est jamais repassé par la côte. Il se souvient du train de nuit poussiéreux de Paris à Milan, puis de la micheline qui reliait Milan à Camogli. Ils avaient séjourné dans une chambre d'hôte sans prétention, tenue par Nancy et Bob, un couple sympathique de quinquagénaires canadiens. Une fois à San Rocco, ils s'étaient aperçus qu'il leur faudrait encore marcher jusqu'à la maison – pas de taxi, pas de voiture –, et avaient traîné leurs valises le long de ruelles pavées.

Margaux Dansor, son héroïne, passerait, elle aussi, échevelée, un beau matin, sur la piste de ce secret de famille qui allait transformer sa vie. Elle aussi, elle tirerait sa valise à roulettes – bom, bom, bom – jusqu'à la maison de pierre blanche. Nicolas sourit au souvenir de Nancy et Bob, aux anges d'être des personnages du roman. Il les avait rebaptisés Sally et Jake, mais ils étaient aisément reconnaissables, Bob, avec sa joyeuse queue-de-cheval et son bandeau sur l'œil qui lui donnait des airs de capitaine Jack

Sparrow, et la croupe de Vénus hottentote de Nancy, grand sujet de messes basses égrillardes entre François et lui. Dans le livre, Nicolas avait décrit l'antre de Bob et Nancy à l'identique. Les murs rugueux, la terrasse dallée en angle où, tous les soirs, il buvait du *limoncello* jusqu'à ce que des migraines explosives paralysent son cerveau, troublant sa vue sur la baie. Les petites chambres fraîches, hautes de plafond, peintes en bleu et vert, la plomberie défaillante, la cuisine et ses arômes de pâtes fraîches, de pesto, la mozzarella et les tomates sur leur lit de roquette. Seuls autres clients, une esthéticienne de Los Angeles, maigre et calcinée comme un toast, et sa grosse fille timide, qui lisait du Emily Dickinson à l'ombre. Dans le film de Toby Bramfield, ils avaient tous été parfaitement choisis, tels que Nicolas les avait imaginés.

Il se demande soudain comment va François. À quand remonte la dernière fois qu'ils ont discuté ensemble? Il ne s'en souvient même pas. Voilà ce qui arrive quand on vit comme lui, toujours dans le train, en avion, à passer des heures dans des salles d'attente, trop de messages, trop de courriels qui s'entassent, trop d'invitations, de propositions, de sollicitations. Pas assez de temps pour les amis, la famille, ceux qui comptent. Et la culpabilité est de retour. Il faudrait qu'il appelle François. Ils étaient amis depuis l'adolescence, quand il n'était encore que Nicolas Duhamel, élève au prestigieux lycée Louis-le-Grand. Puis vint l'épreuve impitoyable de la prépa. Nicolas avait khûbé sa khâgne. Tandis que François traçait sa route, Nicolas, lui, trébuchait, s'enlisait, au grand désarroi de sa mère. Bien que conscient de l'effort à produire, il avait d'emblée été noyé sous la charge de travail, la pression permanente, les sarcasmes des enseignants. Ah! l'enfer des prestigieuses classes préparatoires littéraires où sa mère s'était brillamment illustrée. Nicolas passait des heures à plancher sur les examens et les « colles » – les fameuses « khôlles » selon le jargon khâgneux hellénisant. Mais les khôlles en question tournèrent vite au cauchemar. Une heure pour préparer une courte présentation, puis vingt pénibles minutes pour argumenter son travail devant un professeur sans pitié. François y excellait, et même le plus retors des enseignants avait capitulé à contrecœur devant pareille suprématie. Il ne donnait jamais aucun signe de découragement ou d'apathie, contrairement à Nicolas qui s'était mis à perdre poids, sommeil et moral. Comme un pilote de chasse qui esquive les missiles, François se faufila avec succès jusqu'au concours, le Saint-Graal d'une infime élite. Si Nicolas comprit très tôt qu'il n'avait pas cette ambition-là, François, lui, était parfaitement conscient d'être la pépite que ces écoles recherchaient tant, de la graine d'universitaires, de grands professeurs, de futurs prix Nobel. La première fois que Nicolas échoua au concours, se classant bien en deçà de la barre des sous-admissibles, François accédait déjà au firmament de l'École normale supérieure, dite Ulm, du nom de la rue qui abrite ses locaux.

Le voyage en Italie fut pour eux un moyen de rattraper le temps perdu, de colmater les brèches de leur amitié après les tensions de la khâgne et l'échec de Nicolas. Tandis que François gagnait un salaire de fier normalien, Nicolas se démenait sans conviction, toujours chez sa mère, et tentait à grand-peine de joindre les deux bouts en donnant des cours de philo à des élèves récalcitrants. François avait toujours eu la réussite facile. Mais tout changea à l'arrivée de l'ouragan Margaux, cinq ans plus tard.

À l'exception de François et Lara, les deux seuls amis de son passé, tous ceux qui gravitent autour de Nicolas travaillent dans l'édition. Écrivains, journalistes, éditeurs, attachés de presse, libraires. Il les croise lors des salons, à la télévision ou à la radio, dans des cocktails, pour des lancements de livres, en boîte de nuit. Il a leurs adresses électroniques, leurs numéros de portable, il est leur ami sur Facebook, il les suit sur Twitter. Il les embrasse, leur tape dans le dos, leur ébouriffe les cheveux, mais en réalité, bien peu sont proches de lui. Il se saoule ou se drogue avec eux, couche parfois avec l'une ou l'autre, mais que savent-ils de lui, en dehors de ce qu'ils peuvent glaner dans les journaux ou sur Twitter? Rien, ils ne savent rien. Et lui non plus ne sait rien d'eux.

Chaque fois que Nicolas pense à François, comme maintenant, alors que son regard vagabonde de la mer splendide aux clients alanguis, aux serveurs empressés qui proposent rafraîchissements et collations, il se heurte à ses défaillances, à ses propres manquements, en tant qu'ami. N'est-ce pas lui qui a laissé tomber François? Qui a cessé d'appeler, qui a continuellement différé le coup de fil, avant de l'oublier tout bonnement? Pourtant, François est le frère qu'il n'a jamais eu, son compagnon de judo et de tennis, son confident quand les filles sont devenues une obsession, son soutien au décès de son père. François, avec son beau visage, long et grave, ses lunettes qu'il portait depuis l'enfance, inspirait confiance. Ce qui les arrangeait quand ils mijotaient quelque tour pendable. Comme « l'incident du fromage ». Nicolas avait été une fois de plus puni par le principal, l'infâme M. Roqueton, pour n'avoir pas rendu ses devoirs. À la pause de midi, un jour d'été torride, François s'était faufilé innocemment dans le bureau de M. Roqueton, armé d'un camembert. Il avait dévissé le haut-parleur du vieux téléphone pour y écraser des bouts de fromage avant de tout remettre en place. Quelques jours plus tard, l'odeur était pestilentielle. Impossible de décrocher le téléphone sans un haut-le-cœur. Nicolas rit presque à gorge déployée à ce souvenir. Ils n'avaient jamais été pincés. Quel triomphe!

Un autre souvenir lui est cher. Granville, en Normandie, été 1999. Nicolas et François avaient dix-sept ans. Les parents de François possédaient une maison à colombages avec un jardin qui descendait jusqu'à la plage. Tous les étés, Nicolas venait y passer deux semaines en août avec la famille Morin. Il s'y sentait comme l'un des leurs. François avait deux sœurs cadettes, Constance et Emmanuelle, et un frère aîné, Victor. Ses parents, Michel et Odile, organisaient une grande fête annuelle, quand Nicolas était là. Il y avait une centaine d'invités. Les filles portaient leurs plus jolies robes estivales. Odile allait chez le coiffeur, Michel enfilait son jeans blanc fétiche et exhibait son bronzage sous une chemise de toile ouverte jusqu'au nombril. Victor, Nicolas et François portaient des T-shirts et des shorts propres. Un été, il avait plu à torrent et la fête s'était tenue à l'intérieur, dans un joyeux tohu-bohu. Mais l'été que Nicolas et François n'oublieraient jamais, Odile avait invité un couple nouveau venu en ville, Gérard et Véronique, ainsi qu'une de leurs amies parisiennes, Nathalie. Les femmes frisaient la trentaine, le mari était plus âgé. Véronique était ronde et blonde, Nathalie, grande, mince, avait les cheveux bruns et les jambes les plus longues que Nicolas avait jamais vues. Elles portaient la même robe moulante, dans une couleur différente, noire pour Véronique, blanche pour Nathalie. Gérard s'était mêlé à la foule des invités, mais les deux jeunes femmes avaient pris leurs verres et traversé le jardin pour gagner la plage, délaissant avec grâce leurs sandales à hauts talons au passage. La plage était déserte. Véronique et Nathalie leur avaient fait signe de les rejoindre. Ils étaient restés un moment assis dans le sable à bavarder. Une fois les verres vidés, Nicolas s'était précipité à la maison pour ramener une bouteille de champagne dissimulée sous son T-shirt. Le soleil avait disparu et la nuit dessinait des ombres apaisantes autour d'eux. Nathalie tenait délicatement une cigarette entre ses doigts fins et dorés. La musique et les rires de la fête leur parvenaient de loin en loin. Nathalie voulait savoir s'ils avaient des petites amies, ce qui avait gêné François, moins chanceux que Nicolas sur ce sujet. Puis Véronique, la blonde, leur demanda, dans un chuchotement intime, ce qu'ils avaient déjà fait avec une fille. Les deux femmes se tenaient très près d'eux, les genoux cuivrés de Nathalie effleuraient le mollet de Nicolas à chacun de ses mouvements. Dans la douce lumière bleutée, le décolleté de Véronique formait une vallée profonde et opaline. Il leur avoua en toute franchise que ses petites amies étaient des lycéennes de son âge. Il avait eu des relations sexuelles avec six d'entre elles jusque-là, lors de soirées arrosées, dans la salle de bains ou dans un lit inconnu. L'une d'elles, prête à tout essayer avec l'énergie farouche d'une stakhanoviste, l'avait agréablement surpris. Mais très vite, Nicolas l'avait trouvée épuisante. Les deux femmes sur la plage ce soir-là étaient d'une autre trempe. Il émanait d'elles une sensualité mystérieuse, langoureuse. « Est-ce que ta petite amie t'a déjà embrassé comme ça ? » susurra Véronique, et avant que François ait pu répondre, elle avait collé ses lèvres aux siennes, alors que, d'une caresse soyeuse, Nathalie enroulait son bras autour du cou de Nicolas. Et elle l'embrassa aussi, comme jamais de sa vie. Pouvait-on les voir depuis la maison ? s'inquiéta-t-il fugacement, caressant la peau douce sous la robe, en transe. Soudain, Véronique se retrouva dans ses bras, Nathalie embrassant

François. Nicolas cédait à cette nouvelle bouche sur la sienne. Il ne résistait pas au désir de lui caresser les seins, et quand, des mains, elle attira sa tête vers leur plénitude, il crut s'évanouir de bonheur. Que se serait-il passé, s'était-il souvent demandé par la suite, si le mari de Véronique ne l'avait pas appelée depuis le jardin ? Les avait-il vus ? Ils se levèrent tous précipitamment, époussetant le sable de leurs vêtements. En gloussant, les femmes arrangèrent leur coiffure. Nicolas, pris de vertige, faillit tomber. Le visage de François était pâle, ses lèvres rouges, tuméfiées. Il semblait sur le point de perdre connaissance. Nonchalamment, elles ramassèrent leurs verres et leurs chaussures, et remontèrent vers la maison bras dessus bras dessous, criant gaiement à Gérard qu'elles arrivaient. François et Nicolas attendirent un peu avant de les suivre. Quand ils rejoignirent la fête, rougissants et nerveux, Gérard, Véronique et Nathalie étaient déjà partis. Nicolas ne les revit plus, mais il n'oublierait jamais. Pendant des années, il n'eut qu'à chuchoter « Granville » à François avec un sourire entendu pour que le souvenir de ces instants lui revienne, intact.

Nicolas se lève. Il va nager pour la première fois. Il enverra un message à François plus tard. Il baisse les yeux pour regarder Malvina, recroquevillée sous son parasol, dormant à poings fermés comme un petit animal.

Il plonge dans la mer, et lorsqu'il en sort pour prendre sa respiration, le plaisir de la caresse veloutée sur sa peau se mêle au bonheur de renouer avec cette sensation qui lui manquait depuis Camogli. Ici, on perd vite pied. L'eau est d'une transparence absolue. Nicolas distingue le fond parsemé de pierres ovales et claires, où filent des poissons argentés. Sous l'eau lui parvient le ronronnement placide d'un bateau alentour.

Trois jours. Trois jours de paix. Trois jours rien que pour lui dans ce paradis, ce bleu irréel. Personne ne sait qu'il est là. Il ne l'a même pas tweeté, s'est retenu de l'afficher sur son mur Facebook. Si on a besoin de lui, son BlackBerry s'acquittera de la tâche. « Détendez-vous bien, *Signor* », lui a dit le plagiste radieux en déployant sa serviette. Trois jours pendant lesquels il peut prétendre écrire. Trois jours de flemme.

Malvina ouvre un œil alors qu'il se sèche.

– Tu devrais aller nager, lui dit-il.

Elle hausse les épaules.

– Je ne me sens pas bien.

– Quelque chose que tu as mangé, peut-être ?

– Peut-être.

Elle se pelotonne dans sa chaise longue.

Midi approche. Le soleil darde de tous ses feux. La brune à frisettes et son velu ventripotent font leur apparition, lui, toujours greffé au téléphone – raccroche-t-il jamais ? –, et elle trottinant sur ses échasses à paillettes. Une fois leur place choisie, leurs épaisses serviettes frappées des lettres GN sur les transats, elle se relève. Lentement, dans un numéro étudié, elle retire le haut de son maillot de bain, comme Rita Hayworth se défaisant de son célèbre gant. Les seins sont ronds et fermes, le téton rose sombre. De vrais seins, pas du toc, magnifiques, qui tremblent légèrement et que Nicolas, en pensée, dévore d'une bouche gloutonne. Elle commence à les enduire de monoï, et il a peine à croire qu'elle ose ça, ici et maintenant, avec des gestes aussi lents et délibérés. Les hommes ont les yeux exorbités. Le personnel reste tétanisé, suant à grosses gouttes sous leurs chemises. Les Belges rosissent d'un ton, le Suisse ajuste ses lunettes noires, le regard du Français est tellement embrasé que sa femme lui balance son coude dans les côtes. Seule sa petite amie a l'air indifférente à la scène. Nicolas détourne habilement les yeux juste avant qu'elle ne s'en aperçoive.

Il a appris à ruser, avec Malvina. Car sa passion s'accompagne d'une jalousie aussi terrible que muette. Le moindre détail résonne comme une menace, une fan trop empressée, une lectrice trop aimable, ou une jolie fille tout simplement. Quand elle a quitté Londres il y a deux mois, renonçant à ses études et à ses amis pour venir vivre avec lui à Paris, rue du Laos, Nicolas a découvert qu'elle nourrissait sur sa relation avec Delphine une obsession malsaine. Il ne parvient pas à lui faire accepter que Delphine et lui sont restés amis depuis leur rupture, qu'il a besoin de ce lien spécial avec son ex. Malvina ne voit pas du tout comment il peut être « ami » avec Delphine. Elle est convaincue qu'ils sont toujours amants. Et toute femme un tant soit peu attirante met forcément en danger sa relation avec Nicolas.

Par conséquent, son BlackBerry ne sonne ni ne vibre jamais. Il est trop prudent pour cela. Il a tiré un trait sur son cher iPhone en 2010, quand il a commencé à sortir avec Malvina. L'iPhone 3GS, expliqua-t-il à un journaliste sympathique à Oslo, est un accessoire handicapant quand on vit avec une compagne jalouse. Les messages s'affichent directement sur l'écran, ainsi que le nom de leur émetteur, et les appels en absence. Un cauchemar. « Si vous avez des secrets à protéger, prenez plutôt un BlackBerry. » Malvina n'avait pas vu l'article norvégien avec cette citation et une photo de lui, brandissant son BlackBerry au-dessus d'un verre de Løiten Linie Akevitt. Un vrai petit miracle, sachant qu'elle passait des heures à le pister en ligne, à éplucher le moindre commentaire qu'il postait sur Facebook et Twitter et, pire encore, tous ceux envoyés par des femmes en réponse. Avec 150 000 abonnés sur Twitter et 250 000 fans sur sa page Facebook, Malvina avait de quoi s'occuper.

Seule une petite loupiote rouge clignote à l'arrivée d'un SMS ou d'un courriel. L'écran reste noir. Rien ne s'affiche. Son Black-Berry est protégé par un code qu'il change constamment. Il a appris à consulter son téléphone quand Malvina est affairée ailleurs. C'est un combat quotidien et semé d'embûches. Comment l'emporter aux toilettes, caché dans sa manche comme un sachet de coke. Une fois à l'abri, comment dérouler à toute allure ses mails, ses SMS, sa page Facebook, son flux Twitter. Ce matin, il profite que Malvina se rend justement au petit coin – quatre ou cinq minutes de répit à saisir – pour vérifier qu'il a reçu de nouveaux messages sur son adresse privée : d'Alice Dor, son éditrice française, de Dita Dallard, son attachée de presse, de Bertrand Chalais, un journaliste avec qui il entretient une relation amicale. Un autre encore de Patrick Treboc, un ami auteur avec qui il fait la fête. Puis, direction son autre compte, qu'il utilise pour son site. Là, environ une cinquantaine de nouveaux messages de lecteurs du monde entier. Au début, à peine le livre paru, il répondait à tous. Quand il avait commencé à recevoir des réponses, il avait trouvé l'exercice aussi surprenant que gratifiant. Mais quand les messages s'étaient mis à affluer, que le livre était sorti dans de nouveaux pays, qu'il avait grimpé dans les classements, puis avec la sortie du film, il avait dû s'avouer vaincu. « Engage un assistant qui y répondra pour toi », lui suggéra un auteur ami, mais Nicolas ne trouvait pas ça honnête. « Contente-toi de les lire, n'y réponds pas », lui dit un autre, et c'était ce qu'il avait fini par faire.

Ce matin, le plus important sur le BlackBerry de Nicolas, ce sont les points bleus du logo sur l'écran. Un BBM. Il sait qu'il vient de Sabina. Impossible d'y répondre maintenant, mais il le consulte rapidement, le cœur battant, et l'efface aussitôt. « Je ne porte rien, il fait chaud dans ma chambre, et je pense à toi. Tu veux savoir ce que je suis en train de faire, Nicolas ? » Il est obligé de supprimer chacun des messages que lui envoie Sabina après l'avoir lu. Il n'y a pas d'autre solution.

Avril dernier. Berlin. Une signature chez Dussmann das Kulturhaus, sur la Friedrichsstrasse. Elle avait fait la queue, patiemment, longtemps. Elle lui avait tendu *Der Umschlag* – l'édition allemande, avec en couverture la photo sépia de Camogli dans les années cinquante, comme une carte postale, un coin de mer, le village blotti près de la falaise, les cyprès taillés comme des crayons. Il lui demanda affablement : « C'est à quel nom ? », comme il le faisait toujours, et elle répondit : « Ce n'est pas pour moi, c'est pour mon mari. Il s'appelle Hans. » Elle avait quelque chose dans le regard. Une blonde cendrée en trench-coat. Plus âgée que lui d'une quinzaine d'années, estima-t-il. Des traits fins, presque félins, un petit sourire. Elle lui rappelait Charlotte Rampling dans *Portier de nuit*, l'affiche vintage de son fond d'écran. Il dédicaça le livre. Au moment où elle se retournait, elle lui glissa prestement un papier dans la main. Elle disparaissait à peine que le lecteur suivant présentait déjà un autre exemplaire. Il ne lut son message que vingt minutes plus tard, quand Ursula, son éditrice allemande, réussit à l'arracher à ses fans pour une courte pause. Sur le bout de papier, une série de chiffres qu'il reconnut immédiatement. Un code PIN pour BBM, la messagerie instantanée de BlackBerry.

Plus tard ce soir-là, après une rencontre interminable à l'Institut français sur le Kurfürstendamm, avec un journaliste ennuyeux qui l'avait bombardé de lieux communs, de ceux auxquels il ne supportait plus de répondre tout en sachant qu'il n'avait pas le choix – dans quelle mesure ce livre est-il tiré de votre propre vie ? Le personnage de Margaux Dansor est-il inspiré de votre mère ? Comment votre famille a-t-elle réagi quand il a été publié ? Est-il vrai que vous faites une brève apparition dans le film ? De quoi parle votre nouveau livre ? –, il regagna enfin le calme de sa suite du Ritz-Carlton sur la Potsdamer Platz. Il retira ses chaussures, alluma la télé, zappa sur les chaînes d'info et de porno, fouilla le minibar en quête de champagne et s'affala sur le canapé, abandonnant dans un coin boîtes de chocolats, cartes de bienvenue, paniers de friandises, livres à dédicacer pour l'équipe des représentants allemands. Trop tard pour appeler Malvina, il le ferait demain matin. Il sortit le papier de sa poche et le contempla un moment. Sur l'écran de la télévision, un trio déchaîné qui s'en donnait à cœur joie. Il baissa le volume, but une gorgée de champagne en les regardant s'agiter. Puis il composa le code PIN sur son téléphone.

Il n'aurait pas dû, il le savait. Cette femme féline aux yeux verts n'augurait rien de bon.

L ES JOURNALISTES MANIFESTAIENT une fascination presque morbide pour le décès de son père en 1993, comme si l'épisode était la clé de son âme, de son essence. Ils réclamaient chaque détail du décès, ou plutôt, l'horreur de l'instant précis où il était devenu évident qu'il ne reviendrait pas ; ils voulaient savoir comment Nicolas, alors âgé de onze ans, avait vécu un tel traumatisme. Avant l'ouragan Margaux, Nicolas n'avait parlé à personne de la mort de son père, pas même à Delphine. Il avait eu du mal à trouver les mots justes, à les formuler pour la première fois, comme un mets étranger qui aurait rebuté son palais. Puis il s'était aperçu, avec une sorte de plaisir secret, que plus il accordait d'interviews, plus Théodore Duhamel connaissait une renaissance virtuelle, inespérée. Ses mots ressuscitaient son père, lui donnaient chair, le libéraient du manteau de poussière dans lequel le temps l'avait figé. Ils dépeignaient l'homme vrai, triomphant, qu'il avait été. « Mon père, c'était mon Gatsby », confia-t-il un jour dans un entretien, et Dieu seul sait combien de fois cette phrase avait été citée, reprise, tweetée et retweetée depuis. Quand on lui demandait de décrire Théodore Duhamel, Nicolas perdait courage. Comment ? Il ne suffisait pas de fournir sa taille, de dire le feu dans ses yeux bleus, son menton carré, sa silhouette élancée. Même les photographies ne suffisaient pas, celle où il posait avec Nicolas – qui avait six ans à l'époque –, devant la Jaguar type E gris acier légèrement cabossée, le cigare planté au milieu de son sourire éclatant, ou encore à bord de son Hobie Cat noir, sur la plage du Miramar, à Biarritz. Évoquer les femmes qui toutes, jeunes et moins jeunes, dévoraient son père des yeux. Nicolas s'en doutait, les journalistes ne saisiraient jamais la personnalité complexe, en apparence rayonnante, de Théodore Duhamel. Tout simplement parce que personne ne l'avait jamais cernée, pas même son épouse ou son fils. Théodore Duhamel était la comète fulgurante qui avait traversé et déchiré le tissu fragile de son enfance, l'alpha et l'oméga de ses interrogations et de sa perplexité, le maître d'un univers nébuleux, d'un *no man's land* clair-obscur où la légende le disputait à la réalité.

« Est-il vrai que votre père n'a pas de tombe ? » ne manquait-on jamais de lui demander. Et il répondait invariablement : « Eh bien, son nom est inscrit sur la pierre tombale de mes grands-parents au Père-Lachaise, mais comme on n'a jamais retrouvé son corps, c'est vrai, mon père n'a pas de sépulture. »

Le plus ancien souvenir que Nicolas conserve de son père, c'est la voix. Nasillarde, forte, crispante souvent, comme le carillon puissant d'une cloche. Et son rire ! Aigu, sensuel, parfois bref comme un ululement ou un simple grognement, et qui prenait les gens par surprise. Théodore Duhamel s'en servait comme d'une arme. Il en usait avec habileté – Nicolas s'en était aperçu – dans les situations délicates, face à des enseignants guindés, des vendeurs désagréables, des banquiers austères. La plupart du temps, ça marchait. Mais la ruse exaspérait sa mère et sa grand-mère, qui n'en étaient pas dupes. À table, quand Théodore Duhamel adressait un clin d'œil à son fils avec une grimace, l'air de dire : « Ah, les femmes! », Nicolas frissonnait de fierté, oui, il faisait partie de l'équipe, cette équipe que son père et lui formaient secrètement, comme Paul Newman et Robert Redford dans *Butch Cassidy et le Kid*, le film préféré de son père. Le Kid, c'était lui, et Cassidy, c'était son père.

Que faisait-il? Nicolas comprit très vite que le travail de son père était auréolé de mystère. Il ne partait pas le matin, n'enfilait ni costume ni cravate, ne portait pas d'attaché-case, comme le père de François. Il n'embrassait pas son épouse sur le pas de la porte. C'était sa mère, Emma, qui se hâtait alors qu'il faisait encore nuit, un bout de croissant émietté entre les doigts, afin de ne pas être en retard pour ses élèves. Théodore Duhamel n'apparaissait pas avant dix heures, et son air chiffonné comptait aussi parmi les souvenirs de Nicolas. « Il fait quoi, papa? » demanda-t-il à sa mère vers huit ou neuf ans, car il ne savait jamais quoi écrire dans les formulaires scolaires en guise de profession du père. « Hmm, réfléchit sa mère. Pourquoi tu ne lui poses pas la question? » Se faisait-il des idées, mais n'avait-il pas deviné l'ombre d'un sourire sur ses lèvres? Docile, il répéta la question à son père qui répliqua, les yeux rivés sur l'écran de télévision : « Je ne peux pas te décrire ce que je fais, ça ne se résume pas en un mot. » Nicolas sentit sa gorge se nouer. Qu'allait-il dire? Pouvait-il ne pas remplir cette case à l'école? Se contenter d'indiquer la profession de la mère : enseignante? Quel besoin avaient-ils vraiment de savoir comment son père gagnait sa vie? Théodore Duhamel jeta enfin un regard à son fils, conscient de son désarroi, et finit son whisky avec délectation. « Tu n'as qu'à écrire "entrepreneur", le Kid. Ça devrait suffire. » Nicolas hocha la tête. « Comment ça s'écrit? » Son père épela le mot, lentement. Nicolas n'avait aucune idée de ce que cela signifiait. Hésitant, il osa : « C'est quoi, un entrepreneur ? » Son père se resservit un whisky sans répondre. Puis, après un silence, il ajouta, à voix basse : « Si quelqu'un te demande, dis simplement que tu ne peux rien dire de plus parce que c'est trop dangereux. » Nicolas sentit un frisson d'excitation courir le long de sa colonne vertébrale. Par la suite, il avait cherché « entrepreneur » dans le dictionnaire. « Personne qui organise et gère une entreprise commerciale, impliquant en particulier un risque commercial. » Ce qui l'avait laissé encore plus perplexe. Son père n'avait pas de bureau. Son seul repaire, c'était la salle à manger, qu'il occupait des heures durant, assis, hypnotisé par la télévision, même quand elle était éteinte, en tirant sur son éternel cigare.

Le bouquet âcre du havane lui évoquait immanquablement son père. Théodore Duhamel était un amateur exigeant de cigares cubains. Il refusait de les acheter ailleurs que dans la boutique Davidoff, avenue Victor-Hugo, où il passait des heures à hésiter entre un Monte Cristo n° 2 Obus, un H. Upmann Magnum 50 ou un Hoyo de Monterrey Double Corona. Dans ces moments-là, il ne supportait pas d'être interrompu. Sauf par le vendeur ou une jolie femme. Nicolas avait remarqué que cette boutique était fréquentée par de jolies femmes. Elles attendaient, figées dans leur beauté et leur ennui, pendant que les hommes qui les escortaient, en général petits, laids et chauves, prenaient eux aussi leur temps. Nicolas avait souvent vu son père bavarder avec l'une d'elles. Tout à fait innocemment, il leur tendait un Partagas D4, qu'elles caressaient parfois avec une lenteur étrange. Quelquefois, il laissait sa carte à la jeune femme souriante, dans le dos d'un gros chauve. Elle en jetait, la carte de visite de son père. *Théodore Duhamel, entrepreneur international*, en gros caractères rouges. Nicolas l'entendait aussi au téléphone quand sa mère n'était pas là, d'un ton suave, prononcer des mots comme

« ma beauté », « ma jolie », et il avait vu comment il dévisageait les femmes dans la rue, son fameux sourire aux lèvres. Sa mère était-elle au courant ? S'en souciait-elle ?

Théodore Duhamel avait un collaborateur, un type que Nicolas avait toujours vu à la maison. Il s'appelait Albert Brisabois. C'était un petit bonhomme trapu et pansu, le visage mangé par une épaisse barbe rousse. Quand Nicolas rentrait de l'école, Brisabois et son père étaient enfermés dans la salle à manger. De la fumée filtrait sous la porte. De temps à autre, son père renâclait à grand bruit. Quand sa mère arrivait, elle lançait un regard vers la porte, et disait : « Hmm... Ton père travaille. Ne fais pas de bruit. » (Une fois de plus, avait-il rêvé, ou avait-elle bien eu ce discret sourire ?) Ces jours-là, ils dînaient tranquillement tous les deux à la cuisine, sa mère et lui, ce qu'il aimait bien, pendant que Théodore Duhamel et Brisabois poursuivaient leur conversation. « De quoi ils parlent ? » dit-il à sa mère, une autre fois, tandis que le rire strident de son père résonnait dans le couloir. « De leurs affaires », répondit-elle comme si de rien n'était, en lui servant sa soupe poireaux-pommes de terre. Et elle avait laissé son fils s'interroger sur ce que cela pouvait bien signifier.

Un samedi que Nicolas et son père descendaient les Champs-Élysées pour aller déjeuner au Pizza Pino, Théodore Duhamel eut soudain comme un hoquet et devint d'une pâleur inquiétante. Il poussa son fils sur le côté et se baissa. « Le Kid, je viens de repérer un "ennemi". Il faut qu'on se planque. » Au début, il crut à une plaisanterie, mais son père était livide. Il se retrouva dans la boutique la plus proche. Son père faisait mine de se passionner pour une étagère couverte de foulards en soie. Nicolas l'imita. Théodore Duhamel congédia une vendeuse obséquieuse. « Quoi que tu fasses, ne te retourne pas. » La voix était normale, à peine plus sourde que d'ordinaire, mais il était toujours d'une blancheur terrifiante. Nicolas fixait les étoffes (des années plus tard, il se souvient encore de leur motif, rose et violet, hideux, jamais sa mère n'en aurait porté) et il avait l'impression qu'ils étaient restés là, pétrifiés, des heures durant. Une éternité plus tard, son père murmura : « La voie est libre. Fichons le camp. » Ils fuirent, main dans la main, tête baissée, le col du manteau de son père relevé comme un bouclier. Son teint était redevenu normal, et Nicolas se sentit soulagé. Sans lâcher son fils, il s'engouffra au Fouquet's, descendit une volée de marches et largua Nicolas dans un fauteuil. « Attends-moi là. Je n'en ai pas pour longtemps. » Il disparut dans une cabine téléphonique. Nicolas entendait tout. « Brisabois. C'est moi. Je l'ai vu sur les Champs. » Long silence. « Et tu comptes faire quoi ? Merde ! T'as pensé aux conséquences ? Ah ouais, vraiment ? Est-ce que t'as seulement idée... » Un autre long silence. « Bon Dieu, j'espère que tu as raison. » Puis son père raccrocha aussi violemment que possible, comme pour signifier à Brisabois, à l'autre bout du fil, toute son exaspération. De retour en métro, après leur pizza Regina rituelle – Théodore Duhamel conduisait rarement dans Paris sa voiture racée, une Jaguar type E un peu cabossée –, Nicolas demanda timidement à son père qui il avait vu. Son père lui adressa un large sourire : « Tout est sous contrôle. Ne t'inquiète pas. » Mais Nicolas s'inquiétait. Une fois à la maison, bien que rongé par d'en parler l'envie, il n'avait pas pipé mot à sa mère.

Les relations entre ses parents étaient un mystère de plus. Après la mort de son époux, Emma Duhamel avait déclaré – Nicolas l'avait entendue – que Théodore Duhamel avait été l'amour de sa vie. Mais des onze années avec eux, Nicolas ne gardait que peu d'images d'un mariage heureux et passionné. Il avait fini par comprendre que son père avait des aventures sur lesquelles sa mère fermait les yeux. En souffrait-elle? S'autorisait-elle aussi des incartades, plus discrètes? En 1980, Emma avait vingt et un ans, elle menait des études brillantes, et Théo, vingt ans, travaillait au service photo de *Paris-Match*. Ils s'étaient rencontrés chez Castel, une boîte de nuit en vogue rue Princesse où il avait ses entrées, mais où elle venait pour la première fois entraînée par une amie plus noceuse. Ils étaient rapidement tombés amoureux. Emma sortait alors avec un Belge qu'elle avait connu au lycée Louis-le-Grand, et Théo fréquentait un mannequin norvégien, Janicke, qui avait fait la couverture d'*ELLE*. Ils s'étaient mariés parce que lui, Nicolas, était en route. Il avait l'impression que sa mère « supportait » son père, qu'elle le traitait comme un enfant capricieux. Elle n'avait que trente-quatre ans à sa disparition. D'autres hommes avaient suivi, mais sans que jamais elle envisage de se remarier.

C'était l'audace de gamin de son père, sa folie attachante qui manquaient à Nicolas. « Ton père était un Chapelier fou, reconnut plus d'une fois Emma. Dieu merci, toi, tu tiens de moi, tu es du genre sérieux. » Théodore était incapable de résister à une farce. Certaines étaient idiotes, d'autres imposaient le respect. Comme d'avoir déversé des litres de bain moussant dans la fontaine de la place Victor-Hugo alors qu'un « ennemi » sortait de l'église avec sa nouvelle épouse. La mousse avait bientôt envahi la place, comme dans *La Party*, le film avec Peter Sellers. Ou quand il avait lâché cinquante souris blanches à un cocktail mondain (où il n'avait pas été invité). Mais la plus vive nostalgie que Nicolas éprouvait, c'était pour les histoires qu'il lui racontait le soir, au coucher. Dans une interview télévisée, il avait affirmé : « Je crois que l'imagination fertile de mon père, les histoires délirantes qu'il me chuchotait avant d'éteindre la lumière, ont façonné l'écrivain que je suis devenu. »

Nicolas aimait repenser à ces moments partagés avec lui, dans sa chambre de la rue Rollin, celle où il avait grandi, avec ses albums de Tintin, d'Astérix et de Picsou, ses posters d'Harrison Ford en Indiana Jones ou en Han Solo. Sa mère le mettait rarement au lit. C'était une mission dévolue à son père, qui la prenait très au sérieux. Sous les draps, la tête sur sa poitrine, Nicolas se blottissait dans le parfum de cigare et d'Eau Sauvage qui émanait de Théodore Duhamel, même si son Monte Cristo avait été éteint des heures auparavant.

Le conte préféré de Nicolas était celui de lord McRashley. Un récit sinistre et terrifiant, digne d'Edgar Poe. Lord McRashley – où son père était-il allé chercher ce nom ? Probablement dans ce vieux film de Louis de Funès, *Fantômas contre Scotland Yard*, que Nicolas avait regardé tant de fois avec lui – vivait seul dans un château ouvert à tous les vents, très loin, là où la bise hurle comme une goule au plus profond de la nuit. Tous les soirs, lord McRashley se faisait servir à dîner par son fidèle majordome, Jarvis. Puis, à la lumière d'une bougie vacillant sur son lourd chandelier d'argent, suivi d'une colonie de chauves-souris, lord McRashley regagnait en chancelant ses appartements, situés en haut de la plus haute tour de son château. Une à une, il gravissait les marches de l'escalier en colimaçon, lentement, courbé sous le poids des ans, soufflant et ahanant, et chaque nuit, il mettait un peu plus longtemps, car il ne rajeunissait guère. Le sévère portrait de feu lady McRashley, tout en angles et os, le fusillait du regard chaque fois qu'il le dépassait. Un étroit palier distribuait deux volées de marches, et il marquait toujours une halte sur la chaise qui se trouvait là. La bouche ouverte en quête d'air, il attendait d'avoir récupéré pour reprendre l'ascension. Le palier exigu, aussi chichement éclairé que l'escalier, était flanqué d'antiques miroirs tavelés, et lord McRashley pouvait voir son reflet à l'infini, de plus en plus petit à chaque réfraction. Un soir, il remarqua par hasard une tache noire au dos de son dernier reflet. Il ne pouvait s'agir que d'une trace sur le miroir. Mais soir après soir, son inquiétude grandissait à mesure que la souillure semblait croître, avancer un peu plus sur le miroir, ramper vers lui. Au point qu'il eut peur d'emprunter l'escalier, de retrouver la forme noire chaque nuit plus grande. Dévoré par l'angoisse, il implora Jarvis de l'accompagner, et manqua défaillir quand le majordome lui assura ne rien voir. Pourtant, la silhouette hideuse – à ces seuls mots, Nicolas frissonnait – s'était encore rapprochée. Il n'y avait que cet escalier pour regagner la chambre tout en haut de la plus haute tour, et c'était le cœur empli d'effroi que lord McRashley le prit en tremblant. Un soir funeste, elle ne fut plus qu'à un reflet de lui. Il la distinguait clairement, désormais, une vision abominable, un non-être grimaçant qui rôdait, telle une momie drapée de ténèbres. Était-ce un homme ? Une femme ? C'est en général à ce moment précis que sa mère faisait irruption dans la chambre : « Théo, tu crois vraiment que c'est une histoire à raconter à un enfant de six ans ? » Une fois la porte refermée, Théodore Duhamel, roulant des yeux, servait à son fils sa célèbre mimique – « Ah, les femmes ! » – et demandait : « Alors, Nicolas, tu veux la fin ? » Nicolas s'agrippait à Panpan, son lapin en peluche, ami de Bambi, et sautait à pieds joints sur le lit en hurlant : « Mais bien sûr, qu'est-ce que tu crois ! » Il avait beau la connaître par cœur, l'avoir entendue des dizaines de fois, il la réclamait toujours à cor et à cri. Alors, lord McRashley repartait toujours aussi lentement à l'assaut des marches, la cire de sa chandelle dégoulinait sur son poignet tremblant, mais cette fois, l'armée silencieuse des chauves-souris n'osait même pas l'escorter, comme si elles savaient. Quand lord McRashley atteignait le palier, sentant qu'il n'aurait pas le courage de lever les yeux vers le miroir, ses vieux genoux fléchissaient, cédant presque, son cœur usé palpitait douloureusement, la sueur perlait sur son front parcheminé. Enfin, il trouvait la force de l'affronter, geignant comme un enfant apeuré, et tout juste avait-il le temps de pousser un gémissement étranglé que – zoum! – une ombre jaillissait du miroir et l'avalait d'un seul coup (tandis que la longue main de son père saisissait Nicolas par le col de son pyjama). Ainsi disparaissait lord McRashley.

« Votre père était un héros à vos yeux, est-ce pour cela que vous avez aussi fait de Lucca Zeccherio, le père de Margaux Dansor, un héros? » Encore une question qui revenait fréquemment. Non, son père n'était pas un héros, ressassait-il aux médias. Né en 1960, Théodore Duhamel n'avait fait aucune guerre, ni défendu aucune cause, il n'avait résisté à aucun péril, ni lutté pour aucun territoire. Pas davantage contre un cancer ou une quelconque maladie. Il n'avait pas rédigé de thèse fondatrice, n'avait pas inventé de formule mathématique révolutionnaire. Il n'était ni artiste, ni peintre, ni musicien, ni réalisateur, ni chanteur, ni sportif. « Cette scène, dans L'Enveloppe, où Margaux prend l'avion avec son père, et que l'appareil est frappé par la foudre, l'avez-vous vous-même vécue? » demandaient invariablement les journalistes. En réalité, il avait dix ans quand c'était arrivé, mais il en avait fait une scène différente, racontée autrement, c'était l'histoire de Margaux, pas la sienne. Il s'était habitué à ce que les journalistes s'escriment à repérer des similitudes, aussi mineures soient-elles, entre le roman et sa vie, à la recherche d'une logique impossible à déchiffrer et dépourvue d'intérêt. « Pourquoi avez-vous écrit *L'Enveloppe ?* » À cette question, encore plus courante que les autres, il fournissait une réponse unique : « Parce que j'avais cette histoire à raconter. »

Depuis la mort de son père, Nicolas rêve régulièrement de l'épisode de l'orage. Il y pense aussi chaque fois qu'il prend l'avion. Il revoit encore son père de dos, engoncé dans son loden vert, ses cheveux châtains qui tombaient en boucles soyeuses sur son col. Son père lui dit de s'asseoir à côté du hublot. « Tu auras une meilleure vue, et moi, il faut que j'étende mes jambes dans l'allée. » Ces longues jambes, Nicolas s'en souvient bien, dans du velours beige ou un jeans, les pieds finement chaussés dans leurs mocassins en cuir de Florence. Ce n'était pas la première fois qu'il prenait l'avion seul avec son père. Sa mère coincée à Paris avec ses élèves, Nicolas se retrouva embarqué pour Bâle, où son père devait rencontrer un client. Qui ne vint jamais. Ils achetèrent des chocolats suisses et partagèrent un repas pantagruélique à l'hôtel des Trois Rois. « Inutile de dire à ta mère que le client n'était pas là. » Nicolas prit un air entendu, tout en se demandant pourquoi sa mère ne devait pas savoir.

Le vol de retour fut agité, et il commença à se sentir mal. Le tourbillon de rösti et de strudel dans son estomac lui soulevait le cœur. L'avion effectuait des bonds vertigineux comme dans un grand huit. Nicolas n'osait pas prendre la main de son père, pourtant il en crevait d'envie. Il était à la fois malade et terrorisé. Il leva des yeux implorants vers lui. Théodore Duhamel dormait du sommeil du juste. Il restait trente minutes avant l'atterrissage. Comment son père pouvait-il s'assoupir au milieu de ces turbulences ? Il aurait voulu que sa mère soit là. Il se serait accroché à elle de toutes ses forces. Ses caresses, son parfum, ses mots rassurants lui manquaient.

Par le hublot, les nuages noirs tournaient et roulaient, et alors qu'il murmurait le nom de sa mère, un fracas terrible retentit, comme si une centaine d'ampoules explosaient en même temps, l'aveuglant du même coup d'un éclair bleu. L'avion fit une embardée, les passagers hurlaient. Nicolas était assis là, les yeux écarquillés, muet, sûr que sa dernière heure avait sonné, qu'ils allaient mourir dans l'instant, que l'avion allait piquer et s'écraser, qu'ils étaient perdus. La cabine bruissait de voix alarmées, les hôtesses se précipitaient dans l'allée, ne sachant plus où donner de la tête. Un bébé pleurait, et une mer de visages était tournée vers lui, à l'endroit où la lumière bleue avait éclaté violemment. « Il va bien ? » fit un homme assis sur la même rangée qu'eux, de l'autre côté de l'allée. « Pauvre petit bonhomme, roucoula une dame replète devant lui. Qu'il est courageux ! » « C'est extraordinaire ! souffla Théodore Duhamel en secouant avec enthousiasme la main molle de Nicolas. Nicolas, TU es extraordinaire. » Il en resta bouche bée. De quoi son père parlait-il donc ? Ne voyait-il pas à quel point son fils avait peur ? Le timbre grave du commandant de bord se fit entendre au-dessus du tumulte. Tout le monde se tut. « Mesdames et messieurs, veuillez garder votre calme. Notre avion a été frappé par la foudre. L'appareil n'a subi aucun dommage et un jeune homme s'est montré très courageux au rang 15. Nous allons bientôt atterrir, veuillez regagner vos sièges. » Nicolas cilla. La foudre ? Il n'en croyait pas ses oreilles. Son cœur battait comme un tambour. « Tu te rends compte, lui dit son père, le souffle coupé, que l'éclair a frappé ta vitre, Nicolas ? La foudre t'a choisi. Parmi tous les passagers de l'avion, c'est toi qu'elle a élu. » Nicolas regardait son père. « Qu'est-ce que ça veut dire ? » Théodore Duhamel le gratifia d'un sourire radieux. « Ça veut dire que tu es exceptionnel. Maintenant, je veux que tu fasses quelque chose pour moi, Nicolas. Écoute-moi bien. Je veux que tu l'écrives, tout de suite. Je veux que tu décrives ce que tu as ressenti exactement quand la lumière bleue t'a explosé au visage. Tu comprends? Il faut que tu immortalises ce moment avant qu'il se dissipe pour toujours, comme si tu prenais une photo, mais avec des mots. Tu vois? » Théodore Duhamel avait appuyé sur le bouton d'appel de l'hôtesse. Elle paraissait dépassée, troublée par l'incident. « Oh, c'est toi le garçon courageux dont parlait le commandant! Je suis si contente que tu ailles bien. » Nicolas apprécia cette attention imprévue. « Il nous faudrait du papier, s'il vous plaît, mon fils a quelque chose d'important à écrire », déclara son père d'un ton autoritaire. Il tendit son stylo à Nicolas alors que l'hôtesse allait chercher du papier en toute hâte. Nicolas a encore en mémoire la sensation du stylo entre ses doigts d'enfant, chaud, à peine sorti de la poche de veste où son père avait coutume de le ranger, à côté de l'étui à cigares. Le stylo de Théodore Duhamel était un Montblanc, gravé de ses initiales, TD. Il lui semblait étonnamment lourd, avec son toucher luisant, et en dévissant le capuchon, il remarqua que la pointe dorée était tachetée d'encre bleue.

Qu'était-il censé écrire? Son cœur se serrait. Il n'aimait pas écrire, l'acte en lui-même, scolaire et fastidieux, qui lui évoquait le front ridé de M. Roqueton, son principal, toujours prêt à lui tomber dessus à la moindre faute d'orthographe. Pourquoi son père lui demandait-il ça? Il ne s'était jamais intéressé à ses devoirs. Ce rôle revenait à sa mère, après tout, c'était elle, l'enseignante. Mais il avait à cœur de ne pas décevoir son père. Théodore Duhamel n'avait-il pas dit que Nicolas était extraordinaire? Non, il ne pouvait pas lui faire ça.

Pendant que l'avion approchait, en douceur cette fois, de l'aéroport d'Orly, cerné de nuages sombres et pluvieux, Nicolas écrivit. De son écriture enfantine, qui faisait baver le stylo, mais il finit par le maîtriser, tirant une langue appliquée, et les mots affluèrent, enfilés telles des perles, qui jaillissaient de lui sur le papier, comme autant de joyeuses petites créatures enfin en liberté, et il y trouvait une satisfaction surprenante. Il rédigea une pleine page, qu'il tendit, inquiet, à son père au moment de l'atterrissage. Les yeux de Théodore Duhamel bondissaient d'un mot à l'autre, puis il s'écria : « Oui ! » Nicolas sursauta. « C'est ça ! C'est absolument ça ! C'est génial d'avoir comparé la lueur bleue au globe de cristal de Rascar Capac ! » Nicolas avait craint, en reliant l'incident aux aventures de Tintin avec une momie effrayante – une de ses lectures favorites –, de s'attirer le mépris de son père. Au contraire, il n'en avait été que plus emballé, et le gratifia d'une telle bourrade dans le dos que Nicolas faillit s'en étouffer. « Vraiment génial ! Je savais que tu y arriverais ! » De retour à la maison, son père lut la page à sa mère, qui écouta en silence. Elle aimait bien, mais se montra moins enthousiaste que son mari.

Ce n'est que quatorze longues années plus tard, quand Nicolas s'assit pour écrire les premières pages de *L'Enveloppe* avec la même plume d'or, qu'il renoua avec ce plaisir enivrant. Celui-là même qu'il avait ressenti dans l'avion, et qui l'emportait dans un monde secret dont il était le souverain. Un plaisir si intense, si pur, qu'il sourit, seul, au souvenir de Rascar Capac et de sa lueur bleue.

– Je remonte, marmonne Malvina.

Elle semble très pâle.

– Tu veux que je t'accompagne ? lâche Nicolas sans esquisser un geste, incapable de s'arracher à la caresse dorée du soleil sur sa peau.

– Non, dit-elle, peinant à se lever. Je t'envoie un SMS si ça ne va pas mieux.

– Tu ne veux rien manger ? demande-t-il.

Il attend le déjeuner près de la piscine avec impatience.

Dans une grimace, elle s'éclipse. Nicolas la suit des yeux alors qu'elle se traîne vers l'ascenseur. Il montera la voir plus tard. À peine a-t-elle disparu qu'il s'empare de son BlackBerry, comme un gosse gourmand se rue sur la boîte à gâteaux dès que sa mère a le dos tourné. Il dispose maintenant d'un créneau inespéré pour s'adonner à l'une de ses activités préférées. Il lit ses courriels, se réserve Sabina pour la fin. Dita le relance sur trois questions, qui ne le passionnent guère. Quand et comment en est-il venu à ne plus avoir envie de rencontrer des lycéens, de répondre à un journaliste par mail, ou de poser pour un magazine de luxe ?

Alice se demande où il est, pourquoi il n'a pas répondu à ses derniers messages. Nicolas sait qu'elle s'inquiète de le voir offrir son prochain livre à un autre éditeur. Aussi lui a-t-elle signé le contrat le plus généreux qu'elle ait jamais proposé à un auteur (folie pure, s'était-il dit en paraphant la page à côté de ses initiales à elle, comment pouvait-elle lui donner une telle somme pour un livre qu'il n'avait pas encore écrit, qu'il n'avait même pas encore en tête ? Il n'avait pas eu le courage de lui avouer tout de go qu'il n'avait pas encore commencé à écrire, parce qu'il trouvait bien plus exaltant de parcourir le monde et rencontrer tous ses admirateurs). Alice était terrifiée, non, le mot n'était pas trop fort, à l'idée que Nicolas se fasse harponner par les éditeurs qui lui rôdaient autour comme des requins affamés. Elle savait qu'ils avaient déjà commencé à le courtiser, à déléguer leurs lieutenants pour l'inviter à déjeuner à La Méditerranée, place de l'Odéon, ou à La Closerie des Lilas, à prendre un verre au bar du Lutetia à dix-huit heures. Ils finiraient par intervenir en personne, par l'appeler directement. Nicolas les avait éconduits, poliment. Pour l'instant. Alice avait confiance en lui, mais jusqu'où les éditeurs étaient-ils prêts à aller ? Elle savait qu'ils feraient monter les enchères, que les chiffres deviendraient obscènes, et comment Nicolas pourrait-il résister ? Il repense à ses yeux dorés, sa voix grave, ses mains d'une étonnante délicatesse. La femme qui a changé sa vie. Qui a vendu son premier roman dans quarante-cinq pays et à Hollywood. Qui a déclenché l'ouragan Margaux.

Alice est une amie de Delphine, elles ont le même âge, neuf ans de plus que lui. La fille de Delphine, Gaïa, et celle d'Alice, Fleur, fréquentaient la même école primaire rue de l'Ouest. C'est

Delphine qui lui avait suggéré de montrer son manuscrit à Alice en 2007. Un ou deux ans plus tôt, cette dernière avait quitté un groupe plus important pour lancer sa maison d'édition, emmenant avec elle tous « ses » auteurs. Parmi eux, Maritxu Hirigoyen, écrivain basque à succès, et Sarodj Ramgoolam, jeune Mauricienne qui avait fait sensation à la dernière Foire de Francfort.

« Je vais bien, écrit Nicolas à Alice, ses pouces voletant sur le BlackBerry, je m'accorde une pause. » En bon fils, il appelle ensuite sa mère. Pas de réponse rue Rollin. Il essaie le portable, tombe immédiatement sur sa messagerie. Il grommelle : « Salut, c'est moi, je voulais savoir si ça va. Je suis en Italie avec Malvina pour un week-end prolongé. J'espère que tu vas bien. Gros bisou. » Où se trouve sa mère, un vendredi matin de juillet ? Il aurait pu l'emmener ici, au Gallo Nero, au lieu de Malvina. Peut-être qu'il devrait commencer à penser à elle, un jour. La dernière fois qu'il l'a vue, elle avait l'air fatigué, elle n'en pouvait plus de ses élèves, de Renaud et ses valses-hésitations. Elle était heureuse que l'année scolaire s'achève. Elle avait évoqué la possibilité d'aller séjourner à Bruxelles chez sa sœur Roxane. Peut-être était-elle là-bas en ce moment, dans la grande maison de la rue Van-Eyck, en compagnie des adolescents dégingandés de sa sœur. Ensuite, ils iraient tous déjeuner à Tervuren, chez leur mère, la douce et charmante Béatrice – sa grand-mère maternelle. Nicolas se persuade que sa mère est là-bas, avec sa famille, plutôt que seule à Paris. Il se donne ainsi bonne conscience, et ne s'en méprise que davantage.

Au suivant sur la liste des culpabilités : François. Il lui envoie un message, la solution de facilité, qui lui évite de l'appeler directement. « Salut mec ! Comment va ? Tu me manques ! Dans un coin tranquille j'écris mon nouveau livre que j'ai presque fini! Donne-moi des news? Khûbe. » Il sait, le cœur gros, que François ne répondra pas. Même en signant « Khûbe », son vieux surnom de khâgneux, il ne parviendra pas à l'attendrir. Le silence continuera. Jusqu'à ce que Nicolas appelle vraiment François et lui propose une date pour un déjeuner, un verre. Mais son ami viendra-t-il?

Le mutisme de François puisait ses racines dans la colère, la jalousie et l'amertume. Il avait vu les articles dans les journaux (comment y échapper?), les photos avec Robin Wright, les reportages pleine page sur son nouveau duplex rue du Laos, les publicités pour les montres et l'eau de Cologne. Il avait lu aussi des articles plus sérieux dans *Le Figaro littéraire*, *Le Monde des livres*, la *New York Review of Books*, analysant le succès fulgurant d'un jeune Français inconnu qui avait su toucher le cœur de tant de lecteurs. François ne pouvait pas entrer dans une librairie, en France, en Europe, aux États-Unis, sans tomber sur une affiche de Nicolas, un présentoir débordant d'exemplaires de *L'Enveloppe* dans toutes les langues. « Bien sûr que François est jaloux de toi », gloussa Lara lors d'un récent repas. Elle était sa meilleure amie (au sens propre, car il n'avait jamais couché avec elle, ils se connaissaient depuis la prépa). « Comment veux-tu qu'il ne le soit pas? Tout le monde t'envie, même moi, parfois. » Son expression scandalisée l'avait fait ricaner entre deux bouchées de quiche lorraine. « Oh, allez, Nicolas, reconnais... Pendant des années, tu es un bon à rien, à rater tes exams et à vivre aux crochets de ta mère et d'une femme plus âgée, puis tout à coup, tu renouvelles ton passeport, et paf! tu écris un roman qui est lu dans le monde entier, par des gosses de douze ans qui détestent lire, des mamies, des ménagères de moins de cinquante ans, des hommes d'affaires, des premières dames, des acteurs de ciné… On t'aime toujours, mais on est jaloux, quoi! Sauf que ce pauvre François, il n'ose pas te le dire en face! »

Nicolas entame un BBM pour Sabina quand il entend une douce voix féminine au-dessus de lui. Il lève les yeux, qu'il plisse à cause du soleil, gêné de l'intrusion.

– Pardonnez-moi, vous êtes Nicolas Kolt, n'est-ce pas?

L'accent est 100 % italien. La proche quarantaine, elle porte un chapeau informe, des lunettes noires. Il lui répond d'un hochement de tête.

– Je voulais juste vous remercier pour votre livre… Il doit y avoir tant de gens qui vous le disent, mais… Je voulais juste vous le dire… C'est un livre merveilleux… Il m'a aidée à un moment difficile de ma vie… Moi aussi, j'ai un secret de famille, et lire l'histoire de Margaux, ça… ça m'a beaucoup aidée.

– Merci.

– Alessandra, minaude-t-elle.

– Merci, Alessandra.

Il sourit, de l'air pincé qu'il arbore quand il veut qu'on le laisse tranquille, quand il ne veut plus répondre aux questions – surtout celle-là : sur quoi travaillez-vous maintenant? –, tout en s'abstenant de froisser son interlocuteur.

Elle s'éloigne, il soupire d'aise. Au début, c'était excitant d'être reconnu. Dans le métro, les regards s'attardaient sur lui, et il voyait les gens chuchoter entre eux : « Ce n'est pas cet écrivain, là? » Tout avait été si subit, après les reportages photos dans *Paris-Match*, les émissions en prime-time, les affiches géantes en librairies. D'un coup, son visage était devenu public, désormais au-delà des frontières françaises. Ses yeux gris, ses longs favoris, son menton carré, son sourire d'enfant. La seule solution pour préserver son anonymat était de porter une casquette de base-ball.

Nicolas revient à Sabina. « Dis-moi ce que tu es en train de faire. Exactement. » Il est conscient du danger, de sa bêtise, mais il le fait quand même. Il ne l'a pas vue depuis leur première rencontre, en avril dernier à Berlin, mais il a échangé d'innombrables messages avec elle. Au début, sur un ton amical, sobre. Puis, un soir, en mai, alors qu'il se trouvait en Alsace pour un salon du livre, les messages avaient basculé. Toujours aussi cordiaux, mais clairement sexuels. Depuis, Nicolas prend garde à ses échanges avec Sabina quand Malvina est dans les parages. Sabina lui répond sur-le-champ, comme toujours, comme si elle n'attendait que ça, qu'il la contacte. Quand il lit « Sabina écrit un message » sur l'écran, son pouls s'affole et une érection enfle sous son maillot de bain.

« Nicolas Kolt en pince pour les femmes plus âgées », avait révélé le magazine *ELLE* l'année précédente dans un article qui lui était consacré. Il ne le nia pas devant la journaliste, une créature de vingt ans à la peau de pêche. Oui, il avait toujours aimé les femmes mûres, oui, il avait vécu une longue histoire d'amour avec une femme de neuf ans plus âgée que lui, oui, Margaux Dansor était son idéal féminin à quarante-huit ans, et oui, Robin Wright l'incarnait à merveille. Il ne parla pas de Granville à la jeune journaliste, mais il savait parfaitement que ce qui s'était passé sur la plage avec Véronique et Nathalie, à dix-sept ans, avait sans aucun doute accentué son penchant.

Le BBM de Sabina s'affiche. « Je vais te le dire exactement. Je veux te prendre dans ma bouche et te sucer. » Son cœur bat la chamade.

Nicolas décide aussitôt de retourner nager, avant que l'érection ne devienne embarrassante. La caresse satinée de l'eau sur ses reins est délicieuse. Il est seul dans la mer, un privilège qu'il savoure. La chaleur est implacable, l'air frissonne, trouble. La plupart des clients sont au restaurant près de la piscine. Il nage à en avoir mal aux épaules et aux jambes, à en perdre le souffle. Il s'assoit un instant sur la jetée, l'eau salée s'évapore instantanément sur sa peau. Il repense au BBM de Sabina dans un sourire. Et alors, il ne fait rien de mal. Et elle non plus, d'ailleurs. Personne ne souffre.

Des hors-bord débarquent des clients pour le déjeuner. Ils vrombissent en longeant les luxueux yachts et voiliers ancrés dans la baie, récupèrent des passagers et repartent dans une gerbe d'écume. Nicolas les regarde affluer. Une famille de notables met pied à terre. Probablement de riches Romains ou Florentins. Des grands-parents dignes, un père et une mère distingués, une tribu d'enfants impeccablement mis, les fillettes en robes à fleurs, rubans dans les cheveux, les garçons en chemises blanches et bermudas. Peu après, d'un Riva descendent deux sœurs d'une beauté stupéfiante, l'une serre contre sa poitrine un sac d'un bleu distinctif, d'un célèbre joaillier new-yorkais, l'autre tient en laisse un labrador joyeusement pataud qui manque tomber à l'eau – Nicolas est amusé. Les deux sœurs portent d'énormes lunettes de soleil, leurs cheveux coiffés en chignons désordonnés. Elles ont un faux air de Natalie Portman. Elles sautent sur le quai, légères et gracieuses, riant des facéties du chien.

Il est près de quatorze heures. Nicolas se décide à remonter dans la chambre. Dans la fraîche pénombre, Malvina est allongée sur le lit, endormie. Il lui pose doucement une main sur le front. Il est moite, mais pas chaud. Il ne lui reste plus qu'à aller se sustenter.

On le guide jusqu'à la table où il a pris son petit déjeuner, les Français sont de nouveau sur sa gauche. Le mari attaque ses pâtes avec un bel entrain. Il revient du tennis et n'a pas pris le temps de se changer. Ses joues sont rouges et ses tempes suantes, son polo blanc auréolé sous les aisselles. Madame, la tête enturbannée dans un foulard peu seyant, enfourne avec une redoutable efficacité une bouchée de *prosciutto* qu'elle mâche consciencieusement. Ils n'échangent pas un mot. Sur sa droite, la brune à l'opulente poitrine discute toute seule avec sa *bruschetta*. La tribu belge commande du vin blanc frais. Le couple suisse picore leur salade mêlée et le salue de la tête quand il regarde dans leur direction. Il répond de même. Tout en étant partiellement caché derrière un parasol, il jouit d'une vue imprenable sur toute la terrasse. Alessandra, sa fan, déjeune avec un clone plus âgé, sans doute sa mère. Elle ne peut pas le voir, ce qui n'est pas plus mal. Les membres de la famille *Vanity Fair*, une dizaine au moins, débordent d'une affection un peu trop marquée les uns pour les autres. Ils s'embrassent bruyamment à longueur de repas. Nicolas les observe en mangeant son sandwich à la *granceola*. Mais à l'arrivée des sosies de Natalie Portman, il le repose, fasciné. Des jumelles, identiques jusqu'aux montres Hermès Cape Cod à leur poignet. Le labrador s'assoit à leurs pieds, haletant. Un serveur lui apporte une gamelle d'eau qu'il lape à grand bruit. Nicolas tend l'oreille pour écouter dans quelle langue elles parlent.

– Penche-toi un peu plus et tu vas tomber de ta chaise, mon pote, lance une voix nasillarde.

Dans un sursaut, Nicolas se retourne. Un homme voûté, la quarantaine bien entamée, est planté là, dans un T-shirt fripé et un jeans délavé, son verre de rosé à la main. Il ajoute quelque chose et Nicolas, stupéfait, reconnaît Nelson Novézan, le romancier franco-britannique lauréat du Goncourt. Ils se sont croisés à plusieurs reprises, lors d'émissions de télévision et de salons littéraires. Nicolas est surpris que Novézan le reconnaisse. Il a une réputation d'ours.

– Ça roule, ma poule ? marmonne Novézan d'une voix traînante, titubant jusqu'à la chaise en face de Nicolas, où il se laisse tomber.

Saoul, de toute évidence. Il allume une cigarette qu'il tient entre son majeur et son annulaire, son geste fétiche.

– Ça va, oui, répond Nicolas, amusé.

De près, la peau de Novézan est marbrée, le teint brouillé. Il a le cheveu huileux, comme s'il ne s'était pas lavé la tête depuis des semaines.

– En vacances, hein, mon pote ?

– Non, je suis là pour écrire.

– Ah bon ? Moi aussi, bâille Novézan, dévoilant des dents jaunies. Écrire dans ce temple du luxe. Je suis si content de mon travail. Ça se passe bien. De loin mon meilleur roman. Il sortira l'an prochain. Tu verras, ça va faire du bruit. Mon éditeur est aux anges. Et moi aussi.

D'un claquement de doigts, il réclame plus de rosé à un serveur.

– Déjà venu ici, mon pote ?

– Non, première fois.

Sourire ironique.

– C'est ce que je me disais. Génial, cet endroit. Otto est un ami. Le directeur, tu sais. J'ai la même chambre, chaque année. Celle avec la meilleure vue. Superbe. C'est ça qui est bien, quand on est auteur de best-sellers, pas vrai ?

Nicolas hoche la tête, avec le même sourire contraint qu'il a adressé à Alessandra.

Le rosé arrive.

– Ils font toujours la tronche, parce que je ne commande pas leurs grands crus à la con.

D'une main peu sûre, Novézan se sert.

– T'as quel âge, mon pote ?

– Vingt-neuf, rétorque Nicolas.

Bref grognement.

– Et tu sais quoi de la vie, hein, à vingt-neuf ans ?

– Et vous, vous avez quel âge ? riposte Nicolas, rêvant de défoncer ses dents sales.

Haussement d'épaules. Il fume en silence, Nicolas l'observe. Ces dix dernières années, le bonhomme a publié quatre livres. Les deux derniers ont été des best-sellers en Europe et en Amérique. Nicolas les a tous dévorés. Du temps de la prépa, Novézan le fascinait. Il est depuis devenu une légende littéraire bouffie d'arrogance. Plus il a gagné en notoriété, plus il s'est montré grossier envers les journalistes et les lecteurs. Des romans misogynes, bruts, magnifiquement écrits. Que les lecteurs aimaient, ou haïssaient sans partage. Personne n'y restait indifférent. Récemment, à un salon du livre en Suisse, Novézan, d'une humeur massacrante, avait insulté publiquement son assistante parce que le taxi était en retard. Nicolas la revoyait, imperturbable, pendant que Novézan tempêtait, la noyait sous les injures au vu de tous.

– Bien joué, ton petit bouquin, marmonne Novézan en avalant une lampée de rosé.

– Comment ça ?

Nouveau bâillement.

– Eh bien, le coup du passeport. Je veux dire, elle était là, l'idée, sous notre nez. Regarde, moi, père français né à l'étranger, mère anglaise. Et moi, parisien de naissance… Ça aurait pu m'arriver.

Nicolas se tait, révolté de ce que ce type est en train d'insinuer.

– La petite graine, elle était là, mon pote, pour tous les citoyens obligés de prouver qu'ils étaient français à cause de cette nouvelle loi débile. Toi, tu t'es lancé, et t'as écrit. Et il s'est bien vendu, pour finir, ton petit bouquin ?

– Pas trop mal, oui, dit Nicolas d'un ton neutre, comprenant qu'il vient enfin de prendre la main, alors qu'en son for intérieur, il bout chaque fois qu'il entend « ton petit bouquin ».

– Genre quoi ? bafouille Novézan sans se douter qu'il a mordu à l'hameçon.

Nicolas marque une pause avant le coup de grâce. Ses yeux s'attardent sur les jolies sœurs, puis remontent vers la bâtisse ocre où Malvina est assoupie.

– Trente millions d'exemplaires dans le monde, lâche-t-il.

Novézan reste en apnée plusieurs minutes. Mais Nicolas sent l'exultation se dissiper. Comme il se méprise d'avoir ainsi vanté ses scores. Qui espère-t-il impressionner ? Cet écrivain usé, superficiel et vieillissant, avachi en face de lui ?

– Vous êtes venu seul ? demande-t-il poliment à Novézan.

– Pas moyen d'écrire avec une femme dans ma chambre. Donc, un texto, et elle débarque.

Novézan a un geste explicite, vulgaire, des mains et de la bouche. Nicolas ne peut pas s'empêcher de sourire. Il se lève, remet sa casquette.

– Je vais nager. Vous m'accompagnez ?

Novézan agite la main.

– Non merci, je retourne bosser, mon pote. Encore beaucoup de boulot. Cet endroit, c'est une source d'inspiration ! Pas moyen de m'arrêter. Et toi ?

Nicolas ne répond pas. Novézan se lève à son tour, vacillant sur ses jambes maigrelettes. Ils se séparent dans une bourrade comme de vieux copains. Avant de reprendre l'ascenseur, Nicolas vérifie son BlackBerry. À sa consternation, une photo de lui est affichée sur sa page Facebook. Un cliché pris le matin même près de la piscine. Le fan s'appelle Alex Brunel. En guise de profil, une pomme granny-smith, qui ne lui fournit aucun indice sur l'identité. La page d'Axel Brunel est privée, aucun accès. Heureusement, rien n'indique où la photo a été prise. 445 personnes ont déjà « aimé ». Ce n'est pas la première fois. Les fans l'aperçoivent en bus, dans le métro, qu'il continue à prendre. Ils le photographient discrètement avec leurs téléphones, puis postent le cliché sur son mur, en hommage. Jusqu'à aujourd'hui, ça ne l'a jamais dérangé. Il regarde la photo de plus près. On reconnaît le parasol noir et blanc, siglé des initiales G. N. Si quelqu'un cherche vraiment à savoir où il se trouve, ce ne sera pas difficile. Mais que faire ? Il n'y peut rien. C'est tout juste s'il n'entend pas Delphine. C'est le prix à payer, Nicolas. C'est ce que tu voulais, non ? Il déroule les commentaires. « Mmh, sexy. » « Superbe. » « Eh, Nicolas, tu m'emmènes ? » « Italie ou Grèce ? » « Bravo ! » Personne, heureusement, n'évoque le Gallo Nero. S'il effaçait la photo, il risquerait d'offenser Alex Brunel, quelle que soit son identité. Et il ou elle pourrait ajouter d'autres photos. Nicolas a appris à se montrer prudent avec ses fans. Un fan en colère, ce n'est jamais bon. Il jette un coup d'œil à son flux Twitter. Pas un mot sur son escapade en Italie du côté de ses abonnés. Il vérifie en entrant son nom, pour être sûr. Rien. Il ne le fait pas souvent, de même qu'il ne cherche plus tellement « Nicolas Kolt » sur Google. Avant, oui, au début. C'était grisant de découvrir tous ces blogs et ces sites qui évoquaient son œuvre, et le film. Mais pour dix remarques positives, combien d'autres ! De celles qui blessaient. Un jour, sur Twitter, un journaliste influent avait écrit : « Cessez de nous dire qu'il faut lire l'affreuse merde de Nicolas Kolt, pourquoi ce type vend-il autant de livres ? » La phrase avait été retweetée des centaines de fois.

Quand il arrive à la plage, Malvina l'attend. Elle a les joues plus roses, lui explique qu'elle a vomi, et que maintenant elle va mieux. Il parle à son tour de Nelson Novézan, de leur conversation, en imitant le célèbre rictus du prix Goncourt, son sourcil circonflexe, sa façon de tenir sa cigarette.

– Tu aurais dû le tweeter, dit-elle dans un sourire. Avec une photo de lui.

– Je fais une pause Twitter, répond-il, avant d'ajouter avec cruauté : on dirait un vieux clébard.

Malvina lui demande s'il a vu sa dernière photo sur Facebook. Elle l'a repérée sur son iPhone. Il avoue qu'il est mécontent.

Il rêve d'un peu d'intimité. Il veut du temps pour lui, pour eux, trois jours de paix. Trois jours de soleil.

– Je me demande qui a posté ça, murmure Malvina.

– Je m'en tape, lui susurre-t-il en embrassant sa chevelure soyeuse.

Il fait moins chaud maintenant, les ombres de l'après-midi s'allongent et glissent le long de la plage de béton. On leur apporte du thé, des *cantucci* et des tranches de melon. Un couple de quinquagénaires asiatiques est installé non loin. L'homme est chauve comme un bouddha, vêtu d'un maillot de bain orange vif et d'une Cartier Pasha peu discrète. La femme, le teint pâle sous un casque impeccable de cheveux noirs, porte un long kimono bleu. Ils sourient au personnel qui s'incline et leur rend leurs sourires. Nicolas entend des « monsieur Wong » déférents à la fin de chaque phrase. Ce doit être quelqu'un d'important, ce M. Wong, qui a droit à toutes leurs attentions. Mme Wong ne supporte pas le moindre rayon sur sa peau, aussi les serveurs s'empressent-ils de déplacer deux parasols pour la protéger, avec force « madame Wong ». Jusqu'à ce que M. Wong, secouant la tête, déclare : « Non non ! Pas Mme Wong ! Non non ! Mlle Ming ! » M. Wong et Mlle Ming distribuent alors des courbettes à tout l'entourage, y compris à Nicolas et Malvina qui sourient en retour.

Nicolas remarque de nouveaux venus. Deux jeunes hommes de son âge, l'un des deux peut-être un peu plus âgé. Le premier, longiligne, un air de geek, le cheveu blond court, des lunettes cerclées à la John Lennon, ne décolle pas de son iPad. L'autre est bronzé, la peau lisse, imberbe. Même montre. Homos ? Américains ? Canadiens ? Eux aussi sourient à M. Wong et Mlle Ming, puis ils se regardent en gloussant. Malvina les trouve mignons. Un peu plus loin, les Suisses jouent aux échecs. Les Belges sont de retour. Le père et le fils vont nager, la mère poursuit sa lecture, la fille, les yeux fermés, bronze avec assiduité.

Nicolas devine que la mère en est à la fin du roman, probablement au moment où Margaux décide de se rendre à San Rocco di Camogli sur les traces de sa famille paternelle. Elle ne savait rien d'elle, pas même son nom, Zeccherio. Nicolas se souvient alors du choc ressenti à la découverte du vrai nom de son propre père, en 2006. Il était allé à la mairie du Ve arrondissement avec son livret de famille et son acte de naissance parce que son passeport avait expiré. Le renouvellement était d'ordinaire une simple formalité pour un citoyen français. Une mauvaise surprise l'attendait ce jour-là. La femme derrière le comptoir lui dit :

– Je suis désolée, mais nous ne pouvons pas renouveler votre passeport, monsieur Duhamel. Votre mère est née en Belgique et votre père en Russie.

Nicolas la fixa sans comprendre.

– Et…?

– Conformément aux nouvelles lois, les citoyens français dont les parents sont nés à l'étranger doivent désormais prouver leur nationalité.

Il en resta bouche bée.

– Mais je suis né en France, madame, ici même, à Paris. À l'hôpital Saint-Vincent-de-Paul.

– Je suis désolée, mais ce n'est plus une raison suffisante pour être automatiquement français, monsieur.

Elle lui tendit une feuille de papier.

– Vous devez vous rendre à cette adresse, le Pôle de la nationalité française, dans le XIIIe arrondissement. Ils étudieront votre dossier, et s'ils décident que vous êtes français, ils vous délivreront un certificat avec lequel vous obtiendrez votre passeport. Ça peut prendre quelques mois.

Les bras lui en tombèrent.

– Et si je ne suis pas français, je suis quoi?

– Apatride, monsieur.

Éberlué, Nicolas quitta la mairie. Il rentra à l'appartement de Delphine, téléphona au Pôle de la nationalité française, où on le mit en attente. Il entendit en boucle *Les Quatre Saisons* de Vivaldi, jusqu'à la nausée. Enfin, une voix de femme se fit entendre, atone, indifférente, insensible. On lui dit de passer dans un délai de trois semaines, le mardi matin à onze heures, avec les actes de naissance de ses parents.

– Mais mes deux parents sont français, même s'ils sont nés à l'étranger! se lamenta-t-il.

La femme émit un claquement de langue.

– Il y a un doute concernant votre nationalité, monsieur. Vous devez prouver que vous êtes français.

(Par la suite, Nicolas raconta à François et Lara, autour d'un verre de vin, que toute cette affaire ressemblait à une blague de mauvais goût, comme si la France était revenue aux années de Vichy. François lui demanda pourquoi son père était né en Russie. Nicolas pensait que son grand-père avait emmené sa grand-mère en voyage là-bas alors qu'elle était enceinte, et qu'elle avait accouché de manière imprévue à Saint-Pétersbourg.)

Comment mettre la main sur les actes de naissance de ses parents, puisqu'ils n'étaient pas nés en France? La dame dénuée de charme du Pôle l'avait informé, les citoyens français qui se retrouvaient dans cette situation obtenaient leur acte de naissance auprès du service central de l'état civil à Nantes. Ce qui, fort heureusement, pouvait se faire en ligne. Nicolas remplit les formulaires, spécifia qu'il était le fils de feu Théodore Duhamel et d'Emma Duhamel, née Van der Vleuten, précisant qu'il avait besoin de ces documents pour un renouvellement de passeport.

Les actes mirent quatre jours à arriver rue Pernety, par la poste. C'était un jour de pluie, un jour que Nicolas n'oublierait jamais.

Emma Van der Vleuten, née le 18 mars 1959, Clinique Edith Cavell, Uccle, Belgique, père : Roland Van der Vleuten, né à Charleroi, 1937, mère : Béatrice Tweelinkcx, née à Liège, 1938.

Puis il lut : *Fiodor Koltchine, né Oulitsa Pissareva, Leningrad, URSS, 12 juin 1960. Mère : Zinaïda Koltchine, née à Leningrad, URSS, 1945. Père : INCONNU. Décédé le 7 août 1993, Guéthary, France.* Une phrase écrite à la main figurait en bas de l'acte, accompagnée d'un tampon officiel : *Adopté par Lionel Duhamel en 1961, l'intéressé sera désormais nommé Théodore Duhamel.*

Un gouffre s'ouvrit en lui. Nicolas restait assis, incrédule, pétrifié, à fixer la feuille de papier. Il ne décrocha pas son téléphone. Au lieu de cela, il se précipita chez sa mère, rue Rollin. Il y fit irruption, hors d'haleine, détrempé, angoissé.

– Il va falloir que tu m'expliques, éructa-t-il en brandissant l'acte sous son nez.

Enfoncée dans un large fauteuil près de la cheminée, Emma Duhamel, surprise, baissa les yeux sur la feuille, avant de les poser sur son fils.

– Oh!...

– Eh bien? gronda-t-il, le souffle court.

Silence.

– Nicolas, c'est une longue histoire, finit-elle par articuler en jouant nerveusement avec les perles de son collier. Assieds-toi donc.

P OUR THÉODORE DUHAMEL, l'Atlantique était le souverain
de toutes les mers. Il ne se doutait pas qu'un jour, il y perdrait
la vie. Il n'avait jamais aimé la Côte d'Azur, où ses parents possédaient une villa surplombant Cannes. Pour lui, la Méditerranée
n'était qu'un cloaque grouillant de septuagénaires impotents,
venus exhiber bronzages, liftings et diamants. Il méprisait ses eaux
calmes et translucides, son absence de marées. À la fin des années
soixante, un camarade de classe l'avait invité pendant l'été au Pays
basque, et il était tombé amoureux des rouleaux écumants, des
montagnes verdoyantes, du vent humide, de la météo capricieuse.
Il était plus athlétique qu'il n'y paraissait. Enfant, il avait appris
à surfer à Biarritz, avec une bande de passionnés du coin, dont il
était le plus jeune et sans doute le plus intrépide. Aussi loin que
remonte sa mémoire, Nicolas se revoit assis sur la plage avec
sa mère, stoïque, plongée dans un livre tandis que Théodore
Duhamel chevauchait les vagues avec ses amis surfeurs. Il restait
des heures dans l'eau, profilé comme un phoque dans sa combi-
naison noire, et à la fin de l'été, ses boucles châtains viraient à l'or,
décolorées par le soleil et la mer. « Veuve de surfeur », c'était le
surnom dont les amis d'Emma l'avaient affublée, se moquant du

temps interminable qu'elle passait sur la plage, à attendre avec Nicolas. Personne n'imaginait l'horrible présage que revêtait ce surnom affectueux.

Les dix premiers étés de la vie de Nicolas, ses parents avaient loué un appartement qui dominait la Côte des Basques. La vue sur l'océan était grandiose, plein sud, et l'on pouvait même distinguer l'Espagne, dessinant au loin la silhouette d'un bras tendu. Théodore Duhamel se levait tôt et contemplait la mer comme le vieux marin de la complainte. Nicolas aimait le regarder dévaler à grandes enjambées les lacets qui menaient à la mer, sa planche de surf sous le bras. Puis, à la jumelle, il le suivait sur le sable, waxant sa planche d'un geste sûr et précis. Il se souvient encore de l'odeur de la cire, et de son nom : Sex Wax, ce qui n'avait aucun rapport avec le sexe, comme il s'en aperçut plus tard.

Dans son roman, le père de Margaux Dansor était skieur. Pour Nicolas, les deux sports étaient liés, deux sports de glisse en pleine nature, deux sports à risques, en quête de la plus haute vague, de la pente la plus raide. Durant l'été 1990 – Nicolas avait huit ans –, Théodore Duhamel s'était acheté un catamaran, un Hobie Cat 16 noir, avec lequel il chevauchait la crête des vagues comme sur une planche de surf. Théodore Duhamel naviguait avec audace, et même son impassible épouse poussait des cris d'effroi quand l'embarcation aux lignes pures manquait chavirer sur les déferlantes.

Chaque fois que Nicolas voulait décrire son père aux journalistes, c'était aux commandes de son Hobie Cat qu'il le dépeignait, le cigare vissé entre les dents, la crinière au vent, filant au large avec un signe de la main à son fils et à sa femme. « Tiens, voilà ton homme, s'exclamaient les amis de sa mère. Oh, regarde-le, Emma, quel prince ! » Nicolas rendait son salut à son père, et la fierté lui coupait le souffle. Le bateau fonçait vers la grève, dansant sur la vague comme une planche de surf, puis, avec aisance, sans effort, il virait au dernier moment, jaillissant au-dessus de l'écume, la voile noire gonflée, balançant au gré du vent.

Deux jours après sa disparition, la marée avait rejeté le Hobie Cat près d'Hendaye, le mât brisé, la voile déchirée. Mais le corps de son père n'avait jamais été retrouvé. C'était une journée d'août 1993 étouffante et moite. Théodore Duhamel avait dit à sa femme qu'il allait prendre le bateau pour retrouver ses amis surfeurs à Guéthary. Par vent fort, comme ce jour-là, il lui fallait un peu moins d'une heure depuis le port des Pêcheurs, où le bateau était amarré. Nicolas ne l'avait pas vu partir le matin – il prenait son cours de tennis –, mais quand il était rentré déjeuner, il avait repéré la petite voile pointue au loin, derrière le pignon gothique de la Villa Belza. Il savait que son père ne pouvait pas le voir à cette distance, mais il lui avait quand même fait signe. Il aurait bien voulu partir avec lui à Guéthary, mais Emma avait refusé, à cause du tennis. Elle n'appréciait guère de payer des cours pour rien. Si Nicolas avait pris la mer ce jour-là, aurait-il empêché son père de mourir ? Seraient-ils morts tous les deux ? Dix-huit ans plus tard, ces questions continuaient de le hanter.

Nicolas revoit l'expression angoissée de sa mère quand elle finit par appeler les amis à Guéthary, au crépuscule. Théodore était « passé et reparti », pépia Murphy, son ami australien, d'un ton décontracté. « Je suis inquiète », avoua-t-elle. Nicolas n'avait que onze ans, mais à ces mots, son estomac se noua. Puis elle ajouta doucement : « Je vais devoir prévenir la police. » Il ne supporterait pas d'entendre ce qu'elle allait dire, et il sortit sur le balcon, où son père se tenait le matin même. Il plaça ses pieds là où son père avait mis les siens, et posa ses mains sur la rambarde, comme son père. Il regarda l'obscurité envahir le ciel, le lent pinceau lumineux du phare balayer les ténèbres, et il eut peur, plus que jamais, bien plus que lorsque la foudre avait frappé l'avion. Sa mère le rejoignit et le prit dans ses bras. Il n'osa pas lever les yeux vers elle, préférant fixer la mer. Son père était là, perdu quelque part dans l'infini, et il se mit à pleurer.

Les minutes s'égrenaient, interminables, terribles. La nuit tomba, et des gens passèrent. On lui offrit à boire, et quelqu'un le fit manger. L'appartement se remplit rapidement de proches, on le câlina, l'embrassa, le cajola, mais il ne se sentit pas mieux pour autant, et les traits de sa mère devenaient de plus en plus tirés à mesure que la nuit avançait. Finalement il s'endormit, épuisé, dans un coin du canapé, tandis qu'autour de lui les gens discutaient, buvaient et fumaient. Quand il se réveilla à l'aube, les yeux gonflés, sa mère pleurait dans la salle de bains, et il comprit que l'on n'avait toujours pas retrouvé son père.

« Quand il n'y a pas de corps, confia-t-il aux journalistes, pas de cercueil, pas de pompes funèbres, pas de tombe, pas de messe, pas d'avis de décès, il est difficile d'admettre que quelqu'un est mort. Lorsque nous avons retrouvé le Hobie Cat, nous voulions retrouver un corps aussi. Mais ça n'a jamais été le cas. Jusqu'à aujourd'hui. » Il le répétait à l'envi dans ses interviews. « Je continue d'espérer, contre toute attente, que mon père passe cette porte. Aujourd'hui, il aurait cinquante et un ans. Je sais que c'est impossible, je sais qu'il est sans doute tombé de son bateau et qu'il s'est noyé, mais il me reste le vague espoir qu'il soit encore en vie quelque part. Contrairement à moi, Margaux Dansor découvre bel et bien la vérité sur le sort de son père. Mais c'est son histoire, pas la mienne. Disons que je l'ai inventée afin d'essayer de répondre à toutes les questions que je me pose au sujet de la disparition de mon propre père. » Et les journalistes d'interroger, inlassablement : « Et votre nom ? Avez-vous changé de nom quand vous avez écrit votre livre ? Comment Nicolas Duhamel est-il devenu Nicolas Kolt ? » « Kolt, c'est l'abréviation de Koltchine. Le vrai nom de mon père. Quand j'ai appris que le livre allait être publié, tout à coup, Duhamel m'a paru dépourvu de sens. »

Théodore Duhamel ne lirait jamais *L'Enveloppe*. Mais le livre lui était dédié.

À mon père, Fiodor Koltchine (Saint-Pétersbourg, 12 juin 1960 – Guéthary, 7 août 1993).

L E SOLEIL DÉCLINE LENTEMENT DERRIÈRE un rocher. Il ne va pas disparaître dans la mer, devant eux. Nicolas est déçu. Il espérait un somptueux crépuscule rose. La plupart des clients ont détourné leurs chaises de l'horizon, pour vénérer les ultimes rayons d'or que la colline voisine va engloutir. M. Wong et Mlle Ming jouent au mah-jong. Le couple gay écoute le même iPod, les têtes battent en rythme. La famille belge va faire une dernière trempette. Les Suisses lisent sagement les journaux. Alessandra et sa mère dorment à poings fermés. Le bonhomme velu tire sur une cigarette, le portable collé à l'oreille, indifférent au fait que sa pulpeuse petite amie est en train de bavarder avec le Français (dont la femme est sans doute au spa). Nelson Novézan, violacé et titubant, effectue une brève et pitoyable apparition, dans un short de bain délavé tire-bouchonnant sur ses fesses flasques. Il plonge un orteil dans l'eau, jappe et bat en retraite vers l'ascenseur.

Les bateaux sont de retour, avec leur chargement de clients triés sur le volet, venus boire un cocktail, dîner au Gallo Nero, ou peut-être y passer la nuit. Une fois encore, Nicolas pense au livre, et aux mensonges à son entourage. Bientôt, il va devoir s'asseoir, se montrer responsable et l'écrire, ce roman. Assez d'atermoiements. De reports. De paresse. Mais comment ? Si seulement l'énergie nécessaire à l'écriture affluait librement, comme ces clients distingués débarquant avec grâce des Riva. Quand il avait commencé *L'Enveloppe*, il s'en souvient, Margaux Dansor l'avait pris par la main et entraîné à sa suite. Il sentait sa main, sa texture, lisse et un peu sèche, qui le serrait, le tirait. La créer ne lui avait coûté aucun effort. Elle ne ressemblait en rien à sa mère, Emma Duhamel. Pas plus qu'elle n'avait les cheveux auburn, la peau blanche ni les yeux verts de Delphine. Margaux avait un long visage à la Modigliani, des yeux noisette, d'épais cheveux argent. Elle était professeur de piano, vivait rue Daguerre avec son mari médecin, Arnaud Dansor, et leurs deux filles, Rose et Angèle. Un jour, elle avait eu besoin de renouveler son passeport. Margaux s'était alors aperçue que la tâche était insurmontable, à cause des nouvelles lois en vigueur, même si elle était née dans la banlieue chic de Neuilly-sur-Seine, près de Paris. Tout cela parce que sa mère (Claire Nadelhoffer) était née à Landquart, dans les Grisons, en Suisse, et son père (Luc Zech, disparu dans une avalanche quand elle était enfant) à San Rocco di Camogli, en Italie. Au Pôle de la nationalité française, on avait demandé à Margaux d'apporter tous les documents qu'elle pourrait trouver sur la famille de son père – actes de naissance, de mariage et de décès remontant à son arrière-grand-père, livrets militaires, déclarations d'impôts, cartes de sécurité sociale – pour prouver sa nationalité française. Et c'est en épluchant tous ces papiers, en fouillant le passé, que Margaux Dansor était tombée sur l'impensable.

Au nom de « Koltchine », Emma Duhamel se racla la gorge en ce jour pluvieux d'octobre 2006, il y avait presque cinq ans, où son fils lui montra l'acte de naissance de son défunt mari. Il lui fallut un moment pour trouver une explication aussi logique que possible, et Nicolas vit combien cela lui était difficile. Elle se leva, fit les cent pas dans la pièce, ses mains allaient de son collier de perles à ses cheveux, qu'elle lissait d'un geste calme. Mais il n'échappait pas à Nicolas qu'elle tremblait.

– J'imagine qu'on pourrait dire que tout a commencé par ta grand-mère, déclama-t-elle de sa voix de professeur de philosophie, une voix qu'il détestait, plus aiguë et plus forte que d'habitude.

– La mère de papa ? dit-il.

– Oui.

– Nina ?

– Son vrai nom, c'était Zinaïda Koltchine.

– C'est russe ?

– Oui.

– Donc, elle était russe ?

– C'est ça.

– Pas française ?

– Elle est devenue française quand elle a épousé Lionel Duhamel.

Nicolas dévisagea sa mère.

– Qu'est-ce que tu cherches à me dire ?

Emma Duhamel prit une profonde inspiration.

– Ta grand-mère a quitté l'URSS au début des années soixante. Avec son bébé, un garçon, Fiodor Koltchine.

– Elle était mariée à un type qui s'appelait Koltchine ?

– Non, c'était son nom de jeune fille.

Nicolas jeta un coup d'œil à l'acte de naissance. Né à Leningrad le 12 juin 1960.

– Elle avait quel âge, Nina, quand elle a eu papa?

– Très jeune, je pense.

– Donc, Lionel Duhamel n'est pas mon grand-père?

– Non, techniquement, non. Mais il a adopté ton père, il lui a donné son nom et l'a élevé comme son fils.

– Alors, qui est mon grand-père?

– Personne ne le sait.

Nicolas digéra l'information en silence.

– Pourquoi tu as attendu toutes ces années pour me le dire?

Emma marqua un temps d'arrêt avant de répondre. Elle semblait essoufflée, désemparée.

– Quand j'ai épousé ton père, nous avons dû récupérer de la paperasse pour le mariage. C'est là que j'ai vu son acte de naissance et son vrai nom.

Une nouvelle pause.

– Tu lui as posé des questions?

– Oui, mais il a refusé d'y répondre. J'ai compris que je ne pourrais pas lui en parler. Nous ne l'avons plus jamais évoqué. La seule personne qui a mentionné le lien avec la Russie après la mort de ta grand-mère, c'est ta tante Elvire. Et ç'a été la seule fois. Je ne t'en ai pas parlé parce que j'attendais que tu le découvres par toi-même, que tu sois assez âgé pour l'accepter. Je pense que cet instant est venu.

Au Pôle de la nationalité française, un autre jour de pluie, Nicolas avait patienté plus d'une heure dans une salle étroite et bondée. À côté de lui, un vieil homme épongeait ses yeux rougis de larmes. Il ne comprenait pas ce qu'il faisait là, expliqua-t-il à

Nicolas d'une voix tremblante et indignée. On lui avait volé son passeport et sa carte d'identité, et il s'était donc rendu à la mairie pour les faire refaire. Là, on lui avait asséné que, parce que ses parents, décédés depuis longtemps, étaient nés à l'étranger, il devait prouver qu'il était français, à quatre-vingt-douze ans, à cause de la nouvelle législation. Médecin à la retraite, pédiatre né à Paris, il était décoré de la Légion d'honneur, s'était battu pour la France pendant la Seconde Guerre mondiale, et maintenant, que lui faisait son pays? Nicolas ne sut comment le réconforter. Il se contenta de secouer la tête en lui tapotant la main.

Le temps passait, lentement. La pluie ricochait sur les vitres. Des enfants et des bébés geignaient. Des adolescents au comble de l'ennui pianotaient sur leurs portables. Certains lisaient. D'autres dormaient. Nicolas relisait les documents dans le dossier sur ses genoux. Le lien russe. Zinaïda Koltchine était née à Leningrad en 1945. Son fils Fiodor en 1960. Il s'était attardé sur les dates. Elle avait accouché à quinze ans. Ce qui l'avait déconte-nancé. Il n'avait jamais réalisé à quel point sa grand-mère était jeune. Lionel Duhamel, désormais pensionnaire du service de gériatrie d'un hôpital parisien, avait quinze ans de plus qu'elle. Leur petit-fils n'avait jamais relevé non plus leur différence d'âge. Il calculait soudain que Nina Duhamel n'avait que quarante-huit ans à la mort de son fils. Comment ne s'en était-il pas aperçu plus tôt? En même temps, se souvenait-il, tout petit, quiconque avait eu plus de trente ans lui faisait l'effet d'un vieux croulant.

Mme Duhamel n'avait rien d'exotique. Rien de russe, d'un tant soit peu slave. Aucun accent. Pas de pommettes saillantes. Une bourgeoise cultivée et distinguée, fumant comme un pompier, qui tenait sa maisonnée d'une main de fer et adorait les étés chics sur la Côte d'Azur. Il n'avait jamais été proche de sa grand-mère paternelle, lui préférant la chaleur maternelle de sa mamie belge. Nina Duhamel aimait qu'on l'appelle « Mamita ». Un cancer du poumon l'avait emportée en 2000, à cinquante-cinq ans, sept ans après la disparition de son fils. Les yeux de Nicolas revinrent au dossier. Fiodor Koltchine, son père. Né d'un inconnu russe. Fiodor Koltchine. Ce seul nom le faisait frissonner, aussi inquiétant et étrange que Keyser Söze, l'énigmatique truand de son film préféré, *Usual Suspects*.

L'arbre généalogique de sa famille, jusque-là fort conventionnel, comportait dorénavant un point d'interrogation. Il avait obtenu sans trop de mal son certificat de nationalité française. Sa grand-mère ayant acquis la nationalité en épousant Lionel Duhamel en 1961, Nicolas possédait tous les documents nécessaires à l'appui de cet acte officiel. Mais l'interrogation demeurait, tournait dans son esprit, obsédante comme un moustique, alors même qu'il récupérait son nouveau passeport. Qui était le père du bébé de Zinaïda ? Et que savait son propre père, Théodore, de ses origines ?

Il interrogea sa tante Elvire, la fille de Lionel et Nina, âgée de quarante-six ans. C'était une femme sèche et noueuse, divorcée, qui vivait à Montmartre avec ses deux chats. Ses enfants adolescents, Alina et Carlos, résidaient à Barcelone avec l'ancien mari d'Elvire, un Espagnol alcoolique. La conversation téléphonique fut aussi brève que frustrante. « Sur son lit de mort, maman m'a dit que mon frère avait un autre nom, un nom russe, et qu'il n'était pas le fils de Lionel. Quoi ? Pourquoi elle m'a dit ça ? On venait juste de lui diagnostiquer un cancer du poumon, Nicolas ! Elle pensait qu'elle risquait de crever d'un moment à l'autre.

J'imagine qu'elle voulait libérer sa conscience. En fait, elle a quand même tenu six mois, mais elle n'est plus jamais revenue sur le sujet. Et surtout, ne va pas en parler à papa. Il est déjà assez gâteux comme ça. » Lionel Duhamel allait sur ses soixante-seize ans ; atteint de la maladie d'Alzheimer, il était hospitalisé en gériatrie. Nicolas se trouvait confronté à cette pénible réalité chaque fois qu'il rendait visite à son grand-père – qui n'était donc pas son grand-père, comme il aimait désormais se le rappeler, non sans une certaine angoisse existentielle. Avec l'aide de sa mère, Nicolas remit la main sur un arbre généalogique qu'il avait dessiné avec soin à l'école primaire de la rue Rollin. La branche belge d'un côté, la française de l'autre. Duhamel et Van der Vleuten. Il n'avait rien de français, se dit-il durant la longue attente au Pôle de la nationalité française. Devant l'absurdité de sa situation, il faillit ricaner tout haut, mais les sanglots de son vieux voisin le stoppèrent net. Il n'était pas un Duhamel. Il était russe et belge. Il était un Koltchine et un Van der Vleuten. À cette seule idée, un abîme s'ouvrait sous ses pieds. C'en était fini de l'existence placide et tranquille de Nicolas Duhamel. En ce jour gris, pendant ces deux heures d'attente au Pôle, sans détacher les yeux des précieux documents, un changement subtil s'opérait alentour, comme si des mains inconnues avaient entrepris de bouleverser son destin.

C'est ce jour-là que naquit Nicolas Kolt, mais il ne le savait pas encore. Et c'est aussi ce jour-là que Margaux Dansor se fraya pour la première fois un chemin dans sa vie.

Il a mis moins d'un an à écrire *L'Enveloppe*, avec une facilité qui l'exaspère, aujourd'hui qu'il affronte la situation inverse. En savourant son cocktail de fruits, il se revoit debout à l'aube, frais et enthousiaste, avant que Delphine emmène Gaïa à l'école ; il se préparait un thé et s'asseyait à la table de la cuisine. Il avait écrit son roman à la main, dans des cahiers comme celui qui se trouve sur ses genoux, vierge. Puis il avait tapé le texte dans son MacBook, et tout s'était déroulé miraculeusement, sans heurt. Peut-être la cuisine de Delphine est-elle le seul endroit où il peut écrire ? Delphine lui manque. Sa vie avec elle lui manque. Sa simplicité, son rythme. Avant l'ouragan Margaux, Delphine était le moteur de leur couple. Elle travaillait dans une agence immobilière et passait ses journées à faire visiter des appartements à ses clients. C'était elle qui leur avait trouvé le duplex de la rue du Laos. Ou plutôt, qui *lui* avait trouvé. Car au bout du compte, elle n'était pas venue y vivre avec Nicolas, puisqu'ils avaient rompu la semaine où il avait déménagé. Gaïa et elle étaient restées dans l'immeuble moderne de la rue Pernety, juste au-dessus de la poste, et Nicolas était parti habiter l'immense duplex, seul.

Avant l'aventure du roman, il se levait tard, occupé à ne rien faire, donnait ses cours particuliers de philosophie, allait chercher Gaïa à l'école. Il faisait les courses rue Raymond-Losserand, et avait très vite su gagner les faveurs du poissonnier aux cheveux longs, du marchand algérien de fruits et légumes et de Claudia, la rayonnante teinturière haïtienne. Il faisait la vaisselle, la cuisine, la lessive. Être entretenu ne le dérangeait pas. Il était toujours heureux quand il entendait la clé de Delphine dans la serrure, qu'il voyait son visage s'illuminer en le regardant, quand elle appréciait le repas qu'il avait préparé ou le vin qu'il avait choisi. Ils mettaient Gaïa au lit, lui racontaient une histoire, puis la soirée était à eux.

Quand ils s'étaient rencontrés pour la première fois, en 2004, Nicolas avait vingt-deux ans. Depuis le voyage en Italie avec François à l'été 2003, après la débâcle de ses études, sa vie était morne. Il souffrait encore de la déception de sa mère, même si elle ne l'exprimait jamais. Rue Rollin, leur cohabitation était tendue. Emma voulait qu'il déménage, mais il ne supportait pas l'idée de se retrouver seul. Il rêvait de liberté, seulement ses cours particuliers ne lui rapportaient pas assez pour couvrir le montant d'un loyer.

Un soir d'automne, Lara – qui avait échoué elle aussi au concours, mais s'en moquait car elle venait de décrocher un emploi dans une revue prestigieuse – l'avait emmené à l'Entrepôt, un restaurant couru du XIVᵉ arrondissement. Après le départ de Lara, une femme inconnue lui avait demandé comment il se sentait. Saoul, affalé au bar, englué dans une hébétude nauséeuse, il lui restait assez de lucidité pour remarquer qu'elle était séduisante. Delphine l'avait ramené chez elle, à cinq minutes de là, mais il leur avait fallu plus d'une demi-heure, car il tenait à peine debout. Il avait sombré d'un coup sur le canapé, et n'avait rouvert des yeux ahuris que le lendemain matin, ne sachant plus où il se trouvait. Elle lisait en buvant une tasse de café, chaussée de ses lunettes et vêtue d'une simple chemise d'homme. Il était tombé amoureux d'elle sur-le-champ.

Après leur rupture en 2009, dans la splendeur de son appartement rue du Laos, Nicolas avait compris qu'il avait perdu l'énergie d'écrire. Il avait attribué sa léthargie au départ de Delphine. « Je n'aime pas ce que tu es devenu, Nicolas, lui avait-elle craché, cinglante, lors de cette dernière et terrible conversation téléphonique. Je n'aime pas le rôle de petit con prétentieux et arrogant que tu joues, et que tu es peut-être effectivement devenu. » Il avait vaguement tenté de l'interrompre, en vain. Une fois lancée, Delphine était un rouleau compresseur, impossible à arrêter. Et tout était sorti. Nicolas se tenait sur la terrasse de son duplex, contemplant le Champ-de-Mars et la tour Eiffel. Il s'arma de courage pour écouter ce qu'elle lui débita ce jour-là au téléphone.

« Bien sûr, se retrouver exposé à un succès écrasant, c'est risqué. Je ne dis pas que tu m'as trompée, je sais (j'espère ?) que tu ne l'as pas fait, et ce n'est même pas de ça que je parle, je parle de la façon que tu avais de t'intéresser aux gens. Tu t'intéressais à eux, Nicolas. Tu écoutais. Tu étais là. C'est fini. Maintenant, tu es une créature médiatique que tout le monde s'arrache. Jamais tu n'avais été superficiel. Maintenant, tu te regardes dans les vitrines, bon sang. Chaque fois que tu sors, même dans un supermarché, tu espères être reconnu. Tu te cherches sur Google toute la journée. Tu passes des heures à lire des posts sur ta page

Facebook. Tu as l'air de croire qu'il est plus important de suivre Nicolas Kolt sur Twitter que de me parler, à moi, à ma fille ou à ta pauvre mère. Où est le Nicolas Duhamel qui faisait la vaisselle et me sortait des blagues quand je rentrais à la maison ? Maintenant, tu es soit en tournée, soit en train de te saouler dans un cocktail. Ce n'est pas le genre de vie que je veux avoir avec toi. Je suis heureuse, vraiment, que ce livre ait changé ta vie et que tout te sourie. Non, ne m'interromps pas. Ce livre a ouvert la porte de notre chambre à des milliers de gens. Je ne le supporte plus. J'y arriverais, si tu te montrais plus mûr. Mais ce n'est pas le cas. On dirait un petit enfant gâté qui a eu trop de cadeaux à son anniversaire. Écoute-moi, Nicolas. Gaïa et moi, nous ne venons pas vivre avec toi. Rue du Laos, tu vas y partir tout seul. Peut-être que tu vas finir par ouvrir les yeux et voir ce que tu es en train de devenir. La vie n'est pas une grande tournée littéraire, Nicolas. La vie, ce n'est pas être reconnu dans la rue par des lecteurs en extase. La vie, ce n'est pas de savoir combien de gens te suivent sur Twitter et combien d'amis tu as sur Facebook. Dis à Nicolas Kolt qu'il ne m'intéresse pas. Salut. »

Et elle avait raccroché. Depuis (deux ans s'étaient écoulés), Nicolas avait ravalé sa fierté et Delphine ne lui en voulait plus autant. Ils ne s'étaient pas remis ensemble, mais ils étaient restés amis.

Les deux premières semaines, le duplex de la rue du Laos lui avait donné l'impression d'être une gigantesque boîte blanche. Nicolas se réveillait en pleine nuit, désorienté, se demandant où il était et pourquoi Delphine n'était pas couchée près de lui. Pourquoi cet espace lui semblait-il si immense, pourquoi avait-il le sentiment d'être dérisoire ? Sa mère, lors d'une visite, avait commenté, hésitante : « Hmmm... C'est grand, non ? » Au début, il avait organisé des soirées déchaînées, où les invités dansaient, hurlaient, jetaient des bouteilles par les fenêtres jusqu'à l'aube, obligeant la police à intervenir. Le syndic l'avait prévenu que si cela continuait, il serait expulsé.

Six mois après leur rupture, Nicolas avait eu le sentiment qu'il devait reprendre l'écriture de ce livre qui l'obsédait, bien qu'il n'en ait pas rédigé l'ombre d'une ligne. Pourquoi son énergie s'était-elle évaporée ? Qu'était-il arrivé à Rascar Capac et à la lueur bleue ? Où était donc la clé de ce monde secret où il aimait tant disparaître ?

Nicolas avait fait repeindre la chambre rose de Gaïa (qu'elle n'avait jamais occupée) en un bleu subtil et apaisant. Il s'était acheté une longue table noire chez Vitra, un fauteuil, une nouvelle lampe, et il s'était installé pour écrire. Mais tout ce qu'il voyait, c'était le visage de Delphine sur l'écran de son MacBook. Au bout de vingt minutes de rien (autrement dit, quelques phrases tapées péniblement et aussitôt effacées), il repoussait son ordinateur portable et ressortait papier et stylo. Où était le Montblanc de son père ? Il avait tout retourné pour le retrouver, et ne l'avait pas revu depuis son déménagement. Jamais il ne pourrait écrire son nouveau livre sans lui. Nicolas n'osa pas appeler Delphine, elle était probablement occupée à faire visiter des appartements, et n'apprécierait pas d'être dérangée, surtout par lui. Il lui envoya donc un message. « Salut. Désolé. Par hasard tu sais où est le Montblanc de mon père ? » Elle répondit. « Aucune idée. Bonne chance. » Il finit par le retrouver dans un blouson qu'il n'avait pas porté depuis longtemps.

Armé de son Montblanc, Nicolas se rassit, le stylo brandi au-dessus du papier. Sa nouvelle femme de ménage s'affairait discrètement, prenant garde à ne pas troubler sa concentration, et il se sentait si gêné qu'il alla jusqu'à faire semblant d'écrire. Il avait rédigé une lettre d'amour à Delphine qu'il ne lui enverrait jamais, il le savait. Très vite, il comprit qu'il ne pourrait pas écrire dans le duplex. Son intérieur grandiose bridait sa créativité et encourageait son indolence. Il tenta alors un café proche, avenue de La Motte-Picquet, mais très vite, les allées et venues des passants l'avaient distrait.

À bout de ressources, Nicolas décida de louer une chambre de bonne de sept mètres carrés dans un immeuble voisin sur l'avenue de Suffren, à cinq minutes de là. Elle avait tout d'une cellule de moine, avec un lavabo jauni et fissuré dans un coin et un radiateur à la peinture écaillée dans un autre. Elle donnait sur un bâtiment bourgeois de l'autre côté d'une cour, on ne peut plus tranquille. Nicolas était ravi. C'était exactement ce qu'il lui fallait pour réamorcer son processus de création et chasser sa paresse. Il s'acheta un vieux pupitre d'écolier aux puces, une chaise en bois chez Ikea. Seul luxe, une grande lampe Costanza. Parfait, se dit-il, en se rendant d'un pas sûr et déterminé à ce cagibi qui devait lui servir de bureau. En chantonnant, Nicolas prit l'ascenseur branlant qui l'avait accompagné au son de grincements inquiétants tout au long de la montée, puis il s'installa à son bureau. Il étira les bras, serra et desserra les poings, et commença enfin à écrire. Une lettre de plus à Delphine. Une longue et belle – il en était convaincu – lettre d'amour. C'était un excellent début, qui allait déboucher sur un roman tendre et émouvant. Il s'imagina l'enthousiasme d'Alice Dor, il visualisait même la couverture du livre, il se voyait déjà en train d'en parler aux journalistes. « Après la rupture, j'étais si désemparé… » Puis, son regard erra au dehors, et du coin de l'œil, il aperçut un mouvement dans l'appartement d'en face. Il y avait trois petites fenêtres ornées de rideaux verts. Le mouvement reprit, et Nicolas, surpris, vit une jeune femme nue courir d'une pièce à l'autre, ou plutôt sautiller, les bras tendus, la tête bien droite, avec la grâce d'une ballerine. Ses jolis petits seins tressautaient, aguicheurs, sa chevelure brune lui ruisselait dans le dos. Nicolas distinguait à la perfection le grain de sa peau, ses fesses rondes, fermes et musclées, son ventre plat finissant sur le triangle de sa toison. Intrigué, excité, il reposa son stylo pour la regarder. Elle continuait à gesticuler. Comment diable imaginer qu'elle ne se sente pas épiée ? Le savait-elle, aimait-elle ça ? Il avait bien du mal à se détourner du spectacle pour revenir aux phrases sur le papier. Et plus encore quand, sans effort, la danseuse nue leva sa jambe à la verticale, une cheville à la main, offrant du même coup une vue imprenable sur son intimité. Il eut soudain la gorge sèche. À ce rythme-là, il ne parviendrait jamais à écrire quoi que ce soit. Ou alors, il lui faudrait tapisser ses vitres de feuilles blanches.

Le lendemain, à contrecœur, mais non sans courage, il éloigna le bureau de la fenêtre afin de ne plus voir la ballerine tentatrice. Ainsi, il retrouva un peu de sa concentration. Mais au moment où il recommençait à griffonner avec entrain, décrivant les hanches de Delphine sous la douche, il entendit un grognement, aussi fort, aussi proche qu'une présence derrière lui. Et de nouveau, masculin, grave, grondant, incontestablement sexuel. Ça venait de la chambre sur la gauche. Son moral flancha. Il était resté là, assis, impuissant, tandis que les soupirs gagnaient en intensité et en fréquence. Comment pondre une traître ligne en compagnie d'une danseuse nue et d'un Kamasutra audio derrière un mur en papier japonais ? Les grognements cédèrent la place à un concert de gémissements, et une langue étrangère retentit. Un coup sourd le fit sursauter, puis un claquement suivi d'un hurlement à glacer le sang. Il entrebâilla prudemment la porte. D'autres bruits, des cris et des coups. Une silhouette surgit de la chambre voisine, le prenant par surprise. Une créature immense, de sexe indéterminé, large d'épaules, les cuisses épaisses sanglées dans du latex, perchée sur des talons aiguilles. Un autre personnage tout aussi robuste et monstrueux apparut, surmonté d'une cascade de boucles platine à la Louis XIV dans un accoutrement similaire : cuissardes de cuir noir, collants résille et mini-robe en plastique. Nicolas, bouche bée, les suivit du regard tandis qu'ils se dandinaient vers l'ascenseur, faisant trembler le plancher tout en bavardant en portugais. Des prostituées ? Des travestis brésiliens ? Il ne pourrait pas écrire tant qu'ils hanteraient les parages.

Et puis, alors que le calme semblait revenu, un jeune homme que Nicolas ne croisa jamais loua la chambre de droite. Il y passait sa vie, grattant lugubrement une guitare mal accordée du matin au soir, tout en bêlant d'une voix de fausset la même chanson de James Blunt. Nicolas l'aurait étranglé. Un après-midi, une voix de femme miaula avec lui, qui sonnait tragiquement faux. Au comble du désespoir, Nicolas comprit que son voisin avait investi dans un karaoké. Le couple passa son temps à massacrer *Imagine* et *Let It Be*. Puis à détruire *Summer Nights*, *All By Myself* et *Comme d'habitude*. C'était si pénible à écouter que Nicolas en riait. Aux larmes. Il enregistra même des passages avec son portable, pour en faire profiter ses amis. Le lendemain, le jeune couple se lança dans une succession de coïts, sur un mode rapide et brutal. Nicolas eut droit à tout. Les grincements sauvages du sommier. Les halètements poussifs. Ce qui ne l'excita pas le moins du monde. C'était encore pire que le karaoké. Le jeune homme couinait comme un cochon qu'on égorge tandis que la jeune femme restait murée dans un silence stoïque, jusqu'à l'ultime coassement, effrayant, inhumain. Il n'eut pas le courage de tambouriner contre le mur. Et si c'étaient des fans, du genre collant ? De ceux qui viendraient toquer à sa porte toutes les dix minutes ? Il ne pouvait pas courir le risque. Alors il se procura des bouchons d'oreille à la pharmacie de l'avenue Lowendal. Il se les enfonça aussi profondément que possible pour étouffer les couinements et les coassements. Et il se mit à percevoir le battement régulier de son cœur. Étrange, déconcertant, mais infiniment plus supportable que les abominables duettistes.

Jour après jour, à son bureau, ou derrière la fenêtre, toujours dans l'espoir d'apercevoir la ballerine, il prit conscience que sa concentration était d'une désastreuse fragilité. Un rien le distrayait. Même la vieille dame du septième, une grand-mère au moins centenaire, aux cheveux blancs, le dos tout voûté, valait la peine d'être observée. Elle passait sa journée à lire, à somnoler, puis à sortir sur sa terrasse roucouler avec ses plantes, les pigeons, le bleu du ciel. Un jour, elle s'assoupit sur sa chaise longue, la tête renversée sur le côté, la jupe de travers sur ses genoux frêles et osseux, et elle dormit si longtemps qu'il la crut morte. Enfin, elle bougea avant de repartir de sa démarche traînante. Nicolas se sentait comme James Stewart dans *Fenêtre sur cour*, à espionner en toute complaisance le spectacle permanent de ses voisins. Au quatrième, une jeune mère jouait avec ses enfants en bas âge, il adorait la regarder. Au cinquième, une femme tout droit sortie d'un film de Pedro Almodovar – ce devait être une de ses actrices! Comment pouvait-il en être autrement? – allait et venait, toujours au téléphone, la cigarette aux lèvres. Quand elle s'asseyait à son ordinateur, en plissant des yeux, il pouvait même voir son écran.

Il y eut un dernier revers, qui lui fut fatal, quand, un beau matin, des ouvriers se présentèrent à l'étage, pour refaire une des chambres. Mâchoires serrées, il dut supporter les secousses, les coups de marteau, le ponçage, les perceuses. Le bruit était atroce, même avec ses bouchons d'oreille. Les ouvriers jacassaient sans fin, leurs transistors à fond. Ils le saluaient joyeusement quand il passait, lui offrant tantôt des sandwiches tantôt un coup à boire. Il demanda à l'un d'entre eux combien de temps dureraient leurs travaux, et apprit, atterré, qu'ils étaient là pour la rénovation de quatre chambres de bonne, puis qu'ils monteraient un échafaudage et que ce serait le tour de tout l'immeuble. Un chantier d'au moins six mois.

Progressivement, il se rendit à l'évidence. Rien ne sortirait de sa cellule de moine. Et une autre évidence, encore plus amère, le frappa alors. Il n'écrirait pas. Il n'y aurait pas d'autre livre.

COMME TOUT EST PAISIBLE ICI, à l'abri du tumulte du monde, des menaces de crise mondiale, des attentats sanglants, du scandale impliquant une femme de ménage d'un hôtel new-yorkais et un politicien français.

La main de Nicolas fourmille, il a envie d'attraper son Black-Berry, mais il ne peut pas le consulter avec Malvina près de lui. Surtout avec un nouveau BBM de Sabina. Parfois, il s'émerveille de ce que cette femme, croisée une seule fois, lui envoie des messages aussi intimes. De quoi est-il sûr? De pas grand-chose. Au début, quand leurs échanges étaient encore innocents, elle avait évoqué son mariage, ses deux filles, à peine plus jeunes que lui. Elle vivait à Berlin, à Prenzlauer Berg, avec son mari. Nicolas aime repenser à cette brève rencontre – la dédicace – où elle s'était tenue devant lui. Tout lui revient, son trench-coat, la ceinture fermement nouée sur sa taille fine, ses cheveux blond cendré, lisses et courts, et le regard qu'elle lui avait lancé. Les femmes plus jeunes n'ont jamais une telle expression. Elles sont trop affectées, elles rient bêtement, minaudent, ou se saoulent pour fanfaronner vulgairement, comme un mec. Elle l'avait considéré avec un léger sourire, et ses yeux de chat n'avaient jamais cillé, translucides comme deux petits lacs. Quand elle lui avait tendu le papier avec son code PIN, leurs doigts s'étaient effleurés, mais c'était la seule fois où leur peau était entrée en contact.

Un dernier hors-bord approche en vrombissant. Au début, Nicolas se croit victime d'une illusion d'optique. Le soleil couchant, le reflet des rayons sur la mer... Ce visage, sur le bateau. Il ôte ses lunettes de soleil, la main en visière au-dessus des yeux, il observe mieux. Son pouls s'accélère. Le visage se rapproche avec le bateau. Il remet ses lunettes, un peu trop vite, le geste malhabile, et regarde une fois encore. Son carnet de notes et son stylo tombent dans un bruit mat. Le hors-bord est tout près, maintenant, il danse sur les flots en entamant son accostage, se glisse entre les autres Riva alignés le long de la jetée, tandis que le ronronnement du moteur décroît. Nicolas se penche en avant, cherche sa casquette à tâtons sous la chaise longue, se la visse sur la tête.

– Qu'est-ce qui se passe? demande Malvina, intriguée.

Il ne répond pas.

Comme hypnotisé, il regarde la femme débarquer maladroitement, aidée d'un groom de l'hôtel. Deux personnes l'accompagnent, mais c'est à peine s'il les remarque. Elle pose le pied en dernier sur la plage de béton. Sa silhouette massive est drapée dans une djellaba blanche. Il distingue sa queue-de-cheval blanche caractéristique, à la Karl Lagerfeld, sous un panama, la courbe de son nez, ses lèvres rouges et pincées. Il ne l'a jamais croisée en chair et en os, mais il l'a suffisamment vue à la télévision, a lu assez d'articles pour savoir que c'est elle, sans aucun doute. Lentement, elle monte les marches de pierre qui mènent à l'ascenseur, appuyée sur le bras du groom. Nicolas voit à quel point elle est imposante et robuste, bien plus que sur les photos. Elle est dépourvue de grâce, mais il lui trouve la majesté d'une reine médiévale jaugeant son royaume. Jamais elle ne baisse les yeux. Son menton fort et altier lui confère une arrogance féroce, que l'expression ironique de sa bouche accentue. Elle disparaît dans l'ascenseur.

Nicolas se rallonge. Malvina lui pince le bras, et il sursaute.

– Nicolas! C'est qui, cette femme?

– Dagmar Hunoldt, dit-il dans un souffle.

Le nom n'évoque rien à Malvina. Elle se console en se disant que Dagmar a plus de soixante ans, et qu'elle est aussi séduisante qu'une baleine échouée. Mais elle ne comprend pas pourquoi Nicolas se tait, pourquoi il se gratte le sommet du crâne, un geste qui trahit toujours chez lui confusion ou contrariété.

Malvina attend un peu avant de reprendre la parole. Elle regarde les autres clients ramasser leurs affaires et s'en aller. M. Wong et Mlle Ming sont les derniers à gravir les marches. Le soleil a disparu derrière la colline.

– C'est qui? finit-elle par demander, incapable de réfréner davantage sa curiosité.

Nicolas soupire. Malvina ne peut déterminer si c'est une manifestation d'enthousiasme ou de peur.

– Dagmar Hunoldt est l'éditrice la plus puissante du monde.

Malvina attend en se rongeant les ongles. Nicolas poursuit, dans un murmure, si bien qu'elle doit se pencher pour mieux l'entendre.

– Et elle descend au Gallo Nero, comme par hasard.

– C'est une bonne ou une mauvaise nouvelle? fait Malvina.

Une fois encore, il garde le silence. Son esprit s'emballe. Savait-elle qu'il se trouvait sur l'île ? Cette photo sur Facebook ! Un de ses assistants, ou un de ses rabatteurs, avait dû la repérer sur son mur. Peut-être était-elle dans les parages, à bord du yacht d'un ami, et a-t-elle simplement fait un saut, pour un ou deux jours. Mais peut-être est-elle venue pour lui. Peut-être n'est-elle là que pour lui.

Nicolas se souvient de la première fois qu'il a entendu parler de Dagmar Hunoldt, deux ans plus tôt, et le raconte à Malvina. Il déjeunait avec Alice Dor et son (désormais ex-) petit ami, Gustave, à l'Orient-Extrême, près de la rue de Rennes. Le visage d'Alice avait brusquement changé. Comme si elle n'écoutait plus ce que disait Gustave. Il se retourna pour voir où portait son regard. Un groupe de personnes se tenait à l'entrée du restaurant, il n'en connaissait aucune. Mais en même temps, à cette époquelà, que savait-il de l'édition ? Une nébuleuse, un réseau complexe et flou de noms, de lieux et de logos qu'il n'était pas en mesure de décrypter. Il lui faudrait du temps pour en venir à bout.

– Oh ! souffla Alice.

Gustave lança un regard à Nicolas en haussant les épaules.

– Quoi ? finit-il par demander, alors qu'Alice continuait à fixer l'entrée. Ou qui ?

– Dagmar.

C'était la première fois que Nicolas entendait son prénom. Dagmar. Démodé, mais puissant, exotique. Un nom de Viking, de plantureuses créatures aux cheveux de lin, à casque ailé et soutien-gorge d'acier. Dagmar était-elle un auteur scandinave ? Une muse ? Un agent littéraire ? Une libraire ? À en juger par le curieux regard biaisé que lui servait Alice, leur relation n'avait manifestement rien d'amical. Le groupe passa, et Nicolas n'identifia personne pouvant être une Dagmar, ou du moins ce que devait être Dagmar selon lui. Alice se taisait, jusqu'à ce que Gustave la pousse du coude en disant :

– Alors ?

Elle agita les mains, comme toujours quand les mots lui manquaient.

– C'est qui, Dagmar ? insista Gustave. (Il était banquier et connaissait mal le milieu de l'édition.) À voir ta tête, on dirait que c'est pas ta meilleure copine.

Alice grimaça.

– Pas vraiment, non.

Nicolas et Gustave échangèrent un regard par-dessus leurs makis.

– Le suspense est insoutenable, glissa Gustave.

Alice jeta une dernière fois un coup d'œil au groupe installé au fond du restaurant, puis se penchant vers les deux hommes :

– Dagmar est la plus redoutée, la plus respectée, la plus célèbre de tous les éditeurs. Elle tient le monde de l'édition dans sa main.

Nicolas reprend mot à mot la phrase que Malvina ponctue d'une exclamation impressionnée. Puis elle ajoute *mezza voce*, tirant sur des peluches de la serviette :

– Elle est venue pour toi ?

La part de vanité en Nicolas aimerait répondre que oui, bien sûr qu'elle est là pour moi, Malve, que crois-tu, elle a déjà envoyé trois émissaires pour tenter de me débaucher. La piquante Suzanne Cruz, une agente de Los Angeles au sourire rusé. Guillaume Bevernage, l'éditeur français réputé pour ses alliances audacieuses avec

Dagmar Hunoldt. Et enfin, Ebba Jakobson, un puissant agent new-yorkais, également reconnu pour ses liens professionnels avec Dagmar. Trois déjeuners dans les restaurants les plus huppés de Paris, New York et Santa Monica, trois « non » polis à des contrats juteux, des à-valoir faramineux. Nicolas se souvient maintenant d'avoir lu un article sur Dagmar récemment, dans *Newsweek*, et quelques phrases lui reviennent en mémoire, qui l'ont à la fois amusé et sidéré : « Hunoldt a un fabuleux instinct pour les livres, les écrivains. Son entourage lui prête un flair infaillible, une intelligence hors du commun, ainsi qu'une rare perversité. »

Sa part de lucidité lui marmonne : « Je n'en suis pas certain. Si ça se trouve, elle est là en vacances. Il n'y a aucun moyen de savoir. »

– Elle publie Novézan ? s'enquiert Malvina.

Nicolas a un rire sec.

– Non ! Novézan ne marche pas si fort que ça aux États-Unis. Je pèse plus lourd que lui.

– Et Novézan, il sait qui elle est ?

Nicolas dévisage Malvina et relève une fois encore sa pâleur anormale.

– Malve, Dagmar Hunoldt, c'est la Madonna de l'édition.

– Enfin, pas physiquement.

– Bien sûr que non, pas physiquement, grince-t-il, agacé. Ce que je veux dire, c'est qu'elle a du pouvoir, ce genre de pouvoir.

Malvina incline docilement la tête. Se sentant soudain coupable de sa brusquerie, il lui serre la main. L'air fraîchit. Le personnel replie chaises, serviettes et tables, et démonte les parasols. Le moment est venu de rentrer et de se préparer pour la soirée.

Alors qu'ils reprennent l'ascenseur à la James Bond, Nicolas ne peut s'empêcher de penser à Dagmar Hunoldt et à sa présence au Gallo Nero. Il oublie le BBM de Sabina, qu'il n'a pas lu sur son BlackBerry. Il oublie d'appeler sa mère, qui ne lui a toujours pas répondu. Il oublie de contacter François. Il a même cessé de penser à Delphine sous la douche avec d'autres hommes. Lorsqu'il entre dans la chambre, flanqué d'une Malvina muette et blafarde, il n'a pas un regard pour le nouvel arrangement floral, les fruits qui ont été renouvelés, les prévisions météorologiques du lendemain – ensoleillé, 33 °C. À peine consulte-t-il la carte du Dr Otto Gheza, le directeur de l'hôtel, en évidence sur le bureau, qui les invite à un cocktail le soir même. Au lieu de cela, il sort sur la terrasse, et réfléchit.

Comment refuser ? Qui peut dire non à Dagmar Hunoldt ?

Une pensée plus effroyable encore lui vient, qui le hérisse. Comment pourrait-il seulement dire à Dagmar Hunoldt, si elle est bel et bien venue au Gallo Nero pour lui, qu'il n'y a pas de livre, qu'il a menti à son éditrice, à lui-même, au monde ? Faudrat-il qu'il lui mente à elle aussi ?

L ES JOURNALISTES VOULAIENT toujours savoir pourquoi Nicolas avait choisi de rester chez Alice Dor en dépit de son fabuleux succès. Tous les éditeurs et agents de la planète avaient des vues sur lui. Alors, pourquoi rester fidèle à cette petite maison indépendante ? Invariablement, Nicolas leur donnait la même réponse. Alice Dor avait bouleversé sa vie quand elle avait dit oui à *L'Enveloppe* en cette sombre journée d'hiver 2007. Delphine, son amie, dont la fille fréquentait la même école que la sienne, et avec qui elle prenait un café de temps à autre, l'incita à lire le manuscrit. Alice comprit que Delphine avait une liaison avec ce jeune homme, elle l'avait vu déposer Gaïa au moment où elle amenait Fleur. Elle comprenait maintenant pourquoi Delphine avait des étoiles dans les yeux et le pas léger. Plutôt charmant, s'était dit Alice qui, pour sa part, préférait les hommes plus âgés. Grand et bien bâti, avait-elle remarqué un matin de printemps, voyant ses muscles onduler sous son T-shirt. Il avait des cheveux courts et noirs, de longs favoris et des yeux clairs. Et sa bouche, comment ne pas s'y arrêter, ces lèvres charnues, ce sourire large et éclatant. Non seulement agréable à regarder, mais fort aimable au demeurant, comme Alice s'en était bientôt aperçue. Poli, doux, bien élevé. Aussi, quand Delphine lui tendit le manuscrit par-dessus leur café ce matin-là, une certaine curiosité la piqua.

Pendant la semaine, quinze manuscrits s'étaient empilés sur son bureau, attendant leur tour. Alice se prépara un café, chaussa ses lunettes et commença *L'Enveloppe*, bien décidée à écrire un gentil mot à Delphine et au jeune homme pour leur dire à quel point cette première tentative était prometteuse. Que savait-elle de Nicolas Duhamel ? Seulement ce qu'elle en avait vu – des favoris, un sourire aimable, des pectoraux sous un T-shirt – et ce que Delphine lui en avait dit – un khâgneux qui donnait des cours particuliers de philo et vivait chez sa mère avant de la rencontrer. Delphine s'était contentée d'un : « Lis-le, c'est tout, Alice. S'il te plaît. » Le ton du livre la désarçonna tellement qu'elle se demanda même si Nicolas Duhamel en était vraiment l'auteur. Car c'était Margaux Dansor qui parlait. Margaux, quarante-huit ans, les cheveux poivre et sel. Pas un Nicolas Duhamel d'une vingtaine d'années. Le roman mettait à nu les sentiments intimes de Margaux, ses peurs, son courage, sa fragilité, ses découvertes. Margaux qui apprenait que son père, mort de longue date, n'avait pas les origines qu'elle lui connaissait. Margaux qui découvrait la vérité, griffonnée sur une feuille de papier glissée dans une enveloppe blanche, et cachée dans une vieille demeure familiale à Camogli, un petit village de Ligurie. Une vérité qui avait failli la détruire, mais qui l'avait façonnée, lui avait donné un nouvel essor. Les autres personnages étaient attachants, séduisants, complexes. Arnaud Dansor, le mari de Margaux, qui s'efforçait de suivre son épouse dans sa quête, de la comprendre. Leurs filles adolescentes, Rose et Angèle, perturbées par le voyage dans lequel s'était lancée leur mère. Sébastian Zech, le frère de Margaux, furieux de ce que sa sœur était en train de « déterrer », souillant ainsi le nom de leur famille. Alice avait admiré le portrait d'une grande force du père absent, l'irrésistible Luc Zech, alias Lucca Zeccherio.

Mais par-dessus tout, c'était Margaux Dansor elle-même qu'Alice préférait. Son humour, sa vivacité, son audace. Professeur de piano, elle enseignait Bach et Mozart, mais écoutait du disco sur son iPod. Son mari la surnommait « Silver Disco Queen », au grand embarras de leurs deux filles. Margaux dansait tout le temps, seule, dans la chambre, la cuisine, sur *Stayin' Alive*, comme si la fièvre du samedi soir coulait dans ses veines. Entre l'austère professeur et la femme inlassablement curieuse, exaltée par sa troublante quête familiale, il y avait un monde. Alice se délectait surtout du portrait haut en couleur que Nicolas avait si bien croqué. Sa peur du volant, depuis un grave accident de la route à l'âge de dix-huit ans, qui lui avait laissé une longue cicatrice sur le mollet ; ses expériences hasardeuses en cuisine – c'était son mari le cordon-bleu ; sa passion compulsive pour la couleur bleu turquoise – elle achetait tout en bleu, serviettes, bouillotte, rouleau à pâtisserie, dentifrice, papier-toilette, cendrier – elle ne fumait pas ; sa phobie du hublot en avion – à cause, en réalité, d'une vessie capricieuse, ce qui avait beaucoup fait rire Alice ; sa nullité crasse en mathématiques – un authentique handicap lorsqu'il lui avait fallu compter en euros – et ses prouesses vocales quand il s'agissait d'imiter Céline Dion.

Trois heures plus tard, Alice termina le roman, en larmes. Elle ne s'attendait pas à un dénouement si dramatique, aux antipodes d'une fin à l'eau de rose hollywoodienne. Elle retira ses lunettes embuées, les essuya, se moucha bruyamment, se prépara un autre café et reprit son souffle. L'histoire et la personnalité de

Margaux l'avaient ensorcelée. Comment ce jeune homme avait-il réussi pareille prouesse? D'où venait-il, pour avoir ainsi créé une héroïne aussi inoubliable?

Alice décida de l'appeler. Inutile d'attendre. Inutile aussi d'appeler Delphine. Elle regarda sa montre. Cinq heures de l'après-midi, une froide journée de décembre. Le portable de l'auteur figurait sur la première page du manuscrit. Alors, Alice Dor composa le numéro qui allait changer leurs vies à tous les deux.

– Nicolas Duhamel? Bonjour, Alice Dor à l'appareil. Je vous dérange? Non? Bien. Je vais publier votre texte.

Elle était habituée à entendre ses interlocuteurs émettre un hoquet de surprise à l'autre bout du fil. Elle prenait plaisir à appeler les auteurs pour leur annoncer qu'elle allait les publier, et elle aimait le faire avec sa brusquerie coutumière.

Mais curieusement, Nicolas Duhamel se taisait.

– Vous êtes là? fit-elle, hésitante.

– Oui. Oui. Merci.

– Pourriez-vous passer me voir? Il faudrait que nous discutions de deux ou trois choses.

Il passa le soir même, dans son bureau de la rue de Rennes, à l'angle du boulevard Raspail, et Alice se rappelle encore son entrée, à grandes enjambées, la main tendue, son abord chaleureux. Il était plus grand et plus mince que dans son souvenir.

« J'ai aimé votre livre », dit-elle calmement, de cette voix grave, un peu bougonne, qu'il connaissait encore mal. Il avait rapidement appris que quand Alice Dor « aimait », cela signifiait « adorait ». Elle était du genre discrète, avare de superlatifs.

Il s'assit, interloqué, la dévisageant de ses yeux gris comme s'il la voyait pour la première fois. Il savait bien que c'était avec elle que Delphine prenait un café le matin, la mère de Fleur, une brune énergique. Et maintenant, cette femme voulait publier son roman. Il considéra son bureau, l'ordinateur, l'encombrement périlleux de livres, de manuscrits, de stylos pris dans des liasses, un décor d'éditeur. S'y ajoutaient des photographies de sa fille, Fleur, de ses auteurs les plus célèbres, le tout jonché d'invitations à des lancements de livres ou à des prix littéraires, de contrats, dossiers, notes et cartes. De cet invraisemblable capharnaüm jaillissaient quelques orchidées pourpres.

– Je ne sais pas quoi dire, finit-il par marmonner.

– Vous avez appelé Delphine? lui demanda Alice dans un sourire.

– Non, j'attendais de vous avoir vue, pour savoir si tout ça était bien vrai.

– Alors appelez-la! Tout de suite.

– Appelez-la, vous! rétorqua-t-il en lui rendant son sourire.

Alice téléphona à Delphine, qui hurla de joie. Ils allèrent tous dîner dans un restaurant bruyant près de Saint-Sulpice, où le compagnon d'Alice les rejoignit. Ils burent du champagne dans un joyeux brouhaha de rires et de fête, trinquant à Margaux Dansor.

Aucun d'eux ne se doutait de la suite des événements. Mais d'une certaine façon, Nicolas subodorait que cette femme aux yeux dorés lui offrait une nouvelle vie. Elle avait foi en lui. « Pourquoi quitterais-je Alice Dor? répondait-il aux journalistes. Elle a vendu les droits de mon livre dans le monde entier, et à Hollywood. Comment pourrais-je avoir envie d'aller ailleurs? »

– Mais tu ne veux pas plus d'argent, plus de glamour, plus de tout? insistait son amie Lara, récemment. Tu n'as même pas trente ans. Pourquoi ne pas te tourner vers des maisons d'édition plus puissantes ? D'accord, Alice t'a donné ta chance, mais pourquoi rester avec elle ?

– Parce que je lui dois bien ça, répliqua Nicolas. Parce que je lui dois tout.

– On dirait un mari fidèle et ennuyeux, se moqua Lara.

– Va te faire foutre.

Elle le chatouilla sous le menton, railleuse.

– Oh, ce mauvais caractère… Je me demande bien pourquoi. Au fait, tu l'as vraiment commencé, ton nouveau roman ? Ou t'es trop occupé à répondre à tes fans sur Facebook ?

Il réprima l'envie de gifler son visage moqueur. Tout le monde s'intéressait beaucoup trop à son prochain livre. Alice, elle, se tempérait et le questionnait avec précaution sur le sujet. Elle veillait à ne pas le mettre sous pression, mais il percevait sa sourde anxiété mieux qu'un paratonnerre n'attire la foudre. Il la sentait croître en elle comme la sinistre tache noire sur le miroir de lord McRashley, jour après jour.

Maintenant qu'Alice Dor lui avait garanti un à-valoir exorbitant pour qu'il ne succombe pas aux sirènes des autres éditeurs, comment Nicolas aurait-il pu lui avouer qu'il n'y avait pas de livre du tout ? Comment lui avouer qu'au cours des six derniers mois, depuis qu'ils avaient signé le nouveau contrat avec panache, il se reposait sur ses lauriers, s'abandonnait sans limites à l'adulation de ses fans, se vautrait dans le luxe des première classe, du champagne qui coulait à flots, des cadeaux somptueux, déployant son sourire pour des photos sur papier glacé ou lors des séances de dédicaces.

Alice n'avait acheté que du vent.

Sous la douche, Nicolas se laisse aller au luxe ouaté de sa salle de bains en marbre rose. La voix de Malvina lui parvient de la chambre, des sonorités chuintantes d'une langue dont il ne comprend pas un mot. Elle est au téléphone avec sa mère, à Varsovie. Il n'a vu que des photos de cette quadragénaire divorcée, qui a les mêmes yeux bleu-vert que sa fille et paraît en permanence survoltée. Leurs conversations s'éternisent toujours, ce qui laisse à Nicolas le temps de vérifier son BlackBerry. L'appareil est dissimulé sous la serviette à même le sol.

Le grand miroir lui renvoie un reflet de bronzage prometteur. La marque du maillot contraste avec le hâle uniforme qui souligne les muscles de son dos. Il se penche pour récupérer son BlackBerry. Il n'a toujours pas lu le BBM de Sabina. Il clique dessus, se prépare. Les mots lui sautent à la figure. « Je veux que tu jouisses dans ma bouche. » Un frisson l'électrise de part en part. C'est comme si elle était là, maintenant, à genoux sur le marbre, les lèvres brillantes et offertes, les yeux levés vers lui, tour à tour suppliante, provocante, aguicheuse. Il ne résiste pas à l'érection qu'il sent monter. Se masturber, oui, ça ne prendra que quelques minutes. Le velours de sa bouche se referme sur lui. Il voit ses cheveux blond cendré qu'elle rejette en arrière, tout à son ouvrage. Ses longues mains, sa manucure parfaite, l'or de son alliance. Sa bouche et sa langue font un petit bruit mouillé alors qu'elle accélère sans le quitter des yeux. Il pose les mains des deux côtés de sa tête, ses doigts s'agrippent à ses cheveux soyeux, lui intimant d'aller encore plus vite. L'orgasme est tout proche, puissant, mais Nicolas y résiste encore.

– On y va, à ce cocktail ? fait Malvina, dangereusement proche, juste derrière la porte de la salle de bains.

Il ouvre brusquement les yeux et se voit dans le miroir : bouche bée, brandissant une érection triomphante. Il s'étrangle. Il n'a pas entendu Malvina mettre fin à la conversation avec sa mère.

– Pourquoi pas ! répond-il d'une voix rauque.

Il fourre le BlackBerry derrière une boîte de kleenex et drape fébrilement sa turgescence sous une serviette.

Ricochets de sandales à hauts talons. Malvina entre dans la salle de bains. Elle porte une robe corail qu'il ne lui connaît pas. Moulante, décolletée, elle ne cache rien de ses formes, sans être ni vulgaire ni bas de gamme. Elle a ramassé ses longs cheveux en arrière avec un nœud de velours noir.

Elle jette un regard soupçonneux autour d'elle. Nicolas continue de s'éponger avec la serviette, s'efforçant d'avoir l'air détaché et naturel, alors que la gêne lui fait monter le rouge aux joues. Le BlackBerry est invisible. Son érection diminue de seconde en seconde. Il s'en est fallu de peu, pense-t-il. Il lui adresse un large sourire.

– Tu es magnifique.

Et il le pense.

– Pourquoi tu es tout rouge, Nicolas ?

— Coup de soleil, grimace-t-il, embarrassé, caressant le nœud de velours du bout des doigts.

— Dagmar Machin, elle sera au cocktail ?

— Aucune idée.

— Tu feras quoi, si elle vient ?

— Je lui dirai bonjour, j'imagine.

Nicolas se précipite dans la chambre pour s'habiller, le cœur battant, le bas-ventre lourd d'un désir inassouvi.

Plus tard, au crépuscule, ils descendent sur la terrasse main dans la main. Nicolas a enfilé un jeans noir, une chemise blanche et une veste neuve, d'un vert sombre. Il le sait, ils forment un couple superbe, la grande taille de l'un contrastant avec la grâce de sylphide de l'autre. Jamais ne lui venait ce genre d'idée quand il marchait dans la rue, avec Delphine, un bras autour de ses épaules. Il se moquait bien de son apparence, à l'époque. Mais depuis Margaux, Nicolas ne peut plus mettre le pied nulle part sans essayer de savoir comment les autres le perçoivent.

Il a oublié l'invitation du Dr Gheza dans leur chambre, mais peu importe, un maître d'hôtel souriant les escorte déjà vers une enceinte privée près de la piscine : « Bienvenue, *Signorina, benvenuto Signor* Kolt. »

Une douce musique d'ambiance les accueille. La brise fraîche venue de la mer ne dissipe pas encore la chaleur torride de la journée, qui plane toujours. Les chandelles vacillent, languissantes. La mer a viré au bleu d'encre. Tout le monde rit, boit, bavarde. Les serveurs glissent d'un invité à l'autre, offrant des plateaux d'amuse-bouches présentés avec raffinement. Nicolas et Malvina sirotent leur champagne frappé devant la mer qui s'assombrit. Il savoure le Ruinart, mais aussi l'exquise sensation d'être lové au creux d'une bulle somptueuse. Quelques heures plus tôt, il a regardé les informations à la télévision, un Coca à la main, leur sempiternel et insupportable chapelet de carnages et de krachs, de conflits et de scandales. Il a zappé, et en un instant, les tragédies du jour se sont effacées. Dans la chambre voisine, et pour tous ceux qui l'entouraient, c'était sans doute pareil. Le Gallo Nero n'était-il pas un exil pour riches qui voulaient oublier le tumulte du monde extérieur ?

Nicolas commence à découvrir, mi-impressionné, mi-coupable, à quel point le temps, ici, freine sa course, s'enlise dans une mélasse de futilité. Rien ne semble plus compter que le vin que l'on boira à table, les boucles d'oreilles à exhiber ce soir, le modèle de havane à déguster. Nicolas constate que les invités portent des blazers impeccables et des cravates soigneusement choisies. Les femmes, pour la plupart – à l'exception de la créature au bras de Novézan –, sont divinement apprêtées. Nicolas détaille leurs tenues, pas une mince affaire avec Malvina qui épie le moindre de ses battements de cils. L'épouse belge arbore une robe en maille abricot au décolleté plongeant. La nageuse suisse est spectaculaire dans sa robe de sirène émeraude qui lui dénude une épaule. La brune voluptueuse aux jambes courtes déborde de sex-appeal avec un dos nu en lamé. Et c'est avec une classe toute parisienne que la blonde française déambule dans sa robe portefeuille ajustée.

Nicolas cherche Dagmar Hunoldt du regard, un peu nerveux à l'idée de se présenter. Mais elle est invisible. M. Wong et Mlle Ming, vêtus de kimonos de soie rouge et noir assortis, s'inclinent avec dignité. Le couple homo, en costumes de lin beige et blanc, et d'une décontraction étudiée, discute avec Alessandra, la fan mielleuse, et sa mère, toutes deux en djellabas gansées de strass.

Nelson Novézan, déjà éméché, s'appuie sur une blonde avantageuse, boudinée dans son ensemble de cuir. La reine de ses nuits, à n'en pas douter. Nicolas sourit en leur portant un toast silencieux. Novézan lui renvoie un clin d'œil égrillard, non sans déshabiller Malvina de son regard vitreux. Écœurée, Malvina lui tourne le dos.

Les sosies de Natalie Portman arrivent avec leur labrador, et les têtes se retournent pour les admirer. Nicolas le fait plus discrètement, pendant que Malvina demande un verre d'eau. Toutes deux portent de vaporeuses robes de mousseline rose dragée qui laissent deviner leurs jambes fines et dorées, des escarpins vertigineux à célèbre semelle rouge. Juste avant que le regard accusateur de Malvina ne lui revienne en boomerang, il s'intéresse au chien avec bienveillance.

Un homme dégarni, lunettes d'écaille et blazer marine, se présente comme le Dr Otto Gheza, le directeur de l'hôtel. Il est flanqué d'un acteur américain, athlétique, blond, la cinquantaine. Nicolas a son nom sur le bout de la langue. Bon sang, il en a pourtant assez vu, des films avec ce type, comment a-t-il pu oublier?

– Alors, *Signor* Kolt, quand pouvons-nous espérer votre nouveau livre? lance Gheza avec un large sourire.

Nicolas lui sert son sourire crispé. Il débite une réponse toute prête.

– Dès que je l'aurai terminé.

– Mon épouse a adoré *L'Enveloppe*, renchérit l'acteur américain d'une voix traînante en fumant une cigarette. Elle ne l'a pas lâché du week-end. Moi, je n'ai vu que le film, pas pu me décider à le lire. Robin était formidable en Margaux, non? Je suis sûr que vous avez adoré le film.

Nicolas acquiesce. L'Américain continue de deviser, la plupart des convives semblent l'avoir reconnu, et lui adressent saluts et sourires. D'ailleurs, ils ont reconnu Nicolas aussi. L'épouse belge, déjà bien imbibée, se dirige maladroitement sur lui, sans se soucier de Malvina, de Gheza ni de l'acteur. Elle s'appelle Isabelle et rien de ce que tente Nicolas pour l'éconduire ne l'empêchera de parler.

– Oh, oh, oh, suffoque-t-elle, la paupière battante, agrippée à son sautoir comme s'il allait glisser de sa gorge palpitante. – Avec la chaleur, son fond de teint a raviné un peu plus les rides de son visage. – Je n'arrive pas à croire que vous soyez là, réfugié sur cette île de la côte toscane, loin des foules en délire, alors que moi, je suis en train de lire votre livre! Attendez que je raconte ça à ma sœur et à ma mère, elles l'ont lu avant moi, vous savez, et elles n'arrêtaient pas de me dire : Isabelle, il faut absolument que tu lises Nicolas Kolt, tu vas adorer. Je n'ai pas pu commencer le livre avant, vous voyez, j'ai eu tant à faire, je tiens une boutique sur l'avenue Louise à Bruxelles, vous connaissez Bruxelles, bien sûr, j'ai lu quelque part que votre mère était belge. C'est incroyable, il faut que vous dîniez avec nous, n'est-ce pas, avec mon mari, mon fils et ma fille, c'est divin, qu'en pensez-vous, oh, laissez-moi juste prendre une photo de vous que je puisse l'envoyer à ma sœur, elle va être verte, attendez une minute, je ne sais jamais comment marchent ces téléphones, où est-ce qu'il faut que j'appuie…

– *Maman.*

D'un mot, d'un seul, proféré comme une sentence, la fille a ramené sa mère à la réalité.

– Oh, mon Dieu, je suis désolée, je me suis laissé emporter, je voulais seulement…

Nicolas, gêné, détourne son regard vers l'horizon tandis que la fille éloigne sa mère d'une main ferme.

– Ça doit vous arriver souvent, pas vrai? ricane l'acteur américain. Oh, moi aussi, j'y ai eu droit, en mon temps.

– Allons, allons, le flatte Gheza, je suis sûr que les dames continuent de se jeter à votre cou, Chris.

Chris. Nicolas se creuse la cervelle. Acteur, américain blond, la cinquantaine... Chris... Le visage de ce type lui dit quelque chose. Il sèche. Il scrute la terrasse de nouveau. Aucune trace de l'imposante Dagmar Hunoldt. Était-ce bien elle ce matin? Comment en être sûr? Il pourrait innocemment demander à la réception demain matin, en allant à la piscine : « Au fait, est-ce que Dagmar est arrivée?»

Malvina discute avec les jeunes homos. Nicolas est soulagé de la voir moins timide, moins complexée. Elle préfère la solitude, les soirées télé au fond du canapé. Elle est si jolie, si jeune! Quand il était avec Delphine, il se laissait faire. Maintenant, c'est lui qui materne Malvina. Une sensation agréable, mais qui le déroute parfois. Elle a une personnalité compliquée. Face à ses longs silences, il ne sait jamais sur quel pied danser. Et quand elle s'emporte quelquefois, elle lui rappelle Gaïa, la fille de Delphine, championne de la bouderie et des crises de colère.

Nicolas évite soigneusement le regard de la Belge – désormais tout à fait saoule, les dents maculées de rouge à lèvres –, mais aussi celui d'Alessandra et de sa mère qui, lentement mais sûrement, ont entrepris une manœuvre en crabe pour le coincer. Avec un signe de tête à M. Wong et Mlle Ming, il file vers le bar.

Il a déjà bu trois coupes. Une quatrième serait peut-être de trop. Il commande de l'eau gazeuse au barman. La nuit est tombée, mais il fait toujours étonnamment chaud. Tout en buvant, Nicolas pense à Sabina, et ne peut réprimer un sourire. Que fait-il de mal, après tout? Des sextos plutôt que des textos. Rien de grave, franchement. Une histoire virtuelle, sans contact charnel ni échange de fluides corporels. Ce n'est pas comme s'il avait une liaison. Certes, il aurait du mal à l'expliquer à Malvina, si d'aventure elle tombait sur un message de Sabina. Mais ça n'arriverait pas. Il ne perdait jamais son BlackBerry de vue, et même si elle finissait par mettre la main dessus, encore faudrait-il connaître le mot de passe.

— Autre chose, *Signor*? demande le barman.

Un costaud au sourire chaleureux, qui frise la quarantaine. Giancarlo, d'après le badge épinglé à son revers.

— Non, je vous remercie, dit Nicolas.

— J'espère que vous appréciez votre séjour au Gallo Nero.

— Tout à fait, merci, Giancarlo.

— Il fait beau, non? Si vous aimez la chaleur, bien sûr.

— Justement, répond Nicolas, je suis venu profiter de trois jours au soleil.

— Ça fait plaisir de voir des gens de votre âge. En général, nos clients sont des vieux.

Giancarlo mixe un cocktail avec une énergie que Nicolas trouve fascinante.

— Certains étés, c'est déprimant, grimace le barman en baissant d'un ton. — Son accent italien est enchanteur. — Je ne devrais pas dire ça alors que le Dr Gheza est dans les parages, mais croyez-moi, parfois, on se croirait dans une maison de retraite.

Il lui lance un clin d'œil.

– Vous plaisantez, s'esclaffe Nicolas.

– Mais si, c'est vrai, *Signor*! Ça fait du bien de voir un peu de sang neuf par ici. C'est rare, vous savez. Mais demain est un grand jour pour le sang neuf.

– C'est-à-dire? demande Nicolas, intrigué.

– Séance photo pour un grand magazine de mode. Ils vont amener les mannequins les plus chauds.

Giancarlo hausse un sourcil.

– Votre petite amie, elle est du genre jalouse?

Nicolas le fixe, impassible.

– Pire que ça encore.

– Elle ne peut pas être plus jalouse que ma femme.

– On parie? fait Nicolas.

Le barman s'attaque à un nouveau cocktail avec la même ardeur.

– Eh bien, pour tout vous dire, réfléchit Giancarlo en agitant son shaker, Monica ne supporte pas que j'ose seulement regarder dans la direction d'une autre femme. Je n'ai pas dit « regarder » une autre femme, mais « dans sa direction ».

– Pareil, commente Nicolas.

– D'accord. J'ai mieux. Monica est obsédée par mes ex. Elle est persuadée que je les aime encore.

– Même combat.

– Et ça? Monica devient dingue si je consulte mon portable trop souvent. Elle pense que j'ai une liaison ou quelque chose du genre.

Nicolas rit.

– Monica et Malvina doivent être sœurs.

Le barman rit à son tour.

– La journée de demain ne va pas plaire à votre amie, *Signor*. Trop de ravissantes jeunes femmes qui vont gambader partout! Elle va vous obliger à rester dans votre chambre toute la journée. Je plaisante, bien sûr. Vous êtes écrivain, c'est ça?

– Ouaip.

– Désolé, je ne lis pas.

Nicolas a entendu cette phrase si souvent qu'il se demande comment il a pu vendre tant d'exemplaires.

– Je veux dire, je ne lis pas de livres, s'empresse de préciser Giancarlo. Je sais lire, bien sûr.

– Bien sûr, approuve Nicolas.

Il a chaud, soif, et il meurt d'envie de boire un verre. Ou plutôt une coupe.

– Je prendrais bien du champagne, s'il vous plaît, Giancarlo.

– Tout de suite, *Signor*.

Il lui tend une flûte. Nicolas en vide la moitié. Puis il se retourne pour surveiller la terrasse. Pas de traquenard de fans en vue. Malvina toujours en discussion avec le couple gay. Pas de Dagmar Hunoldt.

– Tout va bien?

– Tout va bien, répond Nicolas.

– Où trouvez-vous votre inspiration, *Signor*?

Pitié, Giancarlo sait-il seulement combien de fois il a dû répondre à cette question et à quel point sa patience est à bout, comme une pile qui va rendre l'âme? Il vide d'un trait son champagne et, d'un geste ample, embrasse la terrasse, la mer, les yachts.

– Mon inspiration, la voilà, clame-t-il avec un panache exagéré.

– Vous voulez dire qu'on va tous se retrouver dans votre nouveau livre ?

– Ça se pourrait, fait Nicolas, avant de préciser, ironique : si seulement il existait.

Nicolas pense que Giancarlo va s'emparer de cette information aussi précieuse qu'inattendue, qu'il ne va pas le lâcher, exiger des explications – Comment ça, *Signor* ? Pas de nouveau livre ? –, et il fait le gros dos, les yeux fermés, pour mieux se préparer à l'offensive. Mais curieusement, l'homme ne réagit pas. Nicolas rouvre les yeux, presque déçu.

– Vous voyez cette dame ? chuchote le barman. Là-bas, qui parle au Dr Gheza ?

Nicolas se retourne pour voir une rousse sculpturale, moulée dans une robe de cuir, lacée sur les côtés. Ses talons aiguilles, des engins tout cuir et chaînes, évoquent sans détour des plaisirs sadomasochistes.

– Qui est-ce ? demande Nicolas.

Le visage en forme de cœur de la femme lui paraît vaguement familier.

– Cassia Carper. La rédactrice en chef de ce fameux magazine de mode dont je vous parlais. C'est elle qui va orchestrer la séance de photos demain.

Elle est d'âge mûr, avec des traits de jeune fille. Nicolas s'attarde sur ses jambes, minces, galbées.

– Ah, oui, la *Signora* Carper, c'est quelqu'un. Tous les ans, elle vient ici avec sa fille et son mari. Elle organise une séance de photos chaque été. Vous verrez, ça vaut le détour. Vous allez sûrement vouloir raconter ça dans votre roman... Ah, bonsoir,

Signorina. Une coupe de champagne? Je parlais des navires de croisière au *Signor* Kolt.

Comme d'habitude, Malvina s'est approchée sans bruit, de son pas de chat, et se tient maintenant à côté de Nicolas. Elle répond froidement :

— Non, de l'eau, s'il vous plaît. Avec des glaçons. Et alors, les navires de croisière?

Bien joué, Giancarlo! s'émerveille Nicolas, alors qu'ils se tournent tous trois dans l'axe des jambes de Cassia Carper, mais direction le grand large. Un vaisseau gigantesque croise au loin, brillant de tous ses feux comme des diamants sertis sur un velours bleu nuit.

— Vous voyez, *Signorina*, ils longent la côte et ils saluent le Gallo Nero.

— Ils saluent? répète Malvina.

— Oui, en italien, on appelle ça l'*inchino*, ça veut dire que le bateau se rapproche autant que possible de nous et donne un coup de sirène. En général, ils restent à quatre ou cinq milles de nous, mais l'été, ils viennent à un mille. Votre eau, *Signorina*.

Ils observent le paquebot qui se rapproche, garni de lumières comme une énorme pièce montée flottante.

— C'est le *Sagamor*, reprend Giancarlo. Un des plus gros paquebots de croisière. En route pour Civitavecchia, dernière escale d'une semaine de rêve.

Autour d'eux, tout le monde lève son verre au *Sagamor*, si bien que Nicolas et Malvina les imitent. Sur les innombrables ponts du gratte-ciel des mers, Nicolas imagine les fourmis de passagers le long des rampes, qui leur rendent leur salut, il devine une rumeur étouffée de musique, de rires, de chants et de festivités tandis que vogue lentement la masse titanesque. Fugacement, il songe à toutes les histoires que l'on pourrait raconter sur ces plaisanciers. Qui sont-ils? D'où viennent-ils? Qu'est-ce qui les attend? C'est tout cela, son inspiration, il ne plaisantait pas tout à l'heure. Mais alors, pourquoi ne parvenait-il pas à s'arracher à Facebook, à se botter les fesses, à s'approprier cette matière brute pour y trouver le filon et lui donner vie? Tous les possibles étaient là, à portée de plume. Sauf qu'il savait, au fond de lui, à quel point l'envie d'écrire lui faisait défaut. Il était tellement plus facile de prétendre, de se prendre au sérieux, de jouer un rôle. Quand allait-il cesser de mentir? Oh, et puis, assez de mea-culpa, il serait toujours temps d'y penser une fois le séjour terminé. Pour le moment, il lui restait encore deux jours d'oisiveté azur et doré. Deux jours de plus à ne rien faire, *farniente*, comme on disait ici.

Le timbre grave d'une sirène retentit par trois fois dans la nuit.

– L'*inchino*, dit Giancarlo.

Le *Sagamor* laisse un sillage d'écume sur l'eau noire. Nicolas décide d'aller dîner. En partant, Malvina à son bras, il adresse un clin d'œil discret à Giancarlo, à l'insu de Malvina. Poliment, Giancarlo s'incline, impassible, il a compris.

Au niveau supérieur de la terrasse, on ne les place pas à la meilleure table, celle qui jouit de la plus belle vue. Nicolas, furieux, exige la table en question. Le maître d'hôtel se confond en excuses, elle est déjà réservée.

– Vous savez qui je suis? réplique sèchement Nicolas.

– Bien sûr, *Signor* Kolt, bafouille l'homme.

– Je veux cette table.

Le Dr Gheza accourt, tout sourire.

– *Signor* Kolt! Cette table est la vôtre, naturellement. Veuillez nous excuser.

119

Confus, le maître d'hôtel s'éclipse. Ils s'installent.

– Il a fallu que tu recommences, hein? dit Malvina.

Nicolas ne l'écoute pas. La plupart des clients le regardent en souriant. Oui, ils l'ont reconnu. « Oh, regarde! C'est l'écrivain! C'est lui? Mais oui, c'est bien lui. » La famille *Vanity Fair*, incarnation de l'élégance italienne sur papier glacé, lui porte un toast. Il sourit et fait de même.

Cassia Carper est à une table voisine, avec un personnage distingué aux cheveux blancs et une adolescente. Nicolas profite encore de ses jambes et de ses escarpins le temps que Malvina étudie le menu. Puis il regarde alentour. Dagmar Hunoldt n'est pas là.

– Pourquoi tu fais la tête? demande Malvina.

– J'ai chaud, c'est tout.

Il ôte sa veste, la suspend au dossier de sa chaise. Il n'a pas chaud, mais comment expliquer autrement son air préoccupé. C'est qu'il brûle de consulter son BlackBerry, là dans sa poche, et n'ose pas affronter la colère de Malvina. Toujours pas de nouvelles de sa mère. Et François qui n'a jamais rappelé, ni même envoyé un SMS. Quant à Sabina… Ce dernier BBM… Vivement le prochain. Et Alex Brunel a-t-il ou elle posté une nouvelle photo sur son mur?

Tout en grignotant des *gressini*, Nicolas se demande s'il réussira un jour à se détacher de tout ça. Peut-être devrait-il se trouver un endroit sans réseau ni connexion Internet. Et ces fameuses résidences d'écrivains, ces monastères où l'on enferme les auteurs récalcitrants pour les contraindre à écrire? Il s'imagine, l'échine courbée sur sa feuille, dans une pièce nue, voûtée, dont l'étroite fenêtre ouvre sur un paysage magnifique. Deux fois par jour, une femme émaciée et sinistre, vêtue de noir, la Mrs Danvers de *Rebecca*, déposerait sans un mot son plateau : du thé, du pain et de la soupe.

La voix du serveur le ramène au raffinement enchanteur du Gallo Nero. Un filet de perche de mer à la crème de brocoli pour madame. Un risotto d'huître accompagné d'un tartare de thon pour monsieur. Ils savourent leurs plats dans un silence plaisant. Les mets sont parfaits, tout comme l'orvieto. Le chef passe parmi les convives et déclare à Nicolas qu'il a adoré *L'Enveloppe*. Sa famille vient de Camogli, et il sait exactement où se trouve la maison de Jake et Sally. Nicolas le remercie. Alors vient la question redoutée : « Et de quoi parle votre prochain livre, *Signor* Kolt ? » Nicolas débite d'une voix de GPS, ponctuée du sourire de circonstance : « Il va vous falloir attendre pour le savoir ! »

Malvina n'a pas envie d'un dessert, aussi redescendent-ils à la piscine, pour un dernier verre. L'air est doux et parfumé. De loin, on entend le murmure du ressac. Installés sur des transats, ils admirent les reflets argentés de la mer.

— Joyeux anniversaire, sussure Nicolas en lui tendant une petite boîte carrée.

Malvina l'ouvre. La Rolex scintille au clair de lune. Elle fixe la montre dans sa paume.

— Elle te plaît ? demande-t-il, hésitant. Ça n'a pas été facile de la trouver, celle-là. Je me suis dit qu'elle était parfaite pour toi.

— Une Rolex, lâche-t-elle dans un souffle. Oui, elle me plaît, mais…

Le sourire de Nicolas s'estompe.

— Mais quoi ?

— Une Rolex, Nicolas. C'est le genre de cadeau que tu offres à ta mère.

— Bon sang, Malvie, tu ne peux pas juste dire merci ?

– Merci, marmonne-t-elle rapidement. Elle est très belle. Vraiment. Merci.

Il essaie maladroitement de la lui attacher. La montre pend lourdement. Quelle affreuse déception, quel gâchis… Non seulement ce qu'elle a dit le blesse sans qu'il puisse expliquer pourquoi, mais il doit reconnaître que cette montre ne lui va pas du tout. Il se souvient de sa joie dans le magasin, certain qu'elle la porterait avec tant de grâce.

– Je suis fatiguée, chuchote Malvina.

Sa nuque est délicate et fragile, sa peau plus pâle que jamais. Elle semble s'étioler comme une fleur fanée.

– Tu veux remonter? s'étonne Nicolas.

Mais elle s'est déjà levée, et il n'a d'autre choix que de la suivre. Il est à peine onze heures. Il n'a pas sommeil, et encore moins envie de se coucher. Le bar est là, derrière eux, tentant, avec sa musique et ses rires. Malvina s'éloigne à grandes enjambées sur ses talons.

En leur absence, la chambre a été préparée pour la nuit. Il y règne une atmosphère calme et accueillante. Le couvre-lit a été rangé, les draps repliés de frais, une rose blanche et un chocolat ornent délicatement les oreillers. Les rideaux sont tirés, les lampes de chevet allumées. Le climatiseur est réglé sur une température idéale. Les serviettes de la salle de bains ont été changées.

– Embrasse-moi, dit Malvina.

Il s'exécute. Mais secrètement, c'est Sabina qu'il étreint, Sabina qu'il n'a jamais embrassée, et quand il caresse les seins fiers et blancs de Malvina, il pense à la peau mûre de Sabina, qu'il n'a jamais touchée. C'est la bouche de Sabina qu'il goûte, cette bouche qu'il désire tant.

SAMEDI 16 JUILLET 2011

You're so vain, you probably think this song is about you.

Carly Simon

CHAQUE FOIS QUE NICOLAS descend à l'hôtel au cours de ses fréquentes tournées, il observe un rituel immuable s'il veut passer une nuit paisible. Il ne voyageait pas beaucoup dans sa vie de professeur pour cancres invétérés, du temps de Delphine. Ses seuls déplacements le menaient à Bruxelles, dans la famille de sa mère. Puis il y avait eu la virée en Italie avec François. Sa renommée nouvelle l'avait propulsé dans le monde entier. Il avait attendu vingt-six ans avant de découvrir les affres du décalage horaire. De 2008 à 2011, il s'était rendu dans dix-neuf pays. Au début, ce frisson de nouveauté l'enivrait, une frénésie de villes inconnues, de rencontres, de défis à relever. Deux ans plus tard, il commençait à en payer le prix, et bien souvent, une fois dans son lit pour la nuit, le sommeil le fuyait, malgré l'épuisement. Il avait beau séjourner dans les meilleurs hôtels, certaines chambres, si design et raffinées fussent-elles, étaient incompatibles avec le sommeil. Le feng shui, assurait son amie Lara, une discipline chinoise ancestrale où il était question de flux visibles et invisibles, de lits à orienter au nord ou au sud, et de miroirs capables de renvoyer des énergies néfastes. Nicolas s'était moqué. Toujours est-il qu'il lui suffisait de franchir le seuil d'une chambre pour savoir s'il allait bien dormir ou non. Comme la première impression que laisse un visage. Debout dans une chambre, d'un regard, il percevait ce qui n'allait pas. Cela avait peut-être un rapport avec le feng shui, même s'il ne l'avait jamais admis devant Lara. Le lit n'était pas au bon endroit, la table trop encombrante, la chaise de travers, le tableau au mur agaçant, le couvre-lit mal replié, le rideau était tiré d'une façon qui le dérangeait. Son petit rituel consistait à déplacer les meubles jusqu'à ce qu'il se sente bien. Parfois, c'était la couleur des murs qui le perturbait. Ou l'odeur, à cause d'un parfum d'ambiance trop entêtant. Il lui arrivait souvent de redescendre à la réception pour changer de chambre.

Il avait ainsi vécu deux séjours mémorables lors de ses voyages de promotion. L'un à Venise, dans une pièce tout en miroirs et sans fenêtre. Le parti pris du décorateur l'avait frappé, il avait été impressionné par le hall, un univers étourdissant de stalactites d'argent et de dalles d'un noir liquide. Sa suite était une bonbonnière rose clinquant, dont les murs lui renvoyaient sa propre image à l'infini, comme dans l'escalier sépulcral de lord McRashley. Il n'osait rien toucher : ni le téléphone-coquillage en nacre, une œuvre d'art d'inspiration marine, ni la douche, une savante composition chromée de boutons, de pistons et de tubes.

Après sa signature à la Libreria Toletta, dans le Dorsoduro, Nicolas rentra avec un début de migraine. Snobant l'appareillage complexe de la douche, il avala une aspirine et se coucha aussitôt. En pleine nuit, une main glacée lui agrippa le cœur. Il se réveilla en sursaut, cherchant l'interrupteur à tâtons. À défaut de la lampe de chevet, c'est l'éclairage entier de la chambre qui lui explosa à la figure, un feu d'artifice cruel et aveuglant. Il suffoquait, incapable de respirer. Un poids monstrueux lui écrasait la poitrine, le clouant au matelas. Les miroirs impassibles renvoyaient le reflet paniqué d'un poisson rouge qui serait tombé de son bocal. Il se sentait comme enterré vivant. Il s'extirpa tant bien que mal du lit, ses jambes pesaient une tonne ; titubant vers le mur, il se délectait déjà à l'idée d'une goulée d'air frais à la fenêtre. Mais il n'y en avait aucune dans cette suite rose. Juste le bourdonnement du climatiseur et des miroirs à l'infini. Nicolas se rua dans la salle de bains, pas de fenêtre non plus. Était-il en plein cauchemar ? Il se pinça. Quelle heure était-il ? Aucune importance. S'il ne sortait pas de cette chambre, là, tout de suite, il allait y laisser sa peau. S'écrouler de tout son long, sur la moquette, rendre son dernier soupir. Il imaginait déjà la une du *Corriere della Sera* : « Un célèbre écrivain à succès retrouvé mort dans un palace vénitien. » Chancelant, hagard, Nicolas ouvrit la porte et descendit dans le hall noir et argent. La réceptionniste derrière le comptoir le regarda passer, les yeux écarquillés, pensant certainement qu'il s'était drogué. La morsure du froid lui rendit ses esprits : il se trouvait dehors au milieu de la nuit, presque nu. Mais au moins, il respirait. Il vivait. Tout irait bien. Du moment qu'il ne remettait pas les pieds dans cette chambre aveugle.

L'autre nuit blanche, c'était à Madrid, dans un hôtel luxueux, avec son bassin de jade, son paisible patio planté de palmiers. Il était rentré relativement tôt pour l'heure espagnole, après une séance de dédicaces réussie à la Casa del Libro. Marta, son attachée de presse, lui avait annoncé avec un sourire désolé qu'il lui faudrait se lever « pas trop tard » pour une interview au petit déjeuner, avec une grande signature d'*El País*. Après son déménagement rituel, il trouva vite le sommeil. La chambre était spacieuse, ses murs jaune pâle apaisants, et il n'y avait pas un bruit – la chambre ne donnait pas sur la rue, mais sur le patio.

En pleine nuit, des ricanements diaboliques le réveillèrent en sursaut. Qui était dans la chambre? On aurait dit tout un groupe. Comment étaient-ils rentrés? Que faisaient-ils? Nicolas alluma. Il était seul. Absolument seul. C'est alors qu'il comprit. La porte près de son lit communiquait avec une autre suite. Et de l'autre côté, un enterrement de vie de jeune fille battait son plein, un véritable troupeau d'éléphants déchaînés en pleine savane, hurlant et dansant au rythme de la Macarena. Il n'avait pas la moindre envie de partager leur liesse. Il était quatre heures du matin, il devait se lever à peine trois heures plus tard. Ferait-il mieux de se joindre à leurs libations, se saouler et danser? De guerre lasse il finit par demander des bouchons d'oreille à la réception, rata son réveil et l'interview par la même occasion.

En descendant prendre son petit déjeuner, emmitouflé dans son peignoir blanc, Montblanc et Moleskine en poche, Nicolas prend conscience qu'il a oublié le rituel feng shui ces deux dernières nuits. Il s'est spontanément senti à l'aise au Gallo Nero. Ici, tout concourt à l'harmonie, jusqu'au plus infime détail. La subtile disposition des savons d'invités autour du lavabo, le délicat parfum de miel et de citron des draps, les généreuses coupelles de fruits, les sourires toujours chaleureux du personnel et des femmes de chambre. Il émane du Gallo Nero une simplicité qui le distingue de tous les autres hôtels à la mode. La beauté unique du lieu, suspendu entre ciel et mer, son jardin fleuri, protégé de hauts cyprès, de pins maritimes et d'oliviers, la caresse de la brise ne faisaient qu'ajouter à son charme sans ostentation. Il s'imagine que la sensuelle héritière italienne et son séduisant aviateur américain, qui avaient construit ce nid d'amour quarante ans plus tôt, vivent encore. En esprit, tout du moins. Il les voit apparaître, main dans la main, elle dans sa tunique Pucci, aussi brune qu'altière, le teint mat, les pieds nus et le nez patricien, et lui, une virilité à la Steve McQueen, en Levi's délavé et T-shirt blanc.

Nicolas se retrouve à la même table que la veille. Il n'est pas encore huit heures, et il n'est pas fatigué, même s'il a peu dormi. Comment est-ce possible après une telle soirée ? Cela vient de son père, sourit-il, reconnaissant de ses vigoureux gènes Koltchine. De ceux qui savent gérer les lendemains difficiles. Le soleil italien brûle de tous ses feux, glorieux, puissant. Nicolas commande un thé et observe les alentours. Seul le couple suisse est déjà attablé, ils échangent des saluts. Pas de Dagmar Hunoldt. Prend-elle ses repas dans sa chambre ? Est-elle encore là ? Nicolas préfère penser aux événements de la veille. Une image en particulier lui reste en mémoire. Un sourire lent, sensuel, s'étire sur ses lèvres. La serveuse qui lui verse son Earl Grey remarque à quel point il est jeune et séduisant. Il lève les yeux vers elle avec un sourire.

– *Grazie*, dit-il.

– *Prego*, répond-elle.

Malvina dort encore. Elle ne soupçonne pas ce qui s'est passé hier soir, après qu'elle s'est blottie dans le grand lit blanc. Une fois sa respiration régulière, Nicolas s'était calfeutré aux toilettes, en sécurité et en compagnie de son BlackBerry. Il avait commencé par consulter sa page Facebook. Le mystérieux Alex Brunel avait posté une nouvelle photo. C'était bien Nicolas, impossible de se méprendre, assis au bar, face à Giancarlo. Il était photographié de dos, depuis la partie surélevée de la terrasse, mais on le reconnaissait aisément, son visage de profil, ses épaules carrées sous la veste verte. 296 amis avaient déjà « aimé ». Nicolas n'avait pas lu les commentaires tant le cliché le terrifiait. Il détestait être suivi. L'année dernière, une jeune femme un peu dérangée lui avait envoyé par courriel de nombreuses photos d'elle nue, recouverte de dizaines d'éditions différentes de son roman. Sans réponse de Nicolas, elle s'était débrouillée pour dénicher son adresse personnelle, et il l'avait vue rôder rue du Laos. Le regard haineux qu'elle lui avait lancé de loin n'avait rien d'engageant. Plus récemment, un homme d'âge mûr lui avait plusieurs fois écrit pour lui annoncer poliment qu'il lui jetterait de l'acide au visage à sa prochaine signature. Des épisodes isolés qu'Alice Dor et la police avaient maîtrisés, mais qui l'avaient rendu nerveux. Il avait hésité à supprimer la photo, caressé l'idée de bloquer Alex Brunel, pour qu'il ou elle ne puisse plus poster sur son mur. Mais pour le moment, Alex Brunel n'avait émis aucune menace. Nicolas était revenu dans la chambre sur la pointe des pieds. Tout était calme. Il jeta un coup d'œil au balcon. Une nuit magnifique. Pourquoi ne se commanderait-il pas un *limoncello*? Le service d'étage risquait de réveiller Malvina. Ce soir, elle n'avait pas voulu faire l'amour, lui avait expliqué qu'elle ne se sentait pas bien, qu'elle avait besoin de dormir. Et s'il faisait plutôt un tour au bar? Il quitta la chambre, referma la porte en silence et fila. Giancarlo l'accueillit avec un grand sourire et lui tendit un verre de *limoncello* glacé, que Nicolas avala d'un trait. Une sensation merveilleuse. Il en prit un autre. Encore meilleur. Le bar était désert. Un peu plus loin, près de la piscine, un petit groupe fumait, riait et dansait. Nicolas coula un regard en direction de la terrasse du restaurant pour voir si l'énigmatique Alex Brunel s'y tenait, tapi dans l'ombre, mais il n'y avait personne. Nicolas décida d'appeler François. Il était minuit, François avait une famille, maintenant, une femme et des gosses (Nicolas ne se souvient jamais de leurs noms), mais il ne pouvait plus repousser l'échéance. Au bout de quelques sonneries, la voix de François, son timbre grave, sérieux, retentit, qui lui manquait tant. « Vous êtes sur le répondeur de François Morin, laissez-moi un message et je vous rappellerai. Merci. » Nicolas s'empêtra dans un monologue interminable. En vain, il tenta l'humour, comme autrefois, et raccrocha, déprimé. Après un troisième *limoncello*, une excitation désespérée s'empara de lui. Pour la cinquième fois de la journée, il composa le numéro du portable de sa mère. Messagerie. Personne non plus rue Rollin. Pourquoi n'était-elle pas chez elle à presque une heure du matin ? Pourquoi son portable était-il coupé ? Ce n'était pas dans ses habitudes. Et s'il lui était arrivé quelque chose ? Quand il se détacha enfin de son téléphone, l'acteur américain était à ses côtés, un brin vacillant.

– Salut, avait-il lancé en lui tapant sur l'épaule. Alors, on remet ça, vieille branche ?

Nicolas n'avait pas eu le temps de respirer que l'acteur avait déjà commandé des caïpiroskas. Il n'y avait plus qu'à boire, d'autant que Nicolas n'avait pas la moindre envie de remonter dans la chambre silencieuse, à côté d'une Malvina endormie. L'incident de la Rolex lui avait laissé un arrière-goût désagréable. Boire quelques verres n'a jamais fait de mal à personne. Il lui restait encore deux jours au Gallo Nero. Pourquoi ne pas passer une partie de la nuit à picoler ? Personne n'était là pour le lui reprocher. De quoi se plaignait l'acteur ? De ses déboires conjugaux ? De sa carrière qui s'étiolait ? Il l'entendait de très loin, étouffé, déformé, comme à l'autre bout d'un tunnel sans fin. Nicolas hochait la tête et buvait. L'Américain parlait et buvait tout autant. La nuit avançait. À pas de loup, en embuscade derrière le duo mi-sucre mi-acide du citron, Nicolas sentait la vodka se distiller en lui, le réchauffer et tisser une toile floue devant ses yeux. Il contemplait le groupe qui dansait et chantait pendant que l'Américain poursuivait son monologue. Le même morceau semblait passer en boucle. *Hotel California*, des Eagles. Au moment où il avait manqué tomber de son tabouret, il entendit une voix, comme un avertissement. Celle de Delphine : « Tu es saoul. Tu as encore bu, Nicolas. » Il l'ignora et continua de boire. Le reste de l'épisode au bar n'était qu'un vague souvenir, jusqu'au moment où Cassia Carper apparut, avec sa robe et ses chaussures renversantes. Le portable collé à l'oreille. À qui pouvait-elle bien parler à une heure pareille, de ce ton si bas, si rauque ? Elle commanda du champagne qu'elle but debout, seule au bar, près de lui, sans cesser de parler. Mais il remarqua qu'elle l'observait du coin de l'œil. Chaque fois que Nicolas regardait ses escarpins, il frissonnait. Puis, sans qu'il se remémore clairement les choses, Cassia Carper avait posé la main sur sa jambe en se penchant pour signer la facture, sa main blanche aux ongles rouges plaquée sur son genou comme une étoile de mer possessive. La chaleur de sa paume et de ses doigts filtrait à travers son jeans. Les événements s'étaient alors enchaînés dans une certaine confusion. L'acteur américain avait disparu. Nicolas se retrouva avec une flûte de champagne à la main et la langue de Cassia Carper dans la bouche. Combien de temps, il n'en savait rien. Quand il regagna sa chambre, il était trois heures du matin. Il ne marchait plus droit. Sa carte magnétique ne fonctionnait pas, ou il était trop ivre pour l'utiliser. Il tâtonna dans le noir un moment. Alors qu'il était sur le point d'abandonner et de s'endormir sur le seuil, la porte s'ouvrit dans un clic, et il fonça droit dans la salle de bains, aussi discrètement que possible, mais le moindre bruit résonnait. Il se déshabilla avec difficulté, entra dans la douche et ouvrit l'eau froide en grand. D'emblée, il se sentit mieux. Après s'être séché et désaltéré au robinet, il consulta son BlackBerry. Un petit symbole bleu figurait sur l'écran. Un BBM. Sabina. Il bloqua le verrou de la porte. Peu probable que Malvina se réveille maintenant, mais mieux valait être prudent.

Le message de Sabina ne comportait aucun mot. Juste une photo. Une photo si improbable qu'il avait dû s'y reprendre à plusieurs fois, incrédule. S'imaginait-il des choses ou quoi ? Était-il à ce point ivre ? Il contempla l'écran à s'en brûler les yeux. Non, il ne rêvait pas. C'étaient bien les cuisses de Sabina, largement écartées sur son triangle fascinant, un entrelacs de boucles couleur de miel, deux doigts plongés dans la douceur moite et rose.

– Voulez-vous un peu plus de thé, *Signor* Kolt ?

La voix de la serveuse le ramène à ce matin. Nicolas hoche la tête et regarde la tasse se remplir. Il n'avait pas pu conserver cette photo. C'était trop dangereux. Il l'avait fixée longuement, accroupi sur le sol de marbre de la salle de bains. Si seulement il avait encore son iPhone, il aurait pu zoomer pour mieux la savourer. Tout à coup, le clignotant rouge lui avait annoncé l'arrivée d'un nouveau message. « À ton tour. » Nicolas, désemparé, s'était aperçu que photographier son appareil génital n'était pas si simple. Et ses mélanges de la soirée n'avaient rien arrangé. Au début, il ne réussit qu'à prendre en photo sa hanche ou son nombril, avant de trouver le bon angle. Son pénis ressemblait à un hot-dog peu ragoûtant. Ses testicules avaient l'aspect ridé d'un chou rouge. Jamais il n'enverrait ça à Sabina. Une éternité plus tard, il finit par capturer son érection déclinante et la lui envoya, persuadé qu'entre-temps

Sabina s'était endormie. Mais elle lui répondit aussitôt. « Fais-toi jouir. Je fais pareil. » Il ne s'était pas fait prier, et il pensa à elle, à l'intimité rosée sur son BlackBerry, même si le souvenir de la langue agile de Cassia Carper contribua à précipiter les choses.

Nicolas termine son petit déjeuner et descend à la plage. Il est seul, et le personnel est ravi d'accueillir son premier client. S'ouvre le ballet de la chaise longue, du parasol, de la serviette, du journal et du jus de fruits pressé, auquel il se joint sans résistance. Puis on le laisse tranquille, à l'exception d'un serveur non loin, prêt à satisfaire la moindre de ses exigences.

Nicolas admire la beauté du panorama. Il approche du bord, ôte son peignoir et plonge. Un court instant, il nage avec vigueur. Pas l'ombre d'une gueule de bois. Son esprit est d'une clarté totale, ses membres pleins d'énergie. Quel dommage que tout cela ne l'aide pas dans l'écriture. Il se retourne, fait la planche et observe la villa ocre perchée sur la colline rocheuse, la falaise grise, la plage déserte. Il n'a jamais craint la mer, même si son père s'est sans doute noyé dans l'océan. Depuis son décès, Nicolas n'est pas retourné à Biarritz, l'idée lui fait peur. Il a refusé plusieurs invitations à des signatures dans la ville et sa région, parce qu'il redoute de poser les yeux sur la Côte des Basques et la Villa Belza, l'endroit même où il a aperçu la voile noire de son père pour la dernière fois.

Il regagne le bord en dos crawlé, fend l'eau avec vigueur. Soudain, sa main bute sur un tas de chair, qui émet un gargouillement. Il se retourne sur une otarie blanche à lunettes coiffée d'un bonnet à fleurs en plastique. Et outrée de surcroît.

Dagmar Hunoldt.

Son cœur s'arrête.

– Je suis vraiment désolé… bredouille-t-il.

En dépit de la fraîcheur de l'eau, le feu lui monte aux joues.

Dagmar Hunoldt tousse, crache, s'étrangle à n'en plus finir. Nicolas tend la main pour agripper son avant-bras; ils sont au large, et obligés de nager pour rester à la surface. Sous ses doigts, la chair d'albâtre le surprend par sa fermeté.

– Vous allez bien? demande-t-il.

– Ça va, merci, lâche-t-elle de cette grosse voix qu'il se souvient avoir entendue dans des interviews à la télévision et à la radio.

– Vous voulez sortir de l'eau?

– Non non, dit-elle, agacée, je vais bien. Faites simplement attention où vous nagez, jeune homme.

Elle a un léger accent impossible à identifier.

– Je suis désolé, répète-t-il, je croyais que j'étais seul.

Elle s'est ressaisie et le dévisage derrière ses lunettes de bain embuées.

– Eh bien, vous ne l'êtes pas.

– Je suis vraiment désolé.

Trois fois qu'il s'excuse platement! Dagmar Hunoldt ne répond pas. Peut-être devrait-il s'exclamer maintenant d'un ton enjoué : « Oh, bonjour! Je suis ravi de vous voir! » Mais elle le fusille d'un regard si furieux qu'il n'ose pas. Elle ne l'a pas reconnu. Peut-être qu'avec ses cheveux mouillés, il a l'air différent?

Le plagiste les hèle depuis la rive. Il veut savoir si la *Signora* se porte bien.

– *Va bene, grazie*, crie Dagmar Hunoldt en retour, exhibant son sourire blanc, terrifiant.

Nicolas se souvient d'avoir lu qu'elle parle sept langues. Ses origines sont mystérieuses. Elle a du sang norvégien ou danois, mais aussi un vague lien avec la Hongrie. Et des ancêtres autrichiens ou allemands. D'une brasse énergique, elle s'éloigne de lui. Doit-il la suivre ? Sortir de l'eau ? Il décide de se remettre à nager en la gardant dans sa ligne de mire. Plus tard, peut-être rira-t-elle en enlevant ses lunettes : « Ah, c'était vous ! Nicolas Kolt ! » Il lui proposera un café, sur la terrasse. Puis ils discuteront, tranquillement, seuls. Il chasse la pensée d'Alice, la trahison que constituerait le seul fait d'écouter Dagmar Hunoldt. Il se concentre sur l'instant, sur cette coïncidence étonnante (mais en est-ce vraiment une ?), cette « rencontre » avec elle, Dagmar Hunoldt, la femme la plus puissante de l'édition.

Il a les nerfs à vif, c'est indéniable. Elle fait cet effet-là à tout le monde. Qu'elle ne l'ait pas reconnu aggrave encore son humeur. Il a eu vent de son problème, réglé ou pas, avec l'alcool, un sujet en général passé sous silence. Mais on lui a raconté ses syncopes dans des restaurants, quand un ami fidèle avait dû la ramener chez elle. Il se souvient du scandale à la Foire de Francfort, quand elle était arrivée tard au bar du Hessischer Hof, une fille au bras. Assez jeune pour être sa petite-fille, lui avait-on rapporté, il n'avait pas assisté lui-même à la scène. Une beauté gracile dans une robe de velours noir. Même à cette heure tardive, le bar était plein à craquer des grands noms de l'édition internationale. Dagmar Hunoldt avait commencé par cajoler la jeune fille, lui caresser les cheveux, les bras nus, ses mains, avec ce qui pouvait passer pour une attention maternelle. Jusqu'à ce qu'elle incline le visage de la fille vers le sien et l'embrasse sur la bouche avec une avidité sans équivoque qui avait électrisé l'assistance. Dagmar Hunoldt était réputée pour ses appétits, qui portaient sur les hommes de tous âges et de tous milieux. On chuchotait qu'elle avait deux maris dans deux pays différents, un fils d'une quarantaine d'années et une fille qui n'était pas tellement plus jeune ; quant aux petits-enfants, elle leur consacrait la majeure partie de son temps, quelque part dans une métropole d'Europe. Ce soir-là au Hessischer Hof, Dagmar Hunoldt avait clairement montré à l'intelligentsia mondiale qu'elle aimait aussi les femmes.

C'est à tout cela qu'il repense dans son sillage, fasciné par les épaules lourdes et blanches qui roulent sous l'eau. Doit-il se montrer détendu, jovial, désinvolte ? Ou au contraire poli, discret, réservé ? Il en a des crampes à l'estomac, comme celles qu'il ressent avant une interview stressante à la télévision, par exemple le jour où il a dû dire quelques mots en direct sur CNN pour l'oscar de Robin Wright. Il était là, sur le tapis rouge, assailli par une forêt de micros, alors que derrière l'œil de la caméra, le monde entier le regardait.

Dagmar Hunoldt nage plus de trois quarts d'heure, d'une brasse rapide, assurée. Il constate avec surprise qu'elle est en forme. Il est soulagé qu'elle se hisse enfin hors de l'eau, car il commence à fatiguer. Un serveur lui tend une serviette qu'elle enroule autour de sa taille épaisse tout en se débarrassant de son bonnet de plastique et de ses lunettes. Ses jambes sont plus fines qu'il ne s'y attendait, bien fermes et musclées. Un écheveau de veines bleues et violacées monte jusqu'à ses cuisses. Le cheveu est pur platine. Elle marche jusqu'à son transat et s'assied. Apparemment, elle est seule. Le couple suisse est sur le point de s'élancer pour sa séance de natation quotidienne.

Nicolas la rejoint.

– Vous allez bien ?

Il ne sait pas s'il doit l'appeler « Mme Hunoldt » ou « Dagmar ». Aussi préfère-t-il ne rien ajouter.

Elle le considère d'un œil vide.

– Je vous suis rentré dedans, dans l'eau… bredouille-t-il en indiquant la mer du doigt.

– Oh, sourit-elle. Oui, c'est vrai. Je vais bien. Merci.

Elle se détourne.

Nicolas est perplexe. Elle ne l'a pas reconnu et l'a congédié comme le plus insignifiant des grooms. Comment peut-elle ne pas savoir qui il est? C'est totalement absurde, surréaliste même. Une idée germe en lui. Peut-être fait-elle exprès de le traiter comme le commun des mortels. Un élément de son plan secret? Dagmar Hunoldt ne fait rien comme tout le monde, elle se distingue des autres éditeurs, elle suit ses propres règles.

– Puis-je vous offrir quelque chose à boire? propose soudain Nicolas.

Elle fronce les sourcils.

– Boire quoi?

– Ce que vous voulez. Cappucino, thé, champagne?

– Du champagne? À cette heure-ci?

– Oui, sourit-il, à cette heure-ci.

Enfin, elle l'examine de près, détaille son torse et ses bras musclés, encore ruisselants, le ventre plat et bronzé, dont le bas est assombri de minuscules boucles de poils.

– Eh bien, pourquoi pas? fait-elle avec un haussement d'épaules.

– Que voulez-vous?

– La même chose que vous.

– Un bellini?

Hochement de tête appréciateur. Nicolas commande deux bellinis. Il rapproche une chaise voisine, et s'installe à côté d'elle.

Elle a mis son panama. Elle lui rappelle l'actrice Glenn Close. La peau pâle, le nez busqué, les yeux enfoncés. À quoi pouvait-elle ressembler, jeune ? Trop lourde pour avoir été jolie. Toutefois, il faut bien lui reconnaître quelque chose d'obscurément attirant. On sert leurs bellinis.

– *Salute*, dit Nicolas en trinquant avec elle.

Il décide d'attendre qu'elle prenne la parole. Après tout, rien ne presse. Si elle est là pour lui, alors elle doit savoir comment procéder. Dans l'expectative, il n'a pas l'intention d'ouvrir le jeu. Il doit se montrer patient.

Nicolas Kolt et Dagmar Hunoldt savourent leurs cocktails prosecco-pêche sans un mot. Autour, la plage se remplit. Le couple suisse a changé de maillots de bain. La famille belge (la mère, le visage bouffi, faisant profil bas) commande du café et des jus de fruits. Alessandra et sa mère bronzent. Le couple gay est plongé respectivement dans son Kindle et son iPad.

Aucun des clients ici présents ne mesure l'importance de ce qui pourrait advenir, songe-t-il. Il admire l'approche de Dagmar Hunoldt, son originalité. Une énorme araignée blanche, qui tisse sa toile dans un coin reculé, et l'attire lentement, en silence. Il attend, en alerte, déjà presque à la fin de son bellini. Du nectar de pêche reste au fond de son verre. L'alcool lui monte délicieusement à la tête, une sensation agréable, grisante. Ses jambes tremblent d'excitation. Il voudrait que ce moment ne cesse jamais : la morsure du soleil dans son dos, le souffle iodé, la présence imposante de Dagmar Hunoldt. Il baisse les yeux sur son poignet robuste et sa main puissante, carrée, qui le fascine. Elle porte une chevalière en or au majeur. Cette main a signé des contrats qui ont bouleversé des vies. Elle a sorti des auteurs de l'anonymat pour en faire des superstars. Elle gouverne le monde littéraire. Quels seront ses premiers mots ? Et si elle l'entreprenait ? Non, elle est trop subtile pour ça. Plus les minutes passent, plus Nicolas en est convaincu. Elle va faire durer le plaisir, déguster l'échange comme un repas gastronomique.

Il ne sait toujours pas sur quel pied danser. Elle doit sans doute penser qu'il ne va pas capituler sans combattre. Enfin, pas tout de suite. Il veut être courtisé. Il ne coupera pas aux simagrées habituelles, mais espère que Dagmar Hunoldt sortira le grand jeu, rien que pour lui. Il rêve d'une cour littéraire éblouissante. Tout en observant son poignet épais à la dérobée, il est conscient de n'être pour elle qu'un pari de plus, un autre stratagème. Il sait qu'elle a agi ainsi plus d'une fois, qu'elle a façonné des écrivains à sa main. Un bref instant, il pense aux *Liaisons dangereuses*. Sera-t-elle Merteuil et lui Valmont ? Il a eu vent de ces fêtes uniques dans son appartement sur Gramercy Park (même si, l'an dernier, elle s'est apparemment installée dans l'Upper East Side). Elle y invite ses auteurs, les incite habilement à frayer avec une foule interlope de mannequins et d'artistes, d'héritiers, de geeks, de chanteurs d'opéra, de joueurs de polo, d'acteurs, ou encore de beaux éphèbes croisés dans le métro. Ou de ses réunions d'affaires dans son légendaire bureau blanc au dernier étage du Flatiron Building, où elle finit toujours par porter le coup de grâce. Il l'a vue en photo dans *Vogue* avec en arrière-plan une vue époustouflante sur Broadway et la Cinquième Avenue.

On vient récupérer leurs verres vides. Dagmar Hunoldt s'allonge, enduit d'écran total son visage taillé à la serpe, son cou et son décolleté. De près, sa peau est immaculée, presque sans ride. Un peu de chirurgie esthétique peut-être ? Elle ne lui parle pas, mais il n'a pas pour autant le sentiment d'être ignoré. Ils communient agréablement dans une bulle de silence. Pourvu que Malvina ne vienne pas tout gâcher maintenant.

Dagmar Hunoldt lance quelques mots à l'horizon, aux bateaux, à la mer. Pas à lui.

– Mercure rétrograde.

Nicolas tend l'oreille. A-t-il bien entendu : « Mercure rétrograde »? (#WTF, mot-clé abrégé pour « *what the fuck* », « Putain, c'est quoi ce truc? », lui vient à l'esprit, mais il n'est pas sur Twitter.) S'il dit quelque chose, quoi que ce soit, il aura l'air idiot. Alors, il se tait. Ce qui donne peut-être la même impression?

– Mercure rétrograde, répète-t-elle, d'un ton rêveur, le regard perdu entre le ciel et l'eau, sans se soucier du silence de Nicolas. Nous n'avons rien à craindre jusqu'en août, mais il faut rester sur ses gardes.

Nicolas tente fébrilement de remettre tout ça en ordre. Il a l'impression d'être un candidat dans un jeu télévisé. Le lent, celui qui n'a pas encore appuyé sur le buzzer. Qu'elle est cruelle, à jouer avec lui de la sorte, à lui infliger ses charades incompréhensibles.

Elle se tourne vers lui.

– Vous vous y connaissez en astrologie? demande-t-elle.

– Non, répond-il honnêtement.

– Trois fois par an, pendant environ trois semaines, la planète Mercure tourne dans l'autre sens, autrement dit, elle rétrograde. Pendant ces trois semaines, tout s'arrête.

Nicolas acquiesce sans trop savoir ce qu'elle attend de lui. L'astrologie n'est pas son fort. C'est le passe-temps de son amie Lara. Elle saurait exactement ce que signifie Mercure rétrograde. Elle est du genre à s'exclamer lors d'un déjeuner : « Oh non, il est

Scorpion. Je le savais. Eh bien, c'est foutu. Faut tirer un trait dessus. » La vie de Lara est régie par le zodiaque à un point qui amuse Nicolas. Il la taquine sans répit. « Alors, que te réservent les étoiles aujourd'hui ? » est-il capable de lui écrire. « Tu as le droit d'avoir rendez-vous avec un Bélier à six heures ? »

– Tout s'arrête ? Que voulez-vous dire ? demande Nicolas, circonspect.

Dagmar Hunoldt s'étale encore un peu de crème solaire sur le nez.

– Eh bien, que ce n'est pas le moment de conclure un accord important, de signer un contrat, d'acheter une maison, par exemple, dit-elle. Vous voyez, pendant ces trois semaines, des retards se produisent. Des problèmes surgissent. Mercure, c'est la planète de la communication. Les lettres sont transmises, mais en retard. Des mails se perdent. Des messages ne sont pas écoutés. Cette année, Mercure rétrograde à partir du 2 août. Or, j'ai des décisions importantes qui m'attendent à cette date.

– Je connais mieux Hermès que Mercure, reconnaît Nicolas, ses vieux réflexes de khâgneux reprenant le dessus.

Il se demande ce qu'elle a voulu dire par contrats. Sans aucun doute des contrats d'édition. Serait-ce là un premier message codé ?

– Aux chevilles ailées et à l'index levé ? sourit Dagmar Hunoldt.

– Lui-même. Le messager des dieux. Mercure, c'est son équivalent romain.

– Le fils de Zeus, patron des voleurs ?

– Tout à fait. Son titre exact, c'est : dieu du négoce, des voleurs, des voyageurs, des sports et des athlètes. Il guidait également les âmes des morts vers l'au-delà.

– Vous avez l'air de bien le connaître.

Nicolas a une pensée pour ses cours particuliers à des élèves dissipés, prêts à tout pour échapper au latin, au grec et à la philosophie. Il se rappelle les longues heures plongé dans les livres et les copies d'examen, face à des adolescents blasés, qui ne rêvaient que d'une cigarette ou de leur portable.

– Nos chemins se sont croisés, Hermès et moi, déclare-t-il.

Il s'attend à ce qu'elle lui demande comment, et il réfléchit déjà au moyen de donner davantage de mystère à sa réponse, mais contre toute attente, elle effleure son bras d'un doigt distrait et murmure :

– Et si nous retournions nager, Hermès ?

Elle se lève, déjà coiffée et lunettée. Il n'a pas eu le temps de trouver une réplique intelligente qu'elle a plongé et s'éloigne dans un crawl parfait.

Il reste planté là, les mains sur les hanches. Soudain, il devine la présence féline de Malvina à ses côtés.

– Que se passe-t-il ? dit-elle.

Il regarde le bonnet à fleurs onduler sur les flots et rapetisser à vue d'œil.

– C'est Dagmar ? chuchote-t-elle. Qu'est-ce qu'elle a dit ?

Nicolas soupire et se gratte le sommet du crâne.

– Elle fait semblant de ne pas savoir qui je suis.

N ICOLAS A L'IMPRESSION que les journalistes, qu'ils travaillent pour un magazine, un blog, une télévision ou une
radio, posent éternellement la même question, quelle que soit leur
nationalité. Au début, il s'en est amusé. Maintenant, ça l'exaspère.
Ne vont-ils jamais sur son site Internet, où sa revue de presse
internationale est accessible à tous? Ne cliquent-ils jamais sur la
section Questions fréquemment posées?

« Comment avez-vous eu l'idée d'écrire ce livre? »

Pas moyen d'y échapper. Elle était aussi inévitable que le lever
et le coucher du soleil jour après jour. Il a désormais deux réponses,
la version longue, ou la courte, selon son degré de complicité avec
le journaliste. Le plus souvent, c'est la version courte qu'il leur
administre, avec l'assurance d'un acteur rompu aux ficelles du
métier, capable de réciter ses répliques à l'envers. Mais un chanceux, à Paris, avait eu droit à la version longue. Nicolas ne l'avait
pas prévu, ça lui avait littéralement échappé.

Un après-midi, dans le bar luxueux et tendu d'écarlate du
Lutetia, boulevard Raspail, Bertrand Chalais devait l'interviewer
pour une radio de grande écoute. C'était à l'apogée du succès, les
mois éblouissants après l'oscar, en 2010, quand le monde entier

rêvait de savoir qui se cachait derrière *L'Enveloppe*. Nicolas ne s'était pas encore lassé de l'attention, des entretiens. Bertrand Chalais avait des traits fins qui lui avaient plu sur-le-champ. Encore jeune, mais les cheveux déjà poivre et sel, comme Margaux, son héroïne. Il portait une Lip T18, une Churchill Gold. Ils étaient confortablement installés dans un canapé, à l'écart, car Chalais comptait l'enregistrer. En l'attendant – il avait eu dix minutes de retard –, Nicolas observait les allées et venues du Tout-Paris littéraire. Les attachées de presse et leurs auteurs en plein lancement, les éditeurs occupés à séduire des écrivains de maisons concurrentes. Un méli-mélo incestueux de visages familiers auxquels il était désormais habitué. Il pouvait identifier la plupart des clients, et il comprenait aussi, non sans fierté, qu'on le reconnaissait, dans un murmure ou un regard en coin.

Bertrand Chalais lui expliqua que l'enregistrement durerait un peu plus d'une heure, et qu'il en ferait un montage pour son émission. Le reste serait podcasté, et retranscrit pour une interview exclusive. Chalais mit un petit appareil ultramoderne en route. Quand l'inéluctable question fut posée, Nicolas se lança dans son monologue bien huilé sur le Pôle de la nationalité et le véritable nom de son père. Il y avait quelque chose dans les yeux noisette de Chalais, dans sa façon de lui rendre son regard derrière ses lunettes à monture invisible. C'était un regard chaleureux, bienveillant, mais amusé aussi, un peu curieux, comme si la réponse lui importait vraiment, qu'il tenait sincèrement à savoir comment Nicolas avait eu l'idée d'écrire *L'Enveloppe*, et qu'il ne se doutait pas qu'il était le énième journaliste à le lui demander. Lentement, la réponse de Nicolas dériva de la version courte. Il commença à décrire ce qui s'était passé au Père-Lachaise, en 2003, puis en 2006, juste après le renouvellement de son passeport. Tout en parlant, il se rendit compte qu'il ne l'avait jamais confié à quiconque, journaliste, ami, ni même membre de sa famille.

Le 7 août 2003, dix ans exactement après la disparition de Théodore Duhamel dans l'océan Atlantique, au large de Guéthary, sa veuve Emma fit ajouter son nom sur le caveau familial des Duhamel, dans la 92ᵉ division du Père-Lachaise. L'affaire, discrète mais d'importance, avait été l'occasion de réunir la famille, et Nicolas se souvient des lettres d'or, THÉODORE DUHAMEL, fraîchement gravées sur la dalle de granit, ainsi que des dates de sa brève existence, 1960-1993. Il n'était que rarement venu dans ce cimetière, sauf pour l'enterrement de sa grand-mère Nina en 2000 et une autre visite, afin de montrer la tombe de Jim Morrison à un correspondant américain.

À l'issue de ces retrouvailles avec son grand-père Lionel, sa mère et sa tante Elvire, Nicolas décida de flâner. Il faisait chaud cet après-midi-là et le cimetière vallonné était envahi de touristes. Dans quelques jours, il devait partir en Italie avec François, pour oublier son récent échec au concours. Mais pour l'heure, il souhaitait plus que tout rester seul, ne plus parler de rien ni de son avenir, l'obsession de sa mère. Qu'allait-il devenir? demandait-elle à tout bout de champ. Il n'avait que vingt et un ans, il avait le temps. Plus elle insistait, plus il se refermait comme une huître. Combien son père lui manquait dans des moments pareils. Théodore Duhamel aurait encouragé son fils à s'engager dans une autre voie, n'importe laquelle, et même s'il avait choisi une option peu conventionnelle, il lui aurait tapé dans le dos et l'aurait emmené déjeuner dans une brasserie bondée où on les aurait accueillis à bras ouverts.

Nicolas fut soulagé de voir enfin les autres s'éloigner. Pendant une heure, il déambula entre les sépultures d'Édith Piaf, de Modigliani, La Fontaine ou Colette. La tombe d'Oscar Wilde l'amusa, recouverte de rouge à lèvres. Il revint vers la concession des Duhamel, sur laquelle était érigée une de ces chapelles étroites et imposantes, comme une cabine téléphonique gothique. Il s'assit à l'intérieur, à l'ombre, et posa sa joue contre la pierre froide. Sur la tombe voisine, des couronnes funéraires desséchaient au soleil. « À notre Papa », disait l'une d'elles. « À mon fils chéri », disait l'autre. Nicolas sortit de la chapelle pour lire le nom inscrit sur la pierre tombale. FAMILLE TARANNE. Ils devaient être tout un tas là-dessous. Il se retourna pour considérer le caveau des siens. Là aussi, ils étaient un certain nombre, depuis son arrière-arrière-grand-père, Émile, qu'il n'avait évidemment jamais connu. Tous, sauf son père.

À ses pieds reposaient les restes des ancêtres Duhamel. Mais pas de l'homme qui l'avait engendré. Jamais il n'avait ressenti la perte de Théodore Duhamel aussi intensément qu'en ce jour d'août au Père-Lachaise. Son père lui manquait atrocement, il avait les larmes aux yeux, et une étrange mélancolie montait en lui. Il voulait percer le mystère de cette disparition, même s'il s'exposait à une vérité douloureuse. Adolescent, il avait demandé à sa mère : « Et si papa était encore en vie, et si la voile l'avait assommé, et qu'il avait été repêché par un inconnu ? S'il avait perdu la mémoire et qu'il ne pouvait plus dire qui il était ? » Emma Duhamel lui avait murmuré des paroles réconfortantes, soulignant toutefois tout ce que ce scénario avait d'invraisemblable. Son père s'était noyé. Un accident terrible, une tragédie. Le corps n'avait pas été retrouvé, mais il était bel et bien mort.

Comment pouvait-elle en être si sûre? Était-ce plus facile de le croire parti pour toujours?

De derrière un autre caveau, il entendit des chuchotis et des rires féminins. La curiosité l'emporta sur la tristesse. Il se leva et avança doucement jusqu'à l'entrée de la 92ᵉ division, caché à l'angle d'un mausolée. Trois jeunes femmes encerclaient la statue grandeur nature d'un homme allongé. Elles étaient jolies, dans leurs longues robes fleuries, avec leurs chevelures ondulées. La statue était troublante de réalisme, comme si l'homme venait de tomber, abattu d'une balle, la redingote ouverte, son haut-de-forme abandonné près d'une main gantée. Une des jeunes femmes était juchée sur la statue de manière suggestive tandis que les autres l'encourageaient en gloussant. Nicolas les épiait, fasciné. Elles montèrent à tour de rôle. La première était une amazone énergique qui chevauchait sa proie avec avidité. La deuxième, plus douce et voluptueuse, dessinait de ses hanches un 8 érotique qui lui coupa le souffle. La troisième avait posé ses mains sur la tête de la statue et s'était allongée dessus de tout son long, offrant sa poitrine opulente aux lèvres de bronze. La scène dura plusieurs minutes que Nicolas savoura de bout en bout. Puis elles s'enfuirent dans des éclats de rire.

Nicolas s'approcha de la statue. Le visage de l'homme, les yeux mi-clos, offrait un portrait saisissant de la mort. Violente, sans conteste. Victor Noir. Né en 1848, tué en 1870. Il n'avait pas vingt-deux ans. Pour ainsi dire son âge. Tous les détails étaient rendus à la perfection, les revers du pardessus ouvert, le gilet, les chaussures. Le vert-de-gris mangeait toute la statue, mais la zone autour de l'aine avait été si souvent caressée qu'elle luisait d'un brun poli. Il y avait clairement une protubérance sous le pantalon serré de Victor Noir, et le premier bouton de sa braguette était défait. Nicolas se pencha et effleura le renflement en souriant. De retour chez lui, il chercha Victor Noir sur Internet et apprit que ce jeune journaliste avait été tué d'une balle par un membre de la famille Bonaparte. Mais la célébrité de Victor Noir devait encore plus au gisant sur sa tombe, contre lequel les femmes du monde entier venaient se frotter, pour provoquer la chance, la fertilité, ou l'espoir de se trouver un mari dans l'année.

– Vous n'aviez jamais entendu parler de la tombe de Victor Noir ? s'étonna Chalais avec un sourire.

Non, avait répondu Nicolas, ce qui avait ajouté du piment à sa découverte. Il n'était retourné au cimetière que trois ans plus tard, en 2006, quelques jours après avoir obtenu son nouveau passeport. Il tenait l'acte de naissance de son père à la main. Il faisait un temps pluvieux d'octobre. Frissonnant, Nicolas s'assit dans la chapelle exiguë, les pieds détrempés. Fiodor Koltchine. Il prononçait le nom à voix haute. Koltchine. Et maintenant ? Que faire pour essayer de comprendre qui était son père, d'où il venait ?

La dernière fois qu'il s'était rendu au caveau familial, expliqua-t-il à Chalais, il s'était interrogé sur les circonstances de la mort de son père. Mais ce jour-là, c'était sa naissance qui l'avait obnubilé. Il resta là, mélancolique, de nouveau gagné par le désir de revoir son père. L'absence de sépulture ne faisait qu'aggraver sa peine. Il pensait à la chaleur des bras de Delphine, à sa façon de le réconforter le soir, rue Pernety. Il pensait aussi à son nouveau passeport, au certificat prouvant qu'il était désormais officiellement français. Mais qui était Fiodor Koltchine ? Qui était le père de son père ? Que savait Théodore ? Que lui avait dit sa mère, Zinaïda Koltchine ?

En partant, Nicolas passa devant la tombe de Victor Noir. Les lieux étaient déserts. Les averses avaient dissuadé les femmes de venir se livrer à leur rituel. Les gouttes de pluie commençaient à lui glisser le long du cou. Il se tenait là, serrant dans la main l'acte de naissance détrempé de son père. Seul. La tristesse se dissipa peu à peu, cédant la place à une autre sensation. La lueur de Rascar Capac se diffusa lentement, de délicats filaments bleus mêlés à la pluie qui ruisselait sur la statue de bronze. Nicolas ressentit le besoin d'écrire, comme dans l'avion quatorze ans plus tôt, un besoin impérieux, si soudain qu'il ne se soucia plus du froid. Il se pencha pour toucher la bosse humide de ses doigts fiévreux. Puis il fit le long trajet de retour en métro dans un état second. Il s'assit dans la cuisine, avec un carnet et le stylo de son père, se prépara du thé, ouvrit le cahier bien à plat sur la table branlante.

Chalais comprit qu'il tenait quelque chose. L'interview avait déjà dépassé l'heure, mais il sentait que le jeune homme n'avait pas fini de se livrer. Ils commandèrent du vin blanc. Chalais le régala du récit haut en couleur de ses dernières vacances au ski avec épouse et enfants. Nicolas l'écoutait avec un grand sourire. Une journaliste se tenait non loin d'eux, une femme menue, aux longs cheveux noirs. Nicolas l'avait croisée à plusieurs reprises dans des salons ou des cocktails de prix littéraires. Laurence Taillefer. Sa plume caustique était réputée. Ses portraits d'écrivain, dans un journal du week-end, aussi redoutés que respectés. Nicolas se demanda qui elle attendait. Elle lisait ses notes en mordillant le bout de son crayon.

Le bar s'était rempli, des serveurs passaient de table en table, et le pianiste jouait *Georgia On My Mind*. Difficile d'imaginer que cette somptueuse salle Art déco, où le Tout-Paris littéraire sirotait du champagne, avait été le théâtre d'horreurs durant la Seconde Guerre mondiale. Nicolas avait appris que, sous l'Occupation, le Lutetia avait été réquisitionné par les nazis. Par la suite, à la libération en août 1944, l'hôtel avait servi de point d'accueil pour les déportés.

« Pourquoi raconter *L'Enveloppe* du point de vue de Margaux plutôt que du vôtre ? » lui demanda Chalais. Nicolas s'attendait également à cette question. Mais répondre à Chalais ne l'avait pas dérangé. Il décrivit comment Margaux avait établi une distance protectrice entre sa propre histoire et la sienne. Oui, il aurait pu inventer un type de son âge, avait-il reconnu, anticipant la question suivante, ce que Chalais comprit avec un sourire. Au lieu de cela, il avait choisi une option plus alambiquée. Une femme qui avait le double de son âge. Pourquoi Camogli plutôt que Saint-Pétersbourg ? poursuivit Chalais. La même question, posée par n'importe qui d'autre, l'aurait insupporté, il l'avait entendue trop souvent. Mais Chalais était de compagnie agréable et Nicolas en était venu à apprécier l'entretien. Par-dessus son épaule, il avait vu arriver l'invité de Laurence Taillefer. Une jeune femme dont le visage ne lui disait rien. Sans aucun doute un écrivain dont Taillefer ferait de la chair à pâté.

Nicolas se pencha en avant, si près du visage bronzé de Chalais qu'il pouvait distinguer la pointe de ses cils derrière ses verres de lunettes. Il picora quelques cacahuètes. Pourquoi Camogli, pourquoi démonter les rouages compliqués de cette alchimie intime, le mécanisme à l'œuvre dans les replis de son cerveau ? Les écrivains étaient-ils vraiment obligés de s'expliquer ? De livrer leurs secrets de fabrication ?

Bertrand Chalais éclata d'un rire bon enfant, et Nicolas n'eut pas le sentiment d'être jugé. Quand l'enregistrement fut diffusé quelques jours plus tard, il le trouva plaisant, avec en fond sonore les accords de piano et les conversations lointaines des clients du Lutetia. Puis Bertrand Chalais publia la version longue de l'interview dans un hebdomadaire populaire du week-end. Nicolas fut photographié sur la tombe de Victor Noir, en costume sombre et cravate. Il gagna nombre d'abonnés sur Twitter, d'amis sur Facebook, et plus encore de lecteurs.

A LORS QUE MALVINA PREND L'ASCENSEUR pour rejoindre la terrasse de l'hôtel, Nicolas gravit lentement les marches de pierre, perplexe. Il a besoin de temps pour réfléchir. Pourquoi Dagmar Hunoldt joue-t-elle ce petit jeu ? Déconcerté au début, à présent, il fulmine.

Il atteint la terrasse ; les abords de la piscine sont encombrés de projecteurs, de tentures, de réflecteurs et de grands parapluies argentés. Une vingtaine de personnes vont et viennent à la hâte, s'interpellant ou hurlant dans leurs téléphones. D'autres sont courbés sur leurs ordinateurs portables et leurs smartphones. Envolées la paix et la quiétude du Gallo Nero. L'atmosphère est à la sophistication. Les femmes portent des talons hauts, les hommes rivalisent de charme et de courtoisie. Bien sûr : la séance photo orchestrée par Cassia Carper.

Il décide de jeter un coup d'œil à son BlackBerry avant que Malvina ne le repère. Un appel en absence. Un numéro avec un indicatif belge. Pas de message. Il rappelle, et reconnaît la voix de sa tante Roxane. Il explique qu'il lui a laissé un message plus tôt car il n'arrive pas à joindre sa mère.

Roxane, c'est Emma, en plus jeune, même teint radieux, mêmes yeux gris. Et même humour cinglant.

– Tu veux dire que tu n'as aucune idée d'où se trouve ta mère? répète-t-elle.

– Ben non.

– Ah, souffle-t-elle. Eh bien, alors, c'est plus grave que je ne pensais.

Nicolas ne comprend pas où elle veut en venir. Il ne trouve pas ça drôle.

– Comment ça? demande-t-il.

Nouveau soupir.

– Écoute, ça va te faire un choc.

Il sent la peur l'envahir. Serait-ce un de ces moments où la vie bascule, et qu'il n'oubliera jamais? Sa mère est-elle malade? Un cancer, ou quelque chose de tout aussi horrible? Se pourrait-il qu'Emma n'ait jamais osé lui en parler? Et lui qui ne demande jamais rien. Ce doit être ça. C'est pour ça que Roxane a un comportement aussi étrange. Ses jambes flageolent.

– Tu vas me le dire, oui! aboie-t-il au téléphone.

– Quand l'as-tu vue pour la dernière fois? insiste sa tante.

– Je ne m'en souviens pas, répond Nicolas d'un ton morne. Le mois dernier, peut-être, ou en mai.

Silence.

– Et c'est maintenant que tu t'inquiètes?

Mais que cherche-t-elle?

– Tu me reproches de ne pas l'avoir contactée?

– Absolument.

Il se mord la lèvre.

– Je sais, bafouille-t-il. C'est ma faute. J'ai été très pris. Avec ce livre. Et... tout, ajoute-t-il lamentablement.

– Tellement occupé à écrire que tu ne peux pas t'inquiéter de ta mère, l'emmener dîner, déjeuner, en voyage ?

– Roxane. Arrête. S'il te plaît.

– Non, je n'arrêterai pas, Nicolas. Ça fait un certain temps que je ne t'ai pas vu, je veux dire, en chair et en os, parce que tu es partout dans les journaux, à la télé, à la radio...

En butte à ses sarcasmes, il serre les dents.

– J'aurais aimé pouvoir te le dire en face, mais le téléphone fera aussi bien l'affaire. Je te félicite pour ton fabuleux succès, mais je suis consternée par ce que tu es devenu. J'espère que tu vas te réveiller un de ces quatre et mesurer à quel point tu es superficiel et crétin. Au revoir.

Elle raccroche. Nicolas en reste cloué sur place, le téléphone toujours à l'oreille. Il entend encore la voix de sa tante. La cuisante amertume de ces mots. *Superficiel, crétin.* Comment ose-t-elle lui parler sur ce ton ! Pour qui se prend-elle ? Il aurait dû lui répondre, il aurait dû l'interrompre, la faire taire. Mais sous la contrariété et l'orgueil meurtri, l'appréhension monte. Il ne sait toujours pas où est sa mère ni ce qui lui arrive. Il aurait dû passer la voir, l'inviter à déjeuner. Cela fait plus d'un mois vraiment ? Peut-être même deux. En laissant son regard désespéré courir sur la mer, il comprend soudain que sa mère a toujours été là pour lui. Lui qui considérait cet amour pour acquis, il n'a jamais rien fait pour elle, à part lui offrir une Rolex pour ses cinquante ans. Quel ingrat ! Quel monstre d'égoïsme ! Il est là, à se complaire et se vautrer dans sa réussite, plus préoccupé par sa notoriété que par la santé de sa mère. Brusquement lui revient l'image d'un enterrement auquel il a assisté l'année dernière. La mère d'un de ses amis. À la fin de la messe, l'ami en question avait lu, la voix brisée, une lettre déchirante adressée à sa mère défunte. Il avait avoué qu'il ne s'était jamais soucié d'elle, qu'il comprenait maintenant, les mères ne sont pas immortelles, elles ne seront pas toujours là pour prendre soin de leurs enfants. Nicolas a encore en mémoire les dernières phrases, quand, dans un sanglot étouffé, son ami avait décrit la disparition de sa mère comme l'ultime raté de leur relation, et que, désormais, il avait le sentiment de courir, éperdu, à bout de souffle, pour rattraper ce train qui l'avait emportée à jamais. Nicolas s'agrippe violemment à la rambarde, les yeux fermés. Il doit parler à Emma le plus vite possible. Il doit savoir comment elle va.

– Hé, toi! crie une voix enfantine qui le surprend. Ça va pas? T'es malade ou quoi?

Il baisse la tête et voit un petit garçon, de six ou sept ans – il n'a jamais été doué pour déterminer l'âge des enfants. Il est habillé de noir avec de longs cheveux blonds. Sans son cou épais, on le prendrait pour une fille.

– T'inquiète… répond Nicolas en cherchant les parents du regard.

Personne dans cette cohue n'a l'air d'être la mère ou le père du garçon. Il continue à fixer Nicolas de ses yeux vert clair, à la pupille minuscule.

– T'as quoi? demande l'enfant de la même voix geignarde. Tu vas vomir?

Les enfants ont tôt fait de l'énerver et il a peu d'expérience dans ce domaine. Pourquoi les gens s'embarrassent-ils de leur progéniture dans des endroits pareils? Les gosses devraient être interdits dans les hôtels de luxe.

– Comment tu t'appelles ?

– Ça te regarde pas, geint l'enfant.

– Où est ta mère ? demande Nicolas en avançant vers la terrasse où l'attend Malvina.

– Arrête de poser des questions ! braille le gosse, dans son sillage comme un moustique exaspérant.

Nicolas adorerait se débarrasser de lui, mais il n'ose pas.

– Dégage, gronde-t-il finalement.

Une femme mal fagotée surgit de nulle part. Blonde, de grandes dents, un coup de soleil sur le nez, la quarantaine bien tassée.

– Damian vous ennuie ? Je suis terriblement désolée.

Elle a un fort accent britannique. Nicolas hausse les épaules.

– Je ne suis pas très doué avec les gosses.

– Je comprends, admet-elle, débonnaire. Damian n'est pas toujours facile.

Le petit garçon file de l'autre côté de la piscine, les bras levés en un salut effrayant. Il tourbillonne autour des assistants, saute sur place en poussant des hurlements, le visage écarlate. Les gens sont effarés.

– Oh mon Dieu, il faut vraiment que j'intervienne, soupire la mère.

– Bonne chance, dit Nicolas.

Sans doute une mère célibataire, qui a eu son fils tard et l'élève seule.

Malvina boit un thé, absorbée par son iPhone. Il s'assoit à côté d'elle. Il envisage un instant d'évoquer Roxane et Dagmar, ses deux contrariétés du moment, puis s'abstient. Elle n'y pourrait rien. La terrasse est bondée de clients venus profiter de la séance photo. Le Dr Gheza, qui prend un café au bar, leur lance un signe auquel Nicolas répond. La famille belge a un petit creux et déguste un en-cas. Passent-ils donc toute leur journée à s'empiffrer ? Le couple gay joue au backgammon. Alessandra et sa mère noircissent des cartes postales. Nicolas scrute les environs pour voir si Dagmar Hunoldt est quelque part, mais nulle Dagmar en vue. M. Wong et Mlle Ming, tous deux resplendissants en kimonos de soie rose, saluent l'assemblée. Le couple suisse nage probablement, pour changer un peu. Quant aux Français, lui, au tennis et elle, au spa. La brune plantureuse, peut-être encore à se prélasser au lit. Nelson Novézan est-il parti ? De nouveaux visages ont fait leur apparition, qu'il n'avait pas encore remarqués. Un groupe d'Américains, quelques Italiens, un couple d'Allemands à la table voisine. Murée dans un silence glacial, Malvina affiche une expression désenchantée qui n'augure rien de bon.

– Tout va bien ? lui dit Nicolas.

Elle fait la moue.

– Non, mais tu es bien trop occupé pour t'en soucier.

Il fait son possible pour rester calme, tout en serrant furieusement les mâchoires. Elle mérite d'être traitée comme Damian. Le petit garçon est en train de se faire gronder par sa mère, un peu plus loin. Avant que Malvina n'enchaîne sur des mots qui risquent d'être aussi blessants que la diatribe de Roxane s'élèvent des chuchotements. Trois mannequins viennent d'apparaître, vêtues de lingerie fine, perchées sur de hauts talons, avec à leur suite un régiment de coiffeurs et de maquilleuses. Longues jambes, cascade de cheveux, pas trop squelettiques, apprécie Nicolas en connaisseur. Deux brunes et une blonde. Elles rient et plaisantent avec les assistants, indifférentes aux paires d'yeux braquées sur elles, qui s'enivrent de leur jeunesse, de leur nudité, de leur beauté. D'où viennent ces filles ? se demande-t-il. D'une bourgade tranquille quelque part dans l'Oklahoma, ou d'une île perdue de Scandinavie ?

– Ferme la bouche au moins, tu baves, cingle Malvina.

– Mais qu'est-ce que tu as, enfin ? l'interroge-t-il.

Elle soupire.

– Je ne me sens pas bien depuis qu'on est arrivés.

– Tu devrais peut-être consulter un médecin, répond-il, avec un effort surhumain pour s'arracher au spectacle d'une des brunes dont le string de dentelle couvre à peine le bassin.

– Peut-être, admet-elle. Oh, au fait, Alex Brunel a mis une autre photo de toi sur ton mur.

– Quoi ? s'exclame-t-il.

Malvina lui tend son iPhone. La photo date de ce matin, tôt, quand il prenait son petit déjeuner seul. Elle a été « aimée » des centaines de fois.

– Merde ! siffle-t-il.

Qui est Alex Brunel ? Ce matin, il n'a noté que la présence du couple suisse. Serait-ce l'un d'eux ? Il y avait aussi la serveuse souriante. La musique retentit, qui les fait tous sursauter. Un vieux tube de Sheryl Crow, avec des accords de guitare tonitruants. Les mannequins commencent à tanguer, leurs hanches incroyablement étroites, en rythme ; leurs cheveux soyeux glissent sur les épaules, elles tendent les bras vers le ciel, le feu aveuglant du soleil. Nicolas remarque un petit jeune au milieu d'elles. Il l'avait pris pour un assistant ou un coiffeur, mais en fait, c'est le photographe. Il a son âge, même pas trente ans. Il porte un jeans taille basse usé et un débardeur rouge. Son visage est caché derrière l'appareil, mais Nicolas devine une masse de cheveux noirs. Quand le jeune homme repose l'appareil photo, Nicolas constate avec amusement qu'il s'agit en réalité d'une jeune femme. La sono braille du Madonna. Les trois mannequins se trémoussent comme en boîte de nuit, ondulant à l'unisson telles des fleurs fragiles dans le vent, la lippe boudeuse, les yeux mi-clos, l'air défoncé. Même Damian, le petit garçon, admire en silence, médusé. La photographe les mitraille, accroupie, un sourire satisfait flotte sur ses lèvres. Nicolas aperçoit Cassia Carper, debout derrière une styliste. Elle scrute la scène avec une expression concentrée, tandis qu'un de ses pieds, une fois encore chaussés d'escarpins à couper le souffle, bat la mesure. Nicolas imagine déjà les sublimes photos qui s'étaleront sur les pages glacées du magazine. Cassia Carper vérifie les prises de vue de la photographe sur son écran de contrôle. Rien n'échappe à son œil acéré. Aujourd'hui, elle porte une robe blanche courte au dos nu. Sa bouche est rose et luisante. Pas une fois elle n'a jeté un regard dans sa direction. L'a-t-elle vraiment embrassé la nuit dernière? Ou n'était-ce qu'un fragment de rêve érotique? Non, elle l'a bel et bien embrassé. Il sent encore sa langue dans sa bouche, avec une précision confondante.

– Tu connais cette rousse? demande sèchement Malvina.

Nicolas a un haussement d'épaules.

– Je crois que je l'ai rencontrée à un cocktail à Paris. Pas sûr.

Il commande un thé avant que Malvina se lance dans un interrogatoire. Ce séjour est peut-être une erreur. En dépit de la beauté du décor, l'inexistence de ce livre lui pèse. Croit-il vraiment en attaquer la rédaction ainsi? Qui pense-t-il leurrer?

– Il faut que je joigne ma mère, explique-t-il pour que Malvina ne monte pas sur ses grands chevaux alors qu'il dégaine son BlackBerry. Je ne sais pas où elle est. Je me fais du souci.

Le numéro de son attachée de presse apparaît sur l'écran. Pourquoi Dita l'appelle-t-elle un samedi, au beau milieu de ses vacances ? Elle sait qu'il vaut mieux lui envoyer un courriel et qu'il n'aime pas être dérangé. Ce doit être important. Il aime travailler avec Dita, la trentaine vive, le sourire malicieux, des rondeurs appétissantes et un grand sens de l'humour. Au début de leur collaboration, ni l'un ni l'autre ne savait que *L'Enveloppe* serait publié dans le monde entier et qu'en conséquence, le monde entier le réclamerait. Dita Dallard a démarré sa carrière aux Éditions Alice Dor en tant qu'assistante quatre ans plus tôt, mais avec le succès, son esprit d'initiative, ses idées et son énergie lui ont rapidement valu d'être nommée attachée personnelle de Nicolas Kolt.

À la voix, il comprend aussitôt que les nouvelles ne sont pas bonnes. Dita ne tourne jamais autour du pot. Ce qu'il apprécie, d'ailleurs. Elle lâche simplement :

– Laurence Taillefer.

– Dis-moi, fait-il.

– Tu n'as pas intérêt à lire son article.

– À ce point-là ?

– Oui.

– Il est paru ce matin ?

– Oui.

– Alice l'a lu ?

– Oui, elle veut que tu l'appelles.

Nicolas visualise l'article avec netteté, comme s'il était étalé sur la table sous son nez. Une pleine page, dans un journal que la France entière lit le week-end.

– Envoie-le-moi.

– Je ne crois pas que ce soit une bonne idée.

– Il faut que j'apprenne à y faire face, Dita.

Elle hésite, puis ajoute :

– OK. Je te l'envoie maintenant. Appelle-moi si besoin, et appelle Alice, ou elle va s'inquiéter. Et surtout, souviens-toi, Laurence Taillefer ne t'a jamais aimé. Ce n'est pas une surprise.

Nicolas marmonne un au revoir.

– Il se passe quoi encore ? demande Malvina.

Il tente de sourire.

– Un mauvais article.

La dernière fois qu'il a vu la redoutable Laurence Taillefer, c'était pendant son fameux entretien avec Bertrand Chalais, l'an dernier, au Lutetia. Elle interviewait rarement les auteurs. Dans ses articles, elle disséquait livres, écrivains, phénomènes éditoriaux. Elle était capable de hisser un auteur au pinacle comme de le descendre en flammes.

– Quelle importance, un mauvais article, quand on a comme toi des millions de lecteurs dans le monde ? le rassure Malvina en lui tapotant la main.

Elle a raison, bien sûr. Il ferait mieux de ne même pas le lire. Quelle importance, en effet, quand on continue à caracoler en tête des ventes ? Mais à ce moment délicat de sa vie, il veut savoir.

Dita le lui a envoyé par mail, il n'a qu'à cliquer dessus.

« Le syndrome "Nicolas Kolt" et autres vanités », de Laurence Taillefer.

Il lit sur son BlackBerry, protégeant l'écran de sa main. Il n'entend plus la musique, ne voit plus les mannequins, la jeune photographe, Cassia Carper dans sa robe blanche, les clients assis autour de lui comme au théâtre. Il n'a d'yeux que pour les mots qui vont lui cracher leur venin au visage, sans qu'il sache comment s'en protéger. Peut-être en ne lisant pas l'article justement, pense-t-il, avec un unique regard pour le bleu de la mer avant de revenir vers son écran. Trop tard. Il commence. Au début, les mots sont désordonnées, incohérents, et il doit recommencer la lecture, plus lentement.

« Nicolas Duhamel a renouvelé son passeport en 2006. Ses deux parents sont nés à l'étranger, et conformément à la nouvelle législation, il doit faire la preuve de sa nationalité française, bien que né en France. D'où l'idée de *L'Enveloppe*, comme le monde entier le sait aujourd'hui. À une époque moins glorieuse, avant la miraculeuse publication, Nicolas Duhamel donnait des cours particuliers pour joindre les deux bouts. On l'imagine enseignant Platon ou Nietzsche à de jeunes filles sous l'emprise de son charme ténébreux. Voilà l'ennui, avec "Nicolas Kolt". Il est agréable à regarder et à lire. Trop? *L'Enveloppe* est sur toutes les lèvres, entre toutes les mains. Pourquoi? Une campagne de marketing intelligente? Un matraquage mené de main de maître par ses habiles éditeurs, partout dans le monde? "Nicolas Kolt" est devenu une marque incontournable, inévitable. Ses traits virils de mauvais garçon s'étalent en couverture de magazines, sur les flacons d'après-rasage, les publicités pour montres et lunettes de soleil. "Nicolas Kolt" passe superbement bien à la télé. Il a fait une brève apparition dans le film tiré de son livre, et ses fans innombrables ont adoré. (Si vous ne me croyez pas, allez donc consulter sa page Facebook.) "Nicolas Kolt" est devenu l'écrivain de la fameuse génération Y, cette espèce accro au copier-coller, au zapping, aux réseaux sociaux, aux e-books et smartphones, qui "aime", "retweete" et "poke", avec ses amis, ses fans, ses abonnés à la vacuité et à la vanité. *L'Enveloppe* est un premier roman plus que moyen, ni génialement bon ni franchement mauvais. Il traite assez intelligemment d'un secret de famille. Il fait vibrer la bonne corde. Une histoire larmoyante et efficace qui plaira à votre grand-mère, et que même votre jeune neveu pourrait aimer. Pourquoi continuer à subir son succès, trois ans plus tard? Est-ce l'oscar décerné à Robin Wright? Pourquoi tant de gens lisent-ils *L'Enveloppe*? La réponse, c'est que "Nicolas Kolt" est un coup facile. "Nicolas Kolt" n'a de succès que parce que ses éditeurs ont décidé qu'il aurait du succès et, comme des moutons, le public suit. "Nicolas Kolt", l'auteur internationalement reconnu, lu de Stockholm à Seattle, vénéré par des millions de fidèles dans le monde entier, n'est pas un écrivain. C'est un produit. »

À ce stade, Nicolas lève de nouveau les yeux, vers le large.

– Ça va? s'inquiète Malvina.

Il ne répond pas. Il pense à Alice Dor, qui attend son appel. Elle saura trouver les mots pour le réconforter, d'une façon ou d'une autre, mais il ne veut pas lui parler maintenant. Il pense à toutes ses connaissances, qui lisent le journal ce matin au petit déjeuner, il pense à ceux qui vont sourire, voire rire, à ceux qui seront affligés, il pense à ses fans, à ce qui sera écrit sur son mur Facebook, sur Twitter, il pense à ceux qui s'en moqueront, et il aimerait tant être comme eux. Il n'a pas le courage de lire la suite. Il décide d'en sauter une grosse partie, fait défiler le texte sur son BlackBerry jusqu'à la fin.

« Nicolas Duhamel devrait prendre ses distances vis-à-vis des réseaux sociaux et tempérer l'hystérie avec laquelle il s'y est jeté. Peut-être devrait-il cesser de tweeter une bonne fois pour toutes.

La question est de savoir si "Nicolas Kolt" écrira un autre roman. Surfera-t-il éternellement sur la vague du succès de *L'Enveloppe*, alimenté par des éditeurs rapaces qui engrangent les profits, jusqu'à ce que sa beauté se fane et qu'un autre écrivain-produit prenne la relève? Il n'y aura pas de nouveau livre de "Nicolas Kolt". Il est trop occupé à s'admirer dans les miroirs qu'on lui tend. »

Il se lève, la tête vide, incapable de parler. Laurence Taillefer n'y est pas allée de main morte mais cet article transpire une vérité brute qui atteint Nicolas en plein cœur. Il se sent faible, la bouche sèche, une boule à l'estomac. Il se dirige vers le côté de la terrasse qui domine la mer, sans prêter attention à la musique, aux mannequins, aux bavardages. Malvina lui emboîte le pas, une main posée dans son dos. Ils restent un moment debout en silence, les yeux perdus dans le bleu. Il imagine Laurence Taillefer à son bureau, penchée sur son ordinateur, choisissant les mots les plus cruels, ceux qui feront le plus mal. Sourit-elle quand elle écrit ses articles? Quand elle a rédigé celui-là? Il devrait mettre quelque chose sur Twitter, sur Facebook, anticiper les réactions. La pitié est bien le dernier sentiment qu'il tient à susciter chez ses lecteurs. Soudain, il étouffe dans son peignoir et rêve de la fraîcheur de l'eau. Peut-être qu'une baignade lui redonnerait le moral. Et s'il tombe de nouveau sur Dagmar Hunoldt? Il ne supporterait pas une humiliation de plus.

– Tu as dit que tu voulais appeler ta mère, suggère doucement Malvina.

Elle a raison, c'est ce qu'il devrait faire. Trouver Emma. Faire sonner jusqu'à ce qu'il entende sa voix. Il s'éloigne de quelques pas, pour être seul. Il est toujours sous le choc, comme si quelqu'un l'avait assommé. Il compose le numéro de sa mère. À sa surprise, un timbre masculin lui répond.

– Allô ? dit-il.

– Oui ? répond l'inconnu.

– J'ai dû faire une erreur… Je cherche Emma Duhamel.

– C'est bien son téléphone, explique l'inconnu, poliment.

C'est qui, ce type ? se demande Nicolas. Pourquoi répond-il sur le portable de sa mère ? Son cœur fait un bond. Et si Emma était à l'hôpital, et si cet homme était un médecin ? Un médecin porteur de mauvaises nouvelles.

Il bredouille :

– Elle… elle est là ?

L'inconnu se racle la gorge.

– Et vous êtes ?

– Son fils.

– Son fils ?

– Oui.

Le silence revient. Nicolas entend de la musique, diffuse.

– Allô ?

– Je suis toujours là, dit l'inconnu.

– Ma mère va bien ?

– Elle va bien, très bien.

Nicolas rêve-t-il, ou l'homme est en train de sourire ?

– Qui êtes-vous ? demande-t-il. Son médecin ?

– Quoi ? Non !

– Alors, qui ?

Silence.

– Ed.

Nicolas ne dit rien. Ed ? Mais qui est-ce ? Un ami ? Un étudiant ?

– Votre mère dort encore.

Sa mère dort encore ? À midi ? Elle qui a toujours affirmé que le monde appartient à ceux qui se lèvent tôt ?

– Je vois, répond-il sans trop savoir quoi ajouter.

– Je lui dirai que vous avez appelé.

– Merci. Ed. Vous êtes où, si je peux me permettre ?

– À Saint-Tropez.

Nicolas manque d'en lâcher son téléphone.

– À Saint-Tropez ? répète-t-il.

– Oui. Chez des amis. Sur un bateau.

– Je vois, radote-t-il, éberlué. Sur un bateau ?

– C'est ça, oui, dit Ed. Un très beau bateau.

La voix d'Ed est jeune, amicale.

– Et vous êtes… un ami de ma mère ? l'interroge Nicolas, hésitant.

Nouveau silence. De la musique en arrière-fond, le bourdonnement d'autres voix. Emma dort encore à midi. Une image troublante surgit, un lit défait, des draps froissés, la peau nue, une intimité qu'il ne souhaite pas envisager.

Ed rit de nouveau, le timbre est plutôt plaisant mais il lui tape sur les nerfs. Il déclare, simplement :

– Euh… je suis son petit ami.

L'ENVELOPPE AVAIT ÉTÉ LUE PAR DES GENS de tous âges, de toutes nationalités, de tous milieux. C'était en voyageant que Nicolas avait commencé à rencontrer ses lecteurs, mais Facebook et Twitter lui avaient permis de faire connaissance virtuellement. Il trouvait que les réseaux sociaux avaient un côté pratique. Mais l'activité était chronophage, il devait bien l'admettre, et il s'était laissé piéger. Il était constamment enchaîné à son téléphone, le glissait même sous l'oreiller avant de se coucher. Cela exaspérait son entourage. De guerre lasse, sa mère lui demandait s'il fallait qu'elle s'abonne à Twitter pour qu'il lui réponde. Alice Dor s'était plainte du fait que, même au cours de leurs déjeuners, il avait toujours l'œil sur son portable. Lara s'était moquée du nombre de tweets qu'il postait chaque jour. « Pas étonnant que tu n'aies pas encore fini ton livre », avait-elle persiflé. Il avait effectivement dû lui avouer qu'il était accro, à un point tel que, chaque fois qu'il tentait d'écrire, il était obligé de couper sa connexion Internet et de laisser son téléphone dans une autre pièce. Mais cela ne durait jamais. Inévitablement, il se reconnectait, comme un alcoolique se sert un autre verre tout en se haïssant. Il fallait qu'il se débarrasse de cette addiction. Il existait des programmes pour aider les gens comme lui à s'en sortir. Ces temps-ci, tout le monde scrutait ses textos, ses courriels, sa page Facebook, son flux Twitter. Les couples dînaient au restaurant en silence, rivés à leurs téléphones. Même pendant un mariage ou des obsèques, au beau milieu d'un film au cinéma, Nicolas avait surpris des gens sur leurs portables. Ceux qui se refusaient à en avoir restaient pour lui un mystère. Vivaient-ils donc au Moyen Âge ? Mais aujourd'hui, alors que son inertie intellectuelle le plongeait dans une angoisse chaque jour plus abyssale, il se demandait si ce n'étaient pas eux qui avaient raison. Le trop-plein d'Internet engourdissait-il le cerveau ? Avait-il brouillé le sien ? Nicolas avait créé sa page Facebook avant de devenir célèbre, du temps où il était encore Nicolas Duhamel, mais il avait dû la fermer avec l'ouragan Margaux, simplement parce que Nicolas Duhamel n'existait plus. La page de Nicolas Kolt avait immédiatement attiré des milliers de fans.

Ses lecteurs lui réservaient des surprises en ligne. Il avait été transporté le jour où « Margaux Dansor » l'avait demandé comme ami sur Facebook. Celui ou celle qui avait créé la page de son héroïne la connaissait aussi bien que lui. C'était bien Margaux, comme dans le livre. Il n'avait jamais su qui avait imaginé la Margaux virtuelle, mais quelle importance. Il adorait interagir avec son personnage. Beaucoup de lecteurs pensaient qu'elle existait vraiment, et que Nicolas l'avait mise dans son livre après l'avoir rencontrée. Il ne démentait pas, amusé.

Je me sers des réseaux sociaux parce que j'aime partager, avait-il confié aux journalistes. Accéder au retour de ses fans le stimulait, le poussait à se surpasser. Ses tweets étaient minutieusement étudiés, 140 caractères sur mesure, avec cet humour pince-sans-rire dont les lecteurs raffolaient. Ultra-réactif, il retweetait les informations dans la seconde. Il répondait aux questions de ses abonnés du mieux qu'il pouvait. Certains de ces échanges étaient devenus célèbres, et avaient été relayés par la presse.

Comme l'épisode d'Assen. Marije van Rietschoten, son éditrice néerlandaise, le força, en dépit de sa fatigue, à accepter une signature dans la ville d'Assen, près d'Amsterdam. Elle lui avait promis que c'était à moins de deux heures de route, qu'ils auraient droit à un bon repas, que ses nombreux fans l'attendaient pleins d'espoir et, surtout, que l'affaire serait rondement menée et qu'il serait rentré à l'hôtel Ambassade avant minuit, puisqu'il devait prendre un avion pour Oslo le lendemain matin à huit heures, pour poursuivre sa tournée. Nicolas accepta. Mais le crochet à Assen prit une tout autre tournure. Ils se retrouvèrent bloqués dans les travaux et les bouchons à l'heure de pointe, sous des nuages noirs qui vomissaient des trombes d'eau. Au volant, Marije osait à peine le regarder, affalé sur le siège avant, concentré sur son BlackBerry. Ils progressaient en silence, centimètre par centimètre sur une autoroute détrempée et saturée. Le trajet dura quatre heures. Ce qu'ignorait Marije, c'était que Nicolas tweetait l'affaire sous toutes les coutures : son épuisement, la conduite prudente de Marije (le nez collé au pare-brise), les bouchons sans fin, la pluie, sa vessie prête à éclater, son estomac qui criait famine, cette signature qu'il redoutait. Les objets abandonnés dans la voiture par les enfants et le mari (un skate-board, une cravate, une carte, une poupée Barbie) avaient eu droit à leur tweet. De même que l'impatience, l'exaspération, l'impuissance aussi… Un tweet en particulier avait fait du bruit : « C'est comme quand on comprend qu'elle ne va jamais jouir. #enroutepourassen. » Une fois arrivés, la signature avait été annulée. Les gens étaient repartis chez eux. Nicolas était trop fatigué pour s'énerver. Il avait dormi tout le long du trajet de retour vers Amsterdam.

Un autre incident s'était répandu comme une traînée de poudre sur Twitter. Il était dans l'avion pour Paris, après la cérémonie des oscars à Los Angeles. Partout dans les magazines et sur Internet, on ne voyait plus que Robin Wright et lui, elle dans une robe écarlate, lui en smoking noir. Nicolas avait un billet en classe affaires, mais quand l'équipage sut qu'il se trouvait à bord, il fut surclassé en première. Il n'avait jamais pris l'avion dans de telles conditions, et s'émerveillait du confort et de l'attention qu'on lui témoignait. L'avion était retardé, et Nicolas, dans le luxe solitaire de sa cabine de première classe, tweetait. Toutes les cinq minutes, semblait-il, une hôtesse venait lui proposer à boire, à manger, une revue, un chocolat, une lingette parfumée. Il continuait à tweeter, à poster les photos des friandises qu'on lui offrait. Durant l'attente interminable avant le décollage, on lui apporta un pyjama gris, des chaussons et une trousse de voyage. Il demanda les toilettes, et une hôtesse lui indiqua la porte. Une fois dans le petit espace carré, Nicolas ne trouva pas les W.C. Il y avait un banc de plastique qu'il tenta d'ouvrir, en vain. Il regarda alors au-dessus et en dessous du lavabo, tapota sur un panneau fait de miroirs, espérant trouver un système qui ferait surgir les toilettes. Mais rien ne se produisit. Il appuya sur tous les boutons possibles. Dans le même temps, il tweetait ses mésaventures, faisant hurler de rire des milliers d'abonnés de par le monde. « Coincé dans les toilettes de première classe d'un avion. Pas de chiottes en vue. #ausecours. » Il se tortillait dans la cabine, cramoisi, se demandant que faire. « Il va falloir que je pisse dans le lavabo ou quoi ? #wtf. #cauchemarpremiereclasse. » Quand, de guerre lasse, il sortit et expliqua à l'hôtesse qu'il n'arrivait pas à faire fonctionner les toilettes, elle éclata de rire à son tour. Vous étiez dans le vestiaire, précisa-t-elle avec un large sourire, les toilettes sont juste sur la gauche...

Et il y avait eu, bien sûr, le déjeuner présidentiel. Juste après l'oscar, Nicolas fut invité à l'Élysée par l'épouse du président. Quand Dita lui annonça la nouvelle au téléphone, il crut d'abord à une plaisanterie. Ce n'en est pas une, insista Dita. Le secrétaire personnel de la Première dame l'avait contactée, et tout cela était bien réel. Alors? Comptait-il y aller, oui ou non? Nicolas se méfiait de toute manœuvre ou tentative de récupération politique. Il ne tenait pas à être associé à une couleur politique, ni à révéler ses opinions, lesquelles devaient, selon lui, rester une affaire privée. Prudent, il demanda à Dita de se renseigner sur les autres invités. Une heure plus tard, elle le rappela pour lui préciser que deux autres écrivains avaient été conviés à un « déjeuner littéraire informel avec la Première dame ». Un homme et une femme. Il les connaissait tous les deux, mais sans plus. Ils s'étaient simplement croisés. C'était lui le plus jeune. La curiosité eut raison de ses réticences. Il ne s'était jamais rendu à l'Élysée, une telle occasion ne se représenterait peut-être pas. Le jour dit, il arriva sur place, vêtu comme à son habitude d'un jeans et d'un T-shirt noir. Quand il traversa la rue du Faubourg-Saint-Honoré, deux gardes levèrent la main d'un air sévère et lui ordonnèrent de rester de l'autre côté de la rue. Il les gratifia de son sourire le plus charmeur, à la Nicolas Kolt, et leur tendit sans un mot la confirmation par courriel qu'il avait reçue de l'assistant de la Première dame. Avec leurs excuses, ils l'accompagnèrent à l'entrée. Un huissier impressionnant avec son collier d'or alambiqué, tout ganté de blanc, lui tendit cérémonieusement un plateau d'argent.

Nicolas comprit qu'il devait y déposer sa carte d'identité, et s'exécuta. Le plateau disparut. La carte portait son nom, Duhamel, ainsi que son pseudonyme, Kolt. Un autre homme, en costume gris, fit son apparition. Il rendit sa carte à Nicolas avec un sourire radieux. « Monsieur Kolt, c'est un plaisir de vous rencontrer. Mon épouse adore votre livre. Elle attend le suivant avec impatience. » Nicolas le suivit dans la grande cour carrée où, toute sa vie, à la télévision, il avait vu des présidents monter et descendre ces marches à la rencontre d'autres présidents. Il avait une furieuse envie de se saisir de son BlackBerry, mais savait qu'il ne pouvait pas prendre de photo ni envoyer de tweet, ce qui serait grossier et déplacé. Il n'avait parlé de ce déjeuner à personne, à l'exception d'Alice Dor qui, d'abord stupéfaite, avait souri.

Les deux autres se trouvaient déjà dans la salle à manger où on le fit entrer. La femme, quinquagénaire, écrivait des romans policiers populaires adaptés à la télévision. Elle portait une robe de soie fuchsia et trop de rouge à lèvres. L'auteur numéro deux, la quarantaine, était un trouble-fête à la mode, aux cheveux platine, qui pondait des œuvres nihilistes sur le sexe, la littérature, la drogue, et lui-même. Des lunettes démesurées à la Harry Potter lui mangeaient le visage, et sa veste de velours mauve était constellée d'une pluie de pellicules. Ils l'accueillirent avec une affectation de circonstance et des sourires faux. Par les fenêtres, Nicolas admira la pelouse verte des jardins privés. Après une courte attente, l'épouse du président arriva, tout en fossettes et amabilité. Malgré ses hauts talons, elle était plus petite que Nicolas ne le pensait. Ses cheveux magnifiquement coiffés avaient de superbes reflets. Le déjeuner se déroula dans un silence étrange. Des serveurs passaient les plats dans un ballet sans heurt. C'était surtout la Première dame qui devisait, comme avec elle-même. Mme Fuchsia et M. Pellicules hochaient la tête en souriant. Mais personne ne disait mot. Étaient-ils trop impressionnés ? Nicolas mourait d'envie de prendre l'argenterie en photo, les verres en cristal ornés de blasons, toutes ces superbes assiettes en porcelaine de Limoges qui avaient régalé tant de présidents et leurs illustres invités. Le dessert arriva. Nicolas se concentrait sur la délicate mousse de fruits rouges avec ses meringues miniatures et son coulis de framboise pour ne pas risquer une catastrophe sur la nappe brodée quand il perçut un mouvement et leva les yeux. M. Pellicules et Mme Fuchsia avaient bondi sur leurs pieds dans un bel ensemble, écarlates. Nicolas vit avec stupeur le président de la République faire irruption. Il se leva à son tour, dominant la silhouette trapue du président. Avant qu'il ouvre la bouche, le président lui serra la main, et les invita tous à se rasseoir. Un moment irréel. Nicolas dut lutter pour ne pas le fixer, il ne l'avait jamais vu en chair et en os, ni d'aussi près. Mais il enregistra tout, le costume, la chemise blanche à initiales, les boutons de man-chettes en or, la cravate bleue, la montre (une Scuderia Ventidue). Tandis qu'on leur proposait des cafés, le président prit la parole. Son épouse approuvait chacun de ses mots d'un geste du menton. Il se lança dans un monologue politique, à l'approche de la pré-sidentielle, l'année suivante. M. Pellicules y alla d'un ou deux couplets cultivés, dans l'espoir de briller. À la fin de l'échange, le président évoqua les réseaux sociaux avec un mépris qui éveilla l'intérêt de Nicolas. Dans un ricanement cruel, il leur expliqua qu'il avait récemment rencontré le PDG de Twitter et celui de Facebook. « Des gens charmants – et un sourire narquois tordit sa lèvre supérieure –, des jeunes gens charmants en jeans et en

T-shirt – oubliant qu'un des hôtes était justement ainsi vêtu –, des gens charmants qui se prennent pour les rois du monde. Alors que, franchement, poursuivit-il avec un rire franc, Twitter, c'est Mickey qui dit bonjour à Donald, et Facebook, c'est Donald qui lui répond, non? » Tout le monde s'esclaffa. Nicolas rit aussi, parce qu'il s'y sentit obligé, parce que c'était ce que l'on attendait de lui dans de telles circonstances, mais une fois l'amusement dissipé, il s'en voulut. La phrase sur Mickey et Donald lui restait en tête. En quittant l'Élysée, il l'avait tweetée, suivie des initiales aisément identifiables du président. Le buzz avait tout de suite enflé. Des journalistes lui avaient écrit, l'avaient appelé, et Dita n'avait pas tardé à être débordée. Tout le monde voulait en savoir plus. Où Nicolas avait-il trouvé cette phrase? Dans quelle situation? Avait-il rencontré le président? Pendant ce temps, la citation avait franchi l'océan, elle était retweetée des centaines de fois sur les deux rives de l'Atlantique. Alice redoutait que l'Élysée appelle et exige des explications. « Les présidents ne devraient jamais inviter des écrivains à déjeuner, a dit Mickey à Donald », fut le tweet final, particulièrement populaire, avec lequel Nicolas mit un terme au débat.

Il ne tweetait jamais sur le livre qu'il prétendait écrire. En revanche, il était intarissable sur *L'Enveloppe*. Il adorait tweeter sur la fierté et l'incrédulité qu'il avait ressenties en voyant son nom imprimé pour la première fois. Il avait corrigé les épreuves avec une beauté aux yeux vifs, Rebecca, dont tous les auteurs de la maison étaient amoureux, avait-il appris, parce qu'elle était d'un professionnalisme discret, dévouée à son travail, et si jolie à regarder quand elle se penchait sur ses pages, stylo rouge en main, une cascade de cheveux châtains révélant parfois la blancheur de sa nuque. À l'époque, il avait souhaité partager l'expérience du choix de la couverture avec Alice Dor et sa talentueuse directrice artistique, Marie-Anne. Alice vouait un véritable culte à Marie-Anne, Nicolas s'en aperçut rapidement. C'est elle qui avait eu l'idée du logo qui symbolisait la maison d'édition, des cerises entrelacées. Plusieurs couvertures furent envisagées, et il se dit qu'il pourrait les montrer à ses abonnés. Enfin, il voulut décrire le jour inoubliable où son roman parut en librairie, la joie absolue de le voir là, plein de promesses. Mais il préféra finalement ne rien tweeter. Ce bonheur était à lui, rien qu'à lui. Il se revoyait entrant comme en transe dans des librairies, simplement pour apercevoir son livre parmi tous les autres. Qu'une personne s'en saisisse, lise la quatrième de couverture, et il éprouvait une réelle excitation. Qu'elle l'achète, c'était l'extase. À l'époque, la folie médiatique ne s'était pas encore déclenchée et il flânait en librairie des heures, planqué pour mieux espionner ses lecteurs potentiels. Il remettait subrepticement son livre sur le devant des piles. Mais au fil des mois, il ne fut plus nécessaire de déplacer les exemplaires dans les rayons. Son roman était là, en piles triomphantes, impossible de le rater. Et nul besoin de tweeter à ce propos, ses milliers d'abonnés s'en chargeaient pour lui.

C'EST L'HEURE DU DÉJEUNER AU GALLO NERO. Les clients prennent place au bord de la piscine miroitante, à l'abri du soleil sous les parasols sable. Le personnel papillonne autour d'eux avec un empressement discret. Nicolas remarque que de nouveaux clients sont apparus. Deux blondes, des Américaines entre deux âges, viennent d'arriver, leurs pommettes gonflées et leurs tempes tirées trahissent l'abus de Botox et de chirurgie esthétique. Elles rient sans cesse, un rire strident, perçant comme ceux des hyènes. « *Oh my God!* » s'exclament-elles constamment. Derrière, siège une famille italienne, copie conforme de la tribu *Vanity Fair* d'hier, même allure, même charme. La séance photo est interrompue le temps d'une pause. L'équipe grignote un en-cas au bar, elle ne reprendra le travail qu'en fin d'après-midi, quand la chaleur sera moins oppressante. Penché sur son assiette, le visage plus bouffi que jamais, Nelson Novézan déjeune en compagnie de sa petite amie. Il recommande du vin.

Nicolas est assis à « sa » table avec Malvina. Il considère l'assistance et se demande pourquoi ils ont tous choisi cet endroit. Apparemment, aucun événement, si atroce, scandaleux ou abominable soit-il, ne pourra jamais perturber la sérénité et l'indolence du Gallo Nero. Ici, le soleil règne en maître incontesté, secondé par une mer et un ciel bleu saphir.

Nicolas raconte à Malvina qu'il a appelé sa mère, que c'est un certain « Ed » qui lui a répondu. La situation avait été gênante, mais il reconnaissait avoir été soulagé quand il avait compris qu'elle n'était pas souffrante. Il se reprochait de ne pas avoir pris de ses nouvelles depuis longtemps, il finissait par tout ignorer de sa vie. Il lui avoue aussi que le fameux « Ed » lui était apparu bien jeune, même si, au téléphone, les voix sont trompeuses. Malvina se contente de sourire. Nicolas lui en veut. Il espérait qu'elle ferait preuve de davantage de compréhension.

À côté d'eux, M. Wong et Mlle Ming semblent décidés à engager la conversation dans un anglais hésitant. C'est bien la dernière chose dont Nicolas a envie. Ne peuvent-ils pas se taire et le laisser en paix ? Qu'ils évoquent son prochain livre et il les balance du haut de la falaise. Il est encore sous le coup des événements de la matinée. La conversation surréaliste avec Dagmar Hunoldt. La brutalité sidérante de sa tante. La stupeur d'apprendre que sa mère a un jeune amant, qu'elle se prélasse avec lui sur un bateau à Saint-Tropez. Le terrible éreintement de Laurence Taillefer, dont il ressent encore l'onde de choc.

Les Américaines liftées continuent de hurler à gorge déployée. Nicolas n'a qu'une envie, les étrangler.

— Vous vivez Paris, oui ? couine Mlle Ming, le visage plein comme une lune, qui tremblote quand elle agite la tête.

Il est impossible de deviner son âge. On la croirait en porcelaine.

— Oui, répond Malvina, qui sent Nicolas trop préoccupé ou indifférent pour répondre.

– Ah, Paris, entonne M. Wong à l'unisson, très, très joli, Paris, oui!

Nouvelles courbettes.

– Et vous vivez à…? s'enquiert poliment Malvina.

Mlle Ming profère quelques mots inintelligibles. Malvina jette un coup d'œil désespéré à Nicolas, en quête de soutien, mais il est parti dans un autre monde, un monde dont elle n'a pas la clé, elle le sait. Il est inutile de chercher à communiquer avec lui à ce stade. Elle l'ignore, mais il a l'esprit encombré de femmes. Les femmes du jour. Les espoirs d'Alice. Le dédain de Dagmar. L'agressivité de Roxane. Les secrets d'Emma. Le mépris de Laurence. Les femmes de la nuit. Le sommeil imperturbable de Malvina. Le BBM de Sabina. La langue de Cassia. Il préférerait être n'importe où ailleurs qu'ici, pris au piège dans ce luxe idyllique, avec tous les clients riches et gâtés par un personnel toujours aux petits soins. Sa seule pensée réconfortante, en cet instant, est sans doute pour Sabina. Sabina qui lui met le feu au bas-ventre avec ses messages et ses photos. Oui, elle est sa consolation, mentalement, du moins. À la seule évocation du triangle rose et doré, il ressent la délicieuse brûlure du plaisir interdit.

Le serveur attend leur commande. Malvina choisit des légumes sautés aux herbes et fleurs du jardin, accompagnés de mozzarella de buffle, et Nicolas des filets de rouget en fleur de courgette, avec une crème de riz noir et des artichauts. Novézan continue de boire du rosé et Nicolas aimerait se joindre à lui, pour qu'ils trinquent ensemble, sans un mot, sans une explication, juste pour boire jusqu'à l'épuisement. Il reconnaît les premiers symptômes de la fatigue, les excès de la veille sont sans doute en train de le rattraper. Il ressent cette sécheresse révélatrice dans la gorge, et ses paupières le démangent comme s'il avait du sable dans les yeux. Malvina fait de son mieux pour comprendre ce que Mlle Ming mime de ses mains potelées. M. Wong tente de les aider et sautille sur sa chaise en poussant une nouvelle série de sons incompréhensibles.

– Je crois qu'ils voudraient savoir si tu es déjà allé en Chine, chuchote Malvina.

– Qu'est-ce que ça peut leur foutre ? soupire Nicolas.

Elle le fusille du regard. Au prix d'un gros effort, il répond que oui, il est allé à Shanghai, Pékin et Hong-Kong. Il essaie de leur décrire sa tournée promotionnelle là-bas, mais s'aperçoit bien vite qu'en dépit de leurs sourires enthousiastes et de leurs oui incessants de la tête, Mlle Ming et M. Wong ne le comprennent pas. Alors, il ralentit, comme s'il s'adressait à un enfant de cinq ans un peu borné, et le silence retombe. On leur apporte leurs plats, qu'ils mangent sans un mot jusqu'à ce que Mlle Ming, le double menton tremblant d'impatience, recommence à mimer quelque chose.

– Je n'en peux plus, marmonne Nicolas à Malvina.

– Contente-toi d'être gentil, lui répond-elle.

Ils se concentrent tous deux sur Mlle Ming, qui n'arrête pas de pointer Nicolas du doigt. Ils n'arrivent pas à saisir ce qu'elle peut bien vouloir dire. M. Wong s'enfle et souffle, semblable à un moteur à vapeur, et propose son aide, ce qui ne fait qu'empirer les choses. Un hurlement perçant retentit. Tout le monde se retourne pour voir la mère britannique emporter, stoïque, son fils qui jappe et donne des coups de pied. Quand le tumulte s'éloigne, Mlle Ming recommence à montrer Nicolas du doigt tout en battant des mains dans l'air comme une poule grasse et caquetante.

Sur la table, le numéro de François s'affiche sur l'écran. François, son sauveur ! Nicolas se rue avec soulagement sur l'appareil. « Désolé, faut que je réponde. » Il se lève précipitamment sans un regard pour Malvina (il entend déjà les reproches : « Tu m'as abandonnée avec ces Chinois monstrueusement ennuyeux pour décrocher ton téléphone… ») et file sur la terrasse. Enfin, François le rappelle. Ce bon vieux François. Il savait qu'il pouvait lui faire confiance. Toujours là quand il a besoin de lui. Jamais il ne le laisserait tomber, oui, toujours à ses côtés. François est son seul véritable ami. Son unique ami.

– Hé, salut, mec ! lance-t-il de la voix grave, exagérément virile, du temps de leur adolescence, s'attendant à ce que François riposte d'un : « Hé, Khûbe ! »

Mais il tombe sur un silence menaçant, comme cet instant muet après l'éclair, juste avant le tonnerre.

– Allô ? fait Nicolas. T'es là ?

La voix de François éclate, forte, claire.

– Tu te prends pour qui, connard ?

Nicolas a la langue collée au palais. D'un ton glacial, François poursuit :

– Tu m'appelles, comme ça, bourré, à une heure du matin, et tu me laisses ce message minable. Tu sais que je dois me lever tôt, même le samedi, tu sais que j'ai des enfants en bas âge et une femme, même si tu ne te souviens jamais de leurs noms parce que la seule chose qui t'intéresse, c'est d'être Nicolas Kolt. Ravi d'apprendre que tu écris ton futur best-seller sur une île paradisiaque, alors que nous autres, on continue à mener nos petites vies mornes. Je ne comprends pas qui tu es devenu. Et je ne veux pas le comprendre. Ne me rappelle pas. C'est inutile.

— Attends! implore Nicolas, qui a enfin recouvré l'usage de la parole. Ne raccroche pas!

— J'ai pas fini, interrompt froidement François. J'ai lu cet article, là, celui de Laurence Taillefer, comme toute la France ce matin. Elle a raison. Tu n'es qu'un feu de paille. Tu t'es transformé en produit. Je le sentais venir. Delphine aussi d'ailleurs. La vérité, c'est que tu n'es même pas fichu d'écrire un autre bouquin. Tu n'as pas l'étoffe d'un écrivain. Pour écrire, il faut souffrir, tu sais. Il faut saigner. Autrefois, tu as souffert, quand tu as raté les concours. Tu as saigné, quand tu as découvert qui était vraiment ton père, quand tu as compris comment il était peut-être mort. Tu as écrit ce livre avec tes tripes. Et maintenant, tu vis sur ton succès. Ça t'est monté à la tête. Tu es blasé. Tu dépenses, tu voyages, tu t'étales dans les magazines. Tu es le roi de Twitter. En réalité, Nicolas, tu n'écriras plus jamais rien.

Silence. François a raccroché. Nicolas contemple le bleu somptueux de la Méditerranée. Comment tout peut-il paraître calme et serein alors qu'il vit secrètement un enfer? Des bateaux naviguent, le soleil brille, les clients déjeunent et rient, des mouettes prennent leur envol. Le tableau même de la perfection. Il n'est pas tout à fait quinze heures. Le reste de la journée ne va être qu'un enchaînement de désastres, il en est désormais convaincu. Qu'est-ce qui l'attend encore? Il redoute d'y penser. D'un pas lent, les jambes faibles, il revient à sa table. Les mains tremblantes, il lâche presque son téléphone. Son plat a refroidi. Il n'a plus faim.

— J'ai enfin compris ce que Mlle Ming voulait dire, sourit Malvina, triomphante, sans remarquer l'expression sur son visage. Elle veut savoir ce que tu fais.

Nicolas se sent plus abattu que jamais. Il pensait que Mlle Ming l'avait reconnu. Son livre s'est très bien vendu en Chine. Il s'assied, hébété. À contrecœur, il mime vaguement l'acte d'écrire, puis un livre, feuilletant des pages imaginaires avec ses mains. Mlle Ming le regarde avec attention, ses yeux noirs luisent. Elle est surexcitée quand elle comprend enfin. M. Wong aussi. Ils applaudissent et s'inclinent. C'est la première fois qu'ils rencontrent un écrivain. Comme c'est passionnant ! Comme c'est enthousiasmant ! Ils lui demandent son nom et le titre du roman. Lassé, Nicolas obtempère et griffonne un bout de papier. Ils déchiffrent lentement, acquiescent encore une fois, et sourient. Malvina aussi.

Alors M. Wong lui tape sur l'épaule, encourageant, et clame avec un grand sourire :

– Un jour peut-être vous très célèbre ! Bonne chance, monsieur !

E N AOÛT 1993, quand Théodore Duhamel disparut au large de la côte de Guéthary et après la découverte du Hobie Cat noir près d'Hendaye deux jours plus tard, sa famille avait attendu. Elle avait attendu la confirmation de sa mort. Attendu que son corps soit rejeté par les vagues. Tout au long de ce triste été, Emma et Nicolas avaient attendu. Ils n'étaient plus allés à la plage. Ils n'étaient plus sortis. Ils restaient dans le petit appartement, à attendre. Nicolas se demandait comment on leur annoncerait la nouvelle. Un coup de téléphone ? Une lettre ? La visite d'un policier ? Il n'eut pas le courage de poser la question à sa mère. Emma semblait perdue.

Les amis venus le soir de la disparition de son père passèrent tous les jours. Ils leur préparaient à manger, s'occupaient des courses, nettoyaient la cuisine et la salle de bains, refaisaient les lits. Ils le cajolaient, l'embrassaient, lui donnaient du « petit bonhomme ». Roxane, la sœur d'Emma, était arrivée de Belgique avec son mari. Ils séjournaient dans un hôtel au coin de la rue. Nina, Lionel et Elvire Duhamel les avaient rejoints depuis la Côte d'Azur et s'étaient installés à l'Hôtel du Palais. Nina répétait sans cesse : « Théo a juste eu un accident. Ça va aller. Il est quelque part dans un hôpital. Il se remet. On va bientôt avoir de ses nouvelles. » Comment pouvait-elle en être si sûre ? se demandait Nicolas en regardant son énergique grand-mère arpenter la salle à manger, une cigarette à la main, tandis qu'Emma était recroquevillée près du téléphone, les yeux dans le vague. Elle sursautait dès que la sonnerie retentissait, décrochait, pâle et tremblante. Nicolas l'entend encore murmurer sans fin : « Non, non, pas de nouvelles. Je vous appellerai. Au revoir. Merci. Au revoir. »

Tous les soirs, Nicolas se couchait en larmes. Les amis et la famille veillaient tard et passaient la nuit avec eux. Leurs voix et les effluves de tabac lui parvenaient de la pièce voisine jusqu'au petit matin. Parfois, la porte s'ouvrait en grinçant, et la douce main de sa mère se posait sur son front. Puis elle s'éclipsait.

Le faisceau régulier du phare courait d'un mur à l'autre. Depuis tout petit, ce phare le fascinait. Sa lumière puissante aidait les marins à accoster en toute sécurité, même par gros temps, même dans les courants les plus traîtres. Il les avait vues, les croix, sur le rocher de la Vierge, près de la Grande Plage, là où des bateaux poussés par le ressac s'étaient fracassés sur les récifs. Pourquoi le phare n'aidait-il pas son père à retrouver la côte ? Reviendrait-il seulement un jour ?

Fin août, le moment vint de rentrer à Paris. Emma reprenait les cours au collège Sévigné, et Nicolas devait retourner à l'école. Mais Emma refusa de quitter Biarritz. Le corps de son mari n'avait toujours pas été retrouvé. Peut-être n'était-il pas mort ? Il y avait encore un espoir, répéta-t-elle à la police. Ils se montrèrent compréhensifs, tout en lui expliquant que Théodore Duhamel s'était probablement noyé, mais elle ne voulut rien savoir. Sévigné lui accorda deux semaines de congé supplémentaires, mais Nicolas, lui, repartit à Paris avec ses grands-parents. Il vécut dans leur appartement du boulevard Saint-Germain, où la circulation était si bruyante qu'on l'entendait à travers le double vitrage. Un soir, Nicolas surprit une conversation étrange. La voix de Nina était sèche.

– De quoi parles-tu, Lionel? Tu as perdu la tête? Comment peux-tu suggérer une telle chose?

– C'était juste une idée, se défendit faiblement son grand-père.

– Une réflexion complètement stupide, cracha-t-elle.

– Je suis désolé, ma chérie. Je sais que tu n'aimes pas que je parle de Leningrad.

– Tais-toi, Lionel. Pour l'amour de Dieu, tais-toi.

Nicolas regagna discrètement sa chambre. À quel sujet se disputaient-ils? Leningrad? Que voulait dire son grand-père?

Quand Emma rentra à Paris mi-septembre, Nicolas retrouva la rue Rollin. Sa mère lui sembla plus fragile que jamais. L'appartement devint un musée du souvenir et de la désolation, tout le rappelait à son père. L'odeur des cigares qui flottait encore dans la salle à manger. Les bouffées d'Eau Sauvage dans la salle de bains ou la chambre. Les placards, pleins à craquer de ses vêtements – pantalons, pulls en cachemire, cravates, chaussures, clubs de golf, anoraks, gants, boutons de manchettes… Et son fameux stylo à plume Montblanc. Mais pas la montre DOXA SUB qu'il portait le jour de sa disparition.

Emma et Nicolas, envers et contre tout, continuaient à l'attendre. L'un et l'autre vivaient leur vie au rythme de l'école et des repas, mais seule comptait l'attente. Épuisante, insupportable. Emma expliqua la situation aux professeurs de Nicolas. En classe, tout le monde se montrait gentil avec lui. Les élèves le dévisageaient puis chuchotaient dans son dos : « Son père s'est noyé, et on n'a toujours pas retrouvé le corps. » Mais François était le seul en qui il avait confiance, ses parents – Odile et Michel – et ses frère et sœurs – Victor, Constance et Emmanuelle –, sa seule source de réconfort. Tous les après-midi, il allait chez eux après l'école, avenue Duquesne. Il avait alors l'impression de faire partie d'une famille normale. Quelques heures durant, il oubliait que son père ne rentrerait jamais. De retour à la maison avec sa nouvelle jeune fille au pair, quand la clé tournait dans la serrure, Nicolas sentait battre en lui le fol espoir que son père serait là. Blessé, mutilé, peut-être même avait-il perdu un œil, mais il était là, triomphant, sain et sauf. Hélas, ni fumée de cigare ni rire... Pas de père. Seul le silence.

Peu avant Noël 1993, Brisabois, les yeux rouges, leur rendit visite. Il passa une heure à sangloter sur l'épaule d'Emma. Comment un homme aussi merveilleux avait-il pu disparaître ? Comment la vie pouvait-elle se montrer aussi cruelle ? Emma ne disait rien et le consolait gentiment. Nicolas détournait le regard, gêné. Mais la scène prit une tournure encore plus embarrassante quand Brisabois entreprit de réclamer de l'argent, sous prétexte que Théodore Duhamel lui devait une somme importante. Sans un mot, Emma se leva et sortit son chéquier. La scène se répéta l'année suivante. Puis on n'entendit plus parler de Brisabois.

Peu à peu, Nicolas apprit à affronter les questions. Oui, son père s'était noyé, non, on n'avait pas retrouvé son corps. Il le disait avec détachement, sans pour autant s'en moquer. Seule la

187

distance qu'il prenait avec les mots pouvait le protéger. Quatre ans plus tard, fin août 1997, après la mort tragique de la princesse Diana, il suivit les obsèques à la télévision ; il vit ses deux fils marcher derrière le cercueil pendant la procession. Le prince William avait quinze ans, comme lui. Alors que la planète entière pleurait la princesse défunte, Nicolas sentit sourdre en lui un intense ressentiment. Le prince William savait que sa mère était morte. Peut-être même avait-il vu son corps. Il était parfaitement conscient qu'elle reposait dans ce cercueil qui parcourait les rues de Londres, couvert de roses blanches, décoré d'une carte où son frère Harry avait écrit « *Mummy* » d'une main d'enfant inconsolable. William et Harry allaient pouvoir faire leur deuil. Nicolas, lui, n'avait pas pu. Emma et lui espéraient toujours que Théodore Duhamel franchirait le seuil de la rue Rollin, ou que le téléphone sonnerait pour leur annoncer qu'un corps retrouvé sur la plage d'Hendaye était peut-être le sien.

L'attente était devenue leur prison. Emma n'avait pu se résoudre à vider les placards de son mari. De temps à autre, Nicolas ouvrait une penderie et contemplait les vêtements de Théodore Duhamel. Mais bientôt, le parfum âcre du havane s'estompa et ne resta plus que l'odeur de renfermé. Que fit sa mère de tout cela ? Il ne le sut jamais, et ne demanda rien non plus. Il hérita du stylo Montblanc qu'il chérissait. Mais ce qu'il aurait voulu par-dessus tout, c'était la DOXA SUB orange.

Chaque année, le 12 juin – la date anniversaire de son père –, Nicolas savait que sa mère pensait à l'âge qu'il aurait eu. Sa grand-mère aussi, jusqu'à sa mort. Tous les 7 août, le jour de sa disparition, Nicolas se réveillait avec un nœud au ventre. Il se revoyait, petit garçon effrayé sur le balcon, les yeux fixés sur l'océan. Les

mêmes questions revenaient, toujours aussi insurmontables :
qu'était-il arrivé à son père? Pourquoi ne l'avait-on jamais revu?

En 2001, avant le voyage en Italie et sa rencontre avec Delphine, il avait eu une liaison fougueuse avec Aurélie, une fille plus âgée que lui, intelligente et autoritaire, qui suivait des études de médecine. Sa charge de travail éprouvante avait eu raison de leur amour; c'était l'explication qu'elle lui avait donnée au moment de la rupture. Début septembre, alors qu'ils dînaient chez elle, près de République, elle l'interrogea sur son père. Des questions innocentes au début, puis de plus en plus précises, au point que Nicolas, sur ses gardes, lui demanda où elle voulait en venir. Elle était surprise que sa mère et lui ne se soient pas posé plus de questions. Comme quoi? bredouilla-t-il. (Il repensait souvent à cette soirée, revoyait les poutres du plafond, la vue pittoresque sur les toits de Paris, et Aurélie dans sa chemise rouge cerise qui moulait sa poitrine généreuse. Il avait d'ailleurs repris la scène dans *L'Enveloppe*, sous une autre forme : au cours d'un déjeuner avec un ex, Margaux l'écoutait lever tous les interdits sur la disparition de Luc Zech après l'avalanche.) Aurélie se versa un nouveau verre de chablis et se lança : « Je veux dire, vous ne vous êtes jamais demandé pourquoi on n'avait pas retrouvé le corps de ton père? Tu crois vraiment qu'il s'est noyé? Il était entrepreneur, c'est ça? Et si quelqu'un avait voulu sa mort? Et s'il y avait de l'argent sale dans cette histoire? Et aussi : est-ce que ton père était vraiment heureux? Tout allait bien dans sa vie? Tu ne crois pas qu'il aurait pu se suicider? »

Au début, Nicolas avait ricané avec amertume. Il n'avait jamais envisagé aucune de ces éventualités. Puis il se souvint du visage de Théodore Duhamel et de sa pâleur effrayante, sur les

Champs-Élysées. Son énigmatique conversation téléphonique avec Brisabois au Fouquet's. « Je l'ai vu sur les Champs. Et tu comptes faire quoi ? Merde ! T'as pensé aux conséquences ? Ah ouais, vraiment ? » Plus tard, il se remémora les soirs où son père lui semblait soucieux, comme Emma, quand ils manquaient d'argent, qu'il n'y avait que de la soupe au dîner ; puis soudain, un « contrat » tombait, l'argent coulait à flots, Brisabois débarquait avec une bouteille de Veuve-Cliquot, son père sortait acheter du caviar chez Petrossian, jusqu'à la fois d'après, jusqu'à la « cure de soupe » suivante.

C'est Aurélie qui la première, en ce soir de septembre 2001, avait instillé le doute. La mort de son père n'avait peut-être rien d'accidentel.

– SALUT, LANCE UNE VOIX JUVÉNILE.

Nicolas émerge de son carnet – vierge, naturellement – et ses yeux tombent sur un des mannequins de la séance photo. Cheveux noirs torsadés en chignon, pas une once de maquillage. Une beauté. Dix-neuf, peut-être vingt ans à peine. Malvina dort à l'ombre, un peu plus loin. C'est l'heure torride, à la limite du supportable. La plus tranquille aussi.

– Salut, répond-il, souriant.

– T'as pas une clope? dit-elle avec un accent américain.

– Désolé, je ne fume pas.

Haussement d'épaules.

– Tu t'éclates? demande-t-elle.

Le bikini bleu rehausse son grain de peau parfait.

– Et toi?

Nouveau haussement d'épaules.

– Bof, un boulot comme un autre. La Carper, là, c'est une vraie facho.

– Tu viens d'où?

– New York, m'sieur. T'es flic, ou quoi?

Il rit. Elle lui coule un regard espiègle.

– C'est toi l'écrivain, non ?

– Exactement.

– *L'Enveloppe.*

Elle lève un sourcil et sourit, dévoilant de petites dents blanches.

– C'est quoi, ton nom ?

– Savannah, annonce-t-elle en roulant des yeux, *no comment !*

Du menton, elle pointe Malvina en pleine sieste.

– Ta copine ?

– Oui.

– Elle passe son temps à roupiller.

– Tu nous espionnes ?

Savannah détourne le regard.

– Ouais.

– Tu es là pour combien de temps ?

– On part demain, quand on aura fini ce truc. On prend l'avion pour Paris, pour une autre séance.

– Ça fait longtemps que tu es mannequin ?

– J'ai commencé à treize ans. Repérée à Central Park. Aucun intérêt. Comme ce boulot.

– Pourquoi tu le fais, alors ?

– Mon père est mort quand j'étais petite et ma mère est seule, avec un cancer. Avec ce que je gagne, je peux lui payer le meilleur hôpital, les meilleurs soins.

– Elle va mieux ?

– Non… Quarante ans, et elle va y rester. Me regarde pas comme ça, Monsieur l'Écrivain. Tu vas me mettre dans un de tes romans ou quoi ?

Nicolas rigole, elle est irrésistible.

– Tu écris un nouveau bouquin ?

Il hésite. D'ordinaire, il répondrait, le plus sérieusement du monde, qu'en effet, il y travaillait.

Mais il avoue :

– Je fais semblant.

Savannah se rapproche. Elle sent le sel marin et la cannelle.

– Et pourquoi ?

Sa voix est douce, suave. Elle joue avec une boucle de cheveux échappée de son chignon.

– Tout le monde pense que j'écris, mais non, je ne fous rien.

– L'angoisse de la page blanche ?

– Non, c'est juste que j'ai la flemme.

– Et tu vas faire quoi ?

– Eh bien, quand je serai de retour à Paris, il va falloir que j'avoue à mon éditrice que cette histoire de deuxième bouquin n'est qu'une supercherie. Elle va être furieuse.

Il pense à Alice Dor, qui lui a déjà laissé deux messages. Elle veut avoir de ses nouvelles après l'épisode Taillefer. Il ne l'a pas encore rappelée. Alice Dor lui fait confiance. Elle attend patiemment son roman, avec bienveillance. Pour longtemps encore ?

Une serveuse apparaît. Nicolas commande une *acqua frizzante*. Savannah s'est dangereusement rapprochée, son épaule frôle presque la sienne. À l'exception de Malvina, cachée derrière un grand canapé aux coussins de couleurs vives et une rangée de parasols, la terrasse est déserte. La plupart des clients se sont retranchés dans leurs chambres climatisées pour une sieste, ou sont partis nager. Il fait une telle chaleur que Nicolas sent la sueur perler sur sa lèvre supérieure. Rien de plus facile que de se pencher et d'embrasser cette bouche pulpeuse. Il devine la même pensée dans les yeux verts. La promesse d'un baiser. À regret, il s'écarte légèrement.

On leur apporte la bouteille d'eau. Nicolas remplit leurs verres.

– À part toi, mon écrivain préféré, c'est Salinger.

– Flatté.

Elle se rapproche de nouveau.

– Salinger détestait les interviews, les journaux, la radio, la télé. Il vivait dans une maison paumée à des kilomètres de la ville, il cultivait son potager et il écrivait pour lui-même.

Nicolas esquisse un sourire ironique.

– Je devrais peut-être essayer. Mais je n'ai rien d'un ermite. J'aime être en prise avec le monde, le sentir vibrer. Connaître de nouvelles têtes. Si je vivais dans une grotte, j'écrirais sur quoi ? Si je restais seul dans mon coin, comment pourrais-je découvrir ce qui se passe autour de moi ?

– Très juste, concède-t-elle.

De ses longs doigts fuselés, elle caresse le contour de son verre. Nicolas s'arrache à la contemplation de son geste. Malvina peut se réveiller d'une minute à l'autre, le trouver dangereusement proche de cette beauté à couper le souffle. Il se souvient de l'avertissement du barman.

Une fois de plus, il s'écarte.

– T'inquiète, se moque-t-elle. Je sais que ta petite amie est jalouse. J'ai vu comment elle te surveille.

– Et toi ? Tu as un copain ?

– Trois, répond-elle gravement en étudiant ses ongles. De toute façon, tu préfères les femmes « mûres », c'est dans toutes les interviews que j'ai pu lire. Les cougars et les montres. C'est l'éclate!

Elle roule encore des yeux.

Un homme la hèle depuis la terrasse supérieure.

– J'arrive! soupire-t-elle. Fini de rigoler. Faut que j'aille me faire maquiller pour la kapo. Ravi d'avoir pu te parler, Monsieur l'Écrivain. On se voit plus tard!

Il la suit du regard tandis qu'elle s'éloigne de sa démarche nonchalante.

– Encore une de tes fans? s'enquiert la voix fatiguée de Malvina derrière lui.

Il se retourne, se préparant pour l'inévitable inquisition. Mais elle est si pâle qu'il ne peut réprimer une exclamation de surprise.

– Malvie, ça va?

– Non, gémit-elle. Je ne me sens pas bien.

Il la raccompagne lentement dans la chambre. Elle tient à peine debout. Il l'allonge doucement sur le lit, tire les rideaux, lui apporte un peu d'eau minérale.

– Je vais appeler un médecin, dit-il d'un ton ferme. Ça ne peut pas continuer. Tu n'es pas bien depuis qu'on est arrivés.

– Juste un truc que j'ai mangé, murmure-t-elle. Ou la chaleur.

Il joint la réception. On lui assure qu'un médecin passera en fin d'après-midi.

– Maintenant, repose-toi, ordonne-t-il en lui caressant les cheveux. – Son front est frais. – Ferme les yeux, respire, le docteur va venir et te donner quelque chose, ça ira.

– Reste avec moi, supplie-t-elle. Ne me laisse pas. S'il te plaît.

Il s'allonge à ses côtés. Elle semble plus fragile que jamais, comme un oisillon aux ailes douces, duveteuses.

– Dis-moi que tu m'aimes, souffle-t-elle. Dis-moi que tu n'aimes que moi.

– Tu es la seule, répond-il tendrement.

Mais il ne peut se résoudre à prononcer le mot « aimer ». Delphine est la seule femme qu'il a jamais aimée.

– Dis-moi que tu ne me quitteras jamais.

Il lui caresse le front d'un geste apaisant.

– Je suis là, Malvie. Avec toi.

– Promets-moi que tu ne me traiteras jamais comme Justin.

– Jamais je ne ferai ça, tu le sais, Malvie.

Justin était l'ancien petit ami de Malvina, un type arrogant et prétentieux qui citait du Yeats à tout-va, et se donnait des airs à la Hugh Grant. Ils étaient restés trois ans ensemble. Il l'avait quittée du jour au lendemain, quand il s'était aperçu qu'elle s'était liée d'amitié avec un de ses camarades de classe à lui. Il avait refusé de lui adresser la parole et lui avait envoyé par courriel des photos le montrant en train de brûler ses lettres, qu'il n'avait même pas ouvertes. Puis il avait bombardé sa page Facebook de clichés de lui et de sa nouvelle copine. Il ne s'était jamais soucié de savoir comment elle allait, après leur séparation. C'était comme si Malvina n'existait plus. Quand Nicolas l'avait rencontrée, il y avait de cela neuf mois, elle était toujours sous le coup de la rupture.

– Elle voulait quoi, cette fille ?

Il fait mine de ne pas comprendre :

– Quelle fille ?

– Celle avec qui tu parlais quand je me suis réveillée.

– Juste une fille qui me disait bonjour en passant.

– C'est un des mannequins…

– Et ?

– Dis-moi que je suis plus belle qu'elle. Dis-le-moi.

Il dépose un baiser sur sa joue.

– C'est toi la plus belle. Et, maintenant, repose-toi.

Elle s'endort en quelques minutes. Dire qu'il aurait pu sortir, aller se baigner, parfaire son bronzage. Il adore cette heure magique où la lumière se pare d'or tandis que la chaleur retombe. Quelle déveine, de jouer les gardes-malade, cloîtré dans une chambre. Et dire que demain, c'est leur dernier jour… Il s'allonge sans grand espoir de parvenir à s'assoupir.

La respiration de Malvina est profonde et régulière, mais il est trop risqué de jeter un coup d'œil à son BlackBerry. Plus tôt, près de la piscine, sur la terrasse, juste avant l'arrivée de Savannah, il avait profité de cet instant de tranquillité pour vérifier ses mails et faire un petit tour sur les réseaux sociaux. Il n'y avait pas eu de nouveau BBM de Sabina, et il devait bien s'avouer déçu. La fête était-elle finie ? S'était-elle lassée de leurs échanges ? L'article de Taillefer avait ulcéré ses fans. Lire leurs messages opérait comme un baume miraculeux sur sa blessure. Mais la vue d'une nouvelle photo d'Alex Brunel raviva son exaspération. Elle était prise de très près, pendant la séance de mode, et le montrait observant les mannequins de son sourire carnassier. Sa colère empira. Pourtant, ses fans adoraient le cliché, il avait été « aimé » des centaines de fois. Il décida de s'abstenir de tout commentaire. Sur son flux Twitter, il trouva des allusions à l'article de Taillefer, mais il ne fit que les survoler. En fait, il n'avait rien tweeté depuis son arrivée. Ce qui ne laissait pas de surprendre la communauté de ses abonnés.

Il avait consulté les mails de ses fans. Il remarqua un message d'une certaine « S. Kurz », avec un fichier en pièce jointe. Objet : « TRÈS TRÈS CONFIDENTIEL. » Il cliqua dessus. Il était de Sabina. « Mon BlackBerry est *kaputt* », lui écrivait-elle, ce qui l'amusa. « Alors j'ai trouvé ton adresse mail sur ton site et je t'écris depuis mon ordi. Tu sais que je ne peux pas m'empêcher de t'écrire, Nicolas. J'ai besoin de savoir que tu lis mes mots et qu'ils t'excitent. Le simple fait de penser que tu attends mes mots, je trouve ça érotique. Bien. Donc, aujourd'hui, je porte une robe qui se boutonne par-devant. Je t'en envoie une photo. Elle est jolie, tu ne trouves pas ? Elle est très facile à ouvrir. Dessous, je ne porte rien, comme tu le verras sur la deuxième photo. Maintenant, Nicolas Kolt, dis-moi, qu'est-ce que je me feras une fois que tu auras ouvert la robe ? Je veux le savoir, en détail. »

Sur la première photographie, elle était debout devant un grand miroir, dans une robe de coupe sobre, mais orange vif, fermée du décolleté aux genoux. Derrière elle, un lit double recouvert d'un drap bleu, et deux lampes de chevet. Il ne pouvait pas voir son visage, seulement ses cheveux blond cendré jusqu'aux épaules. Son cœur se mit à palpiter. Peut-être serait-il plus sage de se retrancher aux toilettes. Il vérifia que Malvina dormait toujours sous son parasol, et s'éclipsa, le souffle court, le BlackBerry dans sa paume moite.

Il n'y avait personne dans les toilettes des hommes. Il cliqua sur la seconde photo. Ses mains écartaient fermement les revers de la robe orange sur son corps nu. Cette fois, son visage était visible. Elle avait cette même expression qui l'avait tant excité le jour de leur rencontre. Ce petit sourire. Cette intensité dans le regard. Le menton fier. Les seins blancs tendus vers lui, impatients qu'il les caresse. Elle se tenait les jambes légèrement écartées, si bien qu'il pouvait voir ses cuisses, son ventre, son pubis. Il tapa de son compte personnel, aussi vite que possible : « Que te ferais-je, belle Sabina ? Je tomberais à tes pieds, et lentement, très lentement, je t'embrasserais les chevilles, puis les mollets, et de mes lèvres brûlantes, humides, le long de tes cuisses, je me fraierais un chemin jusqu'à ta chatte… » Il s'interrompit, quelqu'un entrait dans les toilettes. Ses doigts se figèrent. Il dut patienter quelques minutes interminables. La personne finit par ressortir, et il reprit fébrilement son courriel. « Quand j'arriverai à ta chatte avec ma langue, je prendrai mon temps pour te faire jouir. J'en rêve, Sabina, je te sens presque dans ma bouche, pour t'écrire, je me suis caché dans les toilettes du Gallo Nero, et ça me rend fou d'imaginer ma langue en toi. » Une poignée de secondes plus tard, elle répondit : « Envoie-moi une photo de toi dans les toilettes, montre-moi comme tu bandes. » Cette fois, il parvint tout de suite à immortaliser son érection marmoréenne. Il la lui envoya, et se masturba en quelques secondes.

En quittant les toilettes, le cœur battant, il avait lu son dernier message à la hâte : « *Danke*, si beau, si appétissant. Un jour je veux te rencontrer en vrai, Nicolas Kolt, et je veux te faire jouir à tel point que tu ne m'oublieras jamais. Peut-être à Paris, ou si tu reviens à Berlin. Demain, je t'enverrai une autre photo. »

Aux côtés de Malvina, Nicolas ferme les yeux et songe à son futur rendez-vous avec Sabina à Berlin. Il imagine la chambre d'hôtel, il l'entend frapper à la porte. Il pense à son odeur, à la sensation de sa peau. Mais très vite, la fatigue le rattrape et il s'endort.

Une sonnerie stridente le réveille en sursaut, et il met du temps à comprendre que quelqu'un insiste à la porte. Vue brouillée, bouche pâteuse, il a du mal à émerger. Quelle heure est-il ? Où est-il ? Il sort d'un rêve étrange. Son père et lui, debout sous la pluie au pied de la tombe de Victor Noir. Il entend encore la voix de son père, incroyablement proche. Il sent sa main lui peser sur l'épaule, exactement comme cette dernière fois, l'été de sa disparition.

Nicolas se lève péniblement pour aller ouvrir. Un homme se tient là, une sacoche à la main.

– Oui ? demande Nicolas, perplexe.

– *Dottore* Scarletti.

– Ah ! bien sûr, entrez.

En silence, le médecin ausculte Malvina, prend sa tension, écoute son cœur, examine sa gorge, ses oreilles, lui palpe l'estomac de ses doigts sûrs et délicats. Il ne parle ni anglais ni français. Nicolas parvient cependant à lui faire comprendre que Malvina n'est pas bien depuis leur arrivée, qu'elle a vomi à plusieurs reprises. Une intoxication alimentaire, peut-être ? Ou une gastro-entérite ? Le docteur ne dit mot. Il termine l'auscultation et va se laver les mains dans la salle de bains. De retour, assis au bord du lit, il rédige une ordonnance et tend sa facture. Puis il fouille sa sacoche et lui donne une boîte. Un test de grossesse. Nicolas fixe, interdit, le médecin. Du doigt, celui-ci montre la boîte, puis Malvina. Il marmonne quelques phrases en italien, trop vite. Nicolas le prie de répéter. « *Incinta* », reprend-il plusieurs fois, les mains en rond sur son ventre. Le geste est sans équivoque.

Le médecin part. Malvina se lève, prend la boîte et s'enferme aux toilettes. Nicolas attend, la tête entre les mains. Surtout ne pas penser, laisser son esprit se vider. Ses yeux errent dans la pièce, sur les murs crème, le grand lit défait, la corbeille de fruits intacte. Sans raisons, il repense à son rêve, à son père et lui, sous la pluie, devant la tombe de Victor Noir.

Malvina fait irruption avec un sourire éclatant, et, à la main, un tube en plastique marqué d'une croix bleue.

– Oh, Nicolas, dit-elle, le souffle coupé. Oh, mon amour. Je vais avoir notre bébé.

DIMANCHE 17 JUILLET 2011

Vanitas Vanitatum et Omnia Vanitas

NICOLAS KOLT COLLECTIONNAIT les montres anciennes. Une passion de toujours. C'est le premier détail qu'il remarquait chez quelqu'un, après la couleur et la forme des yeux. Dans son duplex de la rue du Laos, il avait aménagé un petit coffre-fort au fond d'un placard pour mettre ses précieux trésors à l'abri. Il y avait une montre, en particulier, qu'il ne possédait pas, mais qui le hantait. La DOXA SUB de son père. La montre du commandant Cousteau, celle de Robert Redford dans *Les Trois Jours du condor*. La célèbre montre de plongée avec sa lunette tournante, réputée pour son étanchéité même au plus profond de l'océan. Théodore Duhamel n'enlevait jamais la sienne. Il dormait avec. Quand Nicolas était petit, blotti dans les bras de son père, il entendait à la fois le battement de son cœur et le tic-tac de sa montre. Dans la noyade, il aurait donc sombré avec sa montre. Le tic-tac avait-il continué après sa mort ? Était-elle, aujourd'hui encore, rouillée, enfouie quelque part dans le sable ou encastrée dans un récif, alors que le corps de son père s'était décomposé, grignoté par la faune marine ? Ces pensées morbides, Nicolas ne les partageait avec personne. Mais elles l'obsédaient depuis le 7 août 1993.

En hypokhâgne, les premières strophes du chant d'Ariel dans *La Tempête* de Shakespeare avaient été douloureusement évocatrices :

> *Par cinq brasses sous les eaux*
> *Ton père englouti sommeille ;*
> *De ses os naît le corail,*
> *De ses yeux naissent les perles.*
> *Rien chez lui de corruptible* [1].

Un jour, en 1999, il tomba sur un modèle identique. Elle attendait dans la vitrine d'une boutique, rue de Béarn. La ressemblance avec la montre de son père était si troublante qu'il entra l'examiner de plus près. On la lui déposa sur un plateau de feutre. Il la contempla, médusé, pendant de longues minutes avant d'oser la prendre dans ses mains et l'attacher à son poignet. Le même cadran orange si familier, le même tic-tac, la même fermeture. Devait-il l'acheter ? Elle était chère, mais une participation de ses grands-parents, de sa mère ou de ses tantes était toujours possible. Ou alors en cadeau, s'il décrochait son baccalauréat l'année suivante, en même temps que ses dix-huit ans. Il hésitait toutefois. Le fait de regarder l'heure, et d'être sans cesse confronté au souvenir de son père, le perturberait. Il ôta la montre et la reposa délicatement sur le plateau. Il ressortit de la boutique, luttant contre ses idées noires et le néant qui le submergeaient chaque fois qu'il songeait à tout cela.

Les années d'attente, de 1993 à 2003 – jusqu'à ce que la mort de Théodore Duhamel soit officielle –, furent éprouvantes pour le garçon qu'il était et le jeune homme de vingt et un ans qu'il

---

1. Traduction de Pierre Leyris.

devenait. Il avait grandi dans l'ombre omniprésente de son père pourtant disparu. Quand il retrouvait des amis de la famille, après un instant de gêne, l'exclamation fusait, inévitablement : « Oh ! il ressemble de plus en plus à son père... » Il tenait de lui sa haute taille, la finesse de ses membres, la forme et les traits de son visage – la bouche, le nez, mais pas les yeux bleus. Ses yeux de brume lui venaient de sa mère.

Emma avait conservé les coupures de presse de l'été 1993. Le quotidien régional *Sud-Ouest*, notamment, avait publié quelques articles sur la disparition de Théodore Duhamel. Elle les rangeait dans une boîte en carton bleu marine, dans un tiroir de son bureau. Les articles avaient jauni, s'étaient abîmés, et il se demandait pourquoi elle ne les jetait pas. Pour qui gardait-elle tout cela ? Il lui posa la question. « Un jour, tu voudras en savoir plus sur ton père. Peut-être quand tu seras père toi-même, ou avant. Voilà pourquoi j'ai tout gardé. Ses lettres, ses photos, des bricoles. Tu peux les regarder quand tu veux. »

Mais Nicolas s'était abstenu. Pendant plus de dix ans, il se tint à l'écart de la boîte, comme si le simple fait de la voir risquait de faire ressurgir en lui cette douleur sourde, ce vide béant. En septembre 2001, quand Aurélie souleva les premiers doutes sur les causes du décès, il fut tenté d'aller fouiller. Mais il ne se sentait pas prêt.

Ce n'est que cinq ans plus tard, quand il découvrit le véritable nom de son père, Fiodor Koltchine, qu'il eut un déclic. Il vivait alors avec Delphine, rue Pernety, depuis 2004. À vingt-deux ans, il avait enfin quitté le cocon familial, un soulagement pour sa mère et lui. Il avait emballé toutes ses affaires, et c'était dans une exaltation baignée de nostalgie qu'il l'avait laissée sur le seuil de l'immeuble. Il avait conservé un jeu de clés avec son accord, mais il prenait bien soin de l'avertir avant son passage, soucieux de respecter sa vie privée. Sa mère se montrait discrète sur ce chapitre. Parfois, elle mentionnait un amant, mais son fils ne les rencontrait que rarement. Une fois emporté par son vertigineux succès, il ne s'en préoccupa plus.

En octobre 2006, la semaine pluvieuse où il la questionna sur le mystère Koltchine, il revint sonner rue Rollin à l'heure du déjeuner. Il avait besoin d'ouvrir la boîte. Sa mère n'était pas là, sans doute avec ses élèves au collège Sévigné. Il laissa ses chaussures mouillées dans l'entrée. Il était encore sous le choc des mots « Fiodor Koltchine » inscrits sur l'acte de naissance et tentait de reconstituer le puzzle de la vie de son père. Il le sentait confusément, il lui fallait fouiller cette boîte, obtenir des réponses, sans quoi il ne serait jamais en paix avec lui-même.

Il venait de boire un café avec Lara, rue du Maine, près du magazine où elle travaillait, et il lui avait montré l'acte de naissance. Stupéfaite, elle l'avait bombardé de questions. Pourquoi sa mère le lui avait-elle caché? Elle aurait pu lui en parler en 1993, à la disparition de son mari. Nicolas expliqua qu'Emma le trouvait alors trop jeune pour savoir. Elle attendait aussi qu'il le découvre par lui-même. Théodore n'avait jamais voulu en parler avec elle non plus. Mais pourquoi tous ces secrets? insista Lara. Qui cherchait à cacher quoi? À qui? « Il y a de la honte, de la culpabilité, là-dedans », continuait-elle, rouge d'excitation alors que la pluie cinglait la devanture du café. « C'est un secret de famille classique, réprimé pendant des années, et il revient en boomerang. » Nicolas l'apaisa d'un geste de la main. De quoi parlait-elle? Ne se laissait-elle pas emporter? Tout cela était banal après tout, la jeune fille qui se retrouve enceinte, qu'on marie à la hâte pour que l'enfant sans père ait un nom. Lara le dévisagea sans mordre dans son croissant. « Sans père ? cingla-t-elle. Tous les enfants ont un père, Nicolas. Tous, sauf l'enfant Jésus ! Mais on n'est pas en train de parler de la Vierge Marie, là ! On parle de qui a couché avec ta grand-mère de quinze ans à Leningrad, en URSS, en 1960 ! C'était pas la joie pour les adolescents à cette époque, hein, pas moyen d'aller faire la bringue dans le bar d'à côté pour retrouver son petit copain, tu vois ? » Nicolas l'écoutait, horrifié. Il n'avait jamais pensé à ça. Il avait tranquillement oublié la guerre froide et le communisme. Aussi, rue Rollin, il ouvrit le carton bleu avec appréhension. Il n'y avait là rien que sa mère ne lui ait dit, se rassura-t-il. Au fond, ce qu'il redoutait le plus, c'était l'intensité de ses sentiments. Il avait peur d'être submergé par ses émotions une fois qu'il aurait commencé à creuser le passé. Treize ans durant, il avait appris à enfouir tout ce qui concernait son père, à s'en éloigner, à fuir le désir de le retrouver. Il avait appris à vivre sans lui. Et maintenant, face à cette boîte, il comprenait à quel point Théodore Duhamel, Fiodor Koltchine, lui manquait. Il lui avait manqué presque toute sa vie. Son père, ce bel étranger.

Sa mère avait tout classé, tout étiqueté : « Articles », « Photos », « Documents importants », « Lettres », « Notes ». Il commença par les articles jaunis de *Sud-Ouest*. « L'entrepreneur parisien Théodore Duhamel, âgé de trente-trois ans, a quitté le 7 août le port des Pêcheurs, à Biarritz, pour rejoindre Guéthary, à bord de son catamaran, un Hobie Cat 16. Arrivé vers 10 heures du matin, il a passé une heure avec des amis, le champion de surf australien Murphy Nash, qui réside à Guéthary, et son épouse. Théodore Duhamel a ensuite fait demi-tour pour Biarritz, mais il n'est jamais arrivé chez lui. Emma Duhamel, son épouse, et Nicolas, son fils de onze ans, l'attendent depuis avec inquiétude. La police et la gendarmerie ont fouillé sans résultat la côte d'Anglet à Hendaye. » L'article n'était accompagné d'aucune photographie, mais le suivant était illustré par un portrait noir et blanc un peu flou, pris à Paris, manifestement lors d'un dîner, compte tenu de la flûte de champagne à la main. « Un catamaran retrouvé sur la plage d'Hendaye. Le Hobie Cat noir appartenant à l'entrepreneur parisien Théodore Duhamel (33 ans), porté disparu depuis le 7 août, a été retrouvé hier, en partie endommagé, sur la plage d'Hendaye. Il a été officiellement identifié par son épouse Emma Duhamel (34 ans). La gendarmerie a déclaré qu'aucun corps n'a pour l'heure été retrouvé. De l'avis d'autres propriétaires de bateaux, Théodore Duhamel était un navigateur et surfeur expérimenté, connaissant parfaitement les zones dangereuses de la région. Les conditions météorologiques étaient bonnes et le courant normal ce 7 août. L'entrepreneur parisien et sa famille louent tous les étés un appartement donnant sur la Côte des Basques. Ils sont appréciés des locaux, notamment de la communauté des surfeurs. D'après leurs amis, les Duhamel formaient un couple heureux, avec leur fils Nicolas, âgé de onze ans. Son épouse exclut l'hypothèse d'un suicide. »

Nicolas lut l'avis de décès publié dans le « Carnet du jour » du *Figaro* à la date anniversaire de sa disparition en 2003.

« Il y a dix ans, le 7 août 1993, Théodore Duhamel disparaissait en mer, au large de Guéthary. Son nom sera inscrit ce jour sur le caveau de famille au cimetière du Père-Lachaise, 92ᵉ division.

M. Lionel Duhamel et Mme Lionel Duhamel †, ses parents
Mme Théodore Duhamel, son épouse
Nicolas Duhamel, son fils
Mme Elvire Duhamel, sa sœur »

Nicolas feuilleta les notes et les lettres. L'écriture oblique de son père lui fit l'effet d'une gifle. Il ne l'avait plus vue depuis des années, et la voilà, comme si son père venait d'écrire ces phrases, avec son Montblanc. Le pouvoir intime de ces feuillets l'émerveilla, par sa force de caractère, sa personnalité si présente, si attachante. Comment se pouvait-il que son écriture fût toujours là, sur le papier, sous ses yeux, alors que son père avait disparu sans laisser de trace?

Il découvrit des listes incompréhensibles de noms, de lieux, de dates. Des paragraphes entiers barrés, raturés, réécrits. Nicolas les lut attentivement, à l'affût d'un indice. En vain. Sa mère avait noué un ruban rouge sur une dizaine de lettres portant encore son nom de jeune fille et une adresse dans le VIᵉ arrondissement. Il devait s'agir de leurs premières lettres d'amour. Il ne voulut pas lever le voile sur leur intimité. À côté des additions et des calculs, des factures en tous genres, dont certaines aux montants astronomiques. Les déclarations d'impôts mentionnaient elles aussi des sommes surprenantes. Il n'imaginait pas que son père gagnait autant d'argent, et il découvrit sa tendance à solliciter des retards de paiement. Il lut d'interminables lettres au Trésor public, détaillant les raisons complexes pour lesquelles il n'était pas en mesure de payer dans les temps. Des lettres tournées dans un style impeccable, avec une grammaire et une orthographe irréprochables, ce qui n'était pourtant pas son fort. Nicolas comprit que sa mère les avait sans doute écrites sous la dictée de Théodore.

Puis il s'attaqua aux photos. La première d'un certain Maxime Villanova, datée « 1980 », de ses parents. Un grand portrait en pied, sur un arrière-plan clair, en noir et blanc sur papier brillant, sans doute pris aux studios de *Paris-Match* où son père travaillait quand il avait rencontré Emma. Nicolas ne la connaissait pas. Emma et Théodore à vingt ans. Sublimes, tous deux en pantalons de cuir noir, bottes et chemises noires ouvertes jusqu'au nombril. La même coiffure, les cheveux longs, un peu sauvages, la même pâleur, la même perfection de traits. Un couple de rock stars, une version eighties de Patti Smith et de Robert Mapplethorpe.

La suivante provenait d'une série que Nicolas avait souvent vue. Prise devant la Jaguar, son père fumant son cigare, la main sur son épaule. Puis une autre, inconnue. Nicolas devait avoir cinq ou six ans. Ils s'étaient rendus à un mariage un été, à Arcangues, et étaient arrivés en retard. Nicolas sourit en revoyant tous les visages tournés vers eux à leur entrée dans l'église, son père droit comme un roi couronné, en costume saumon, sans chemise. Son torse nu et bronzé avait provoqué quelques exclamations, à tonalité féminine surtout. Nicolas était en costume marin, blanc et bleu. Nulle trace d'Emma sur la photographie. Peut-être l'avait-elle prise? Il en regarda d'autres, son cœur battait la chamade. Le Hobie Cat, devant l'Hôtel du Palais, sur la Grande Plage à Biarritz. Emma et sa sœur Roxane à un bal masqué. Sa tante Elvire, le jour de son mariage avec Pablo, à Séville. Nicolas, bébé, dans un landau au Jardin des Plantes.

Puis un cliché, ancien, d'une jeune fille ronde aux cheveux noirs, un nourrisson dans les bras. Il n'avait aucune idée de son identité. Elle ne ressemblait à aucune de ses connaissances. Nicolas la retourna, et reconnut l'écriture de son grand-père. « Théodore. Paris, 1961. » L'adolescente au visage poupin était Zinaïda Koltchine, avec son fils illégitime. Elle contemplait l'enfant avec une fierté évidente, mais aussi, pensa Nicolas, une curiosité méfiante. Elle était très différente de la bourgeoise mince et raffinée qu'elle était devenue par la suite. Comment avait-elle pu se métamorphoser à ce point ? Manifestement au prix d'une volonté de fer. En quittant l'URSS pour devenir Nina Duhamel, Zinaïda Koltchine avait abandonné son ancienne vie à tout jamais. Nicolas glissa la photo dans son portefeuille.

Dans le dossier « Documents importants », Nicolas mit la main sur une copie de l'acte de naissance de Zinaïda. Ses parents, – donc ses propres arrière-grands-parents – s'appelaient Natacha Levkine (née à Leningrad en 1925) et Vladimir Koltchine (né à Petrograd en 1921). Qui étaient-ils ? Vivaient-ils toujours ? Savaient-ils qui était le père de leur petit-fils ? Comment Zinaïda avait-elle rencontré Lionel Duhamel, riche homme d'affaires, de quinze ans son aîné ? Que savait-il du passé de son épouse ?

Nicolas prit le document et l'empocha. Pour la première fois depuis treize ans, la conversation qu'il avait surprise dans l'appartement de ses grands-parents, boulevard Saint-Germain, juste après la disparition de son père, lui revint à l'esprit. Le ton désolé de Lionel : « Je sais que tu n'aimes pas que je parle de Leningrad. » Théodore Duhamel avait-il jamais interrogé sa mère, et que lui avait-elle révélé ? Toutes ces questions sans réponse. Mais qui au fil du temps, malgré lui, avaient nourri le roman qu'il allait écrire. Comme des fondations sur lesquelles il bâtissait peu à peu, inconsciemment, l'histoire de Margaux Dansor.

En remettant ses chaussures humides pour quitter l'appartement de sa mère, Nicolas commença à entrevoir ce qu'il devait faire pour comprendre qui était son père, et d'où venait Fiodor Koltchine.

Discrètement, Nicolas sort de la chambre au petit jour, les rayons du soleil filtrent à peine derrière les rideaux. Il n'a pas fermé l'œil. Son corps n'est que souffrance, sa tête un douloureux tambour. La grossesse de Malvina lui fait l'effet d'une gueule de bois. Il a passé quasiment toute la nuit au bar, trop effondré pour même se saouler. Comment s'est-il laissé embarquer là-dedans ? Il se taperait la tête contre les murs. Bon sang, il était persuadé que Malvina prenait la pilule. Il l'avait même vue un soir, avant de se coucher. Il lui avait demandé une fois, au début – l'an dernier –, parce qu'il détestait les préservatifs, et elle lui avait assuré que oui ! Il n'avait jamais mis sa parole en doute. L'avait-elle oubliée ? Était-ce un acte délibéré parce qu'elle voulait porter son enfant ? Pire, l'avait-elle piégé ? Il revoit la lueur étrange de son regard quand elle avait brandi, euphorique, le test de grossesse. Elle allait avoir un enfant de lui. *Son* enfant.

Il descend à la plage. Personne en vue, il est beaucoup trop tôt. Transats et parasols ne sont pas encore installés. Il s'assoit au bord sur le ponton, les pieds dans l'eau, et regarde la mer. Hors de question qu'elle mène cette grossesse à terme. Cela ruinerait leur vie, à tous les deux. Et celle de l'enfant.

La tête entre les mains, il repense à la veille. Après le départ du médecin, Malvina en pleurs, des larmes de joie, l'étreignant de toutes ses forces. Il était trop abasourdi pour prononcer le moindre mot. Elle avait appelé sa mère, et il s'était rapproché de la fenêtre, tout tremblant. La conversation n'en finissait plus. Elle roucoulait sans fin, tandis que lui ne bougeait plus, pétrifié. Enfin, elle avait raccroché.

– Mon amour, murmurait-elle, implorante. Viens.

Il répliqua, fermement :

– Malvina, il faut qu'on parle.

Elle fronça les sourcils.

– Ne gâche pas ce moment merveilleux.

– Il faut qu'on parle, maintenant, insista-t-il, la colère déformant sa voix. Ça ne peut pas attendre.

Elle se leva et vint l'enlacer.

– Demain matin, OK? On n'a pas besoin d'en parler maintenant, non?

Il poussa un soupir d'exaspération.

– Maintenant, Malvina. Ça ne peut pas durer. Je ne vais pas rester là sans rien dire.

Il tenta de s'arracher à son étreinte. Elle s'éloigna et le fixa en plissant les yeux.

– Pourquoi tu es en colère comme ça? C'est une nouvelle formidable!

– Formidable? Tu déconnes ou quoi?

– Ce bébé, c'est la meilleure chose qui puisse t'arriver, Nicolas Kolt.

Et elle partit s'enfermer dans la salle de bains. Il entendit l'eau couler.

– Malvina! cria-t-il en secouant la porte.

Elle l'avait verrouillée.

Sa colère explosa. Il ne pouvait pas rester une minute de plus avec elle, dans cette chambre. Il attrapa son BlackBerry, un peu d'argent, et partit en claquant la porte. Si furieux qu'il en ignora les salutations du couple gay et des Suisses qui se rendaient au bar pour l'apéritif. Il ne voyait plus rien, sauf qu'il avait été dupé. Il sortit sur la terrasse, près de la piscine. Heureusement, l'endroit était presque désert. Il s'assit sur une chaise, pris de tremblements. La peur? La rage? Les deux, peut-être. Un serveur vint lui demander s'il voulait quelque chose à boire, il secoua la tête sans un mot. Il n'y avait qu'une personne à qui il souhaitait se confier. Une seule personne capable de le comprendre. Delphine. Il appuya sur son numéro abrégé. Il l'imaginait baisser les yeux sur son téléphone, regarder son nom s'afficher sur l'écran. Il tomba sur sa messagerie, sur sa voix, qui l'affolait toujours autant, et ne laissa pas de message.

Nicolas ne bougeait pas, frissonnant de désespoir. L'écran s'alluma soudain, et son nom apparut. Elle le rappelait. Il décrocha d'une main maladroite.

– Désolée, Nicolas, mon téléphone était au fond de mon sac, comme d'hab!

La joie l'étrangla.

– Delphine…

– J'ai lu l'article de Taillefer ce matin. Aïe.

– Ouais, j'en ai lu des bouts. Pas tout.

– Ne le lis pas. Tu es où?

– En Italie. Et toi?

– En Normandie. Avec des amis. Et ton livre, ça avance?

Il marqua un temps d'arrêt.

– Pas du tout.

Elle attendit qu'il continue, comme elle le faisait toujours. Que son tact et son à-propos lui manquaient !

– Malvina est enceinte.

Elle répondit prudemment :

– C'était prévu ?

– Non ! Non, bien sûr que non !

– Tu vas faire quoi ?

– J'en sais rien ! sanglota-t-il presque. Elle est euphorique. Elle a ce qu'elle veut. Je me suis fait avoir comme un con.

– Il faut que tu lui parles.

– Ça sert à rien ! Elle croit que c'est la meilleure chose qui lui soit arrivée ! Elle est folle de joie, putain !

Delphine gardait son calme.

– C'est sûr, tu es mal, mais je vais te poser une question. Tu ne vas pas aimer, mais il faut que je te le demande quand même.

– Vas-y, fit Nicolas.

– Tu es sûr que c'est ton enfant ?

Il encaissa le coup.

– Eh ben, il n'y a aucun moyen de savoir, évidemment, mais je pense que oui. Elle est fidèle, enfin, je crois.

– Tu ferais peut-être bien d'envisager un test de paternité.

Il eut un rire sarcastique.

– Delphine, tu ne piges pas, je ne veux pas de cet enfant. Je ne vais pas attendre sa naissance pour vérifier quoi que ce soit.

– Donc, tu n'en veux pas du tout ?

– Non ! hurla-t-il, hors de lui. Je n'en veux pas, de ce putain de bébé.

Autour de lui, les gens le regardaient. Il leur tourna le dos.

– Pourquoi ? dit-elle d'un ton calme, serein.

– Pourquoi ? répéta-t-il en baissant la voix.

Comment le lui avouer ? Le trouverait-elle encore plus minable ? À coup sûr. De toute façon, il l'était, minable. Était-elle seule, ou avec un homme ? Quelqu'un en train d'écouter leur conversation ? Qui voudrait en savoir plus, une fois qu'il aurait raccroché. Dans un soupir, elle lui répondrait, c'était mon ex, tu sais, l'écrivain. La Normandie, lui avait-elle dit. Il imagina un hôtel de charme démodé, à Trouville, ou à Cabourg, une chambre un peu vieillotte avec un balcon et une vue sur le gris-bleu de la Manche. Ils devaient être en train de se préparer à aller prendre un verre, elle avait mis cette robe verte qu'il aimait tant, qui flattait ses cheveux auburn…

Comme il ne répondait pas, elle continua, doucement :

– Est-ce que tu l'aimes, Nicolas ?

– Non, répliqua-t-il aussitôt. Non, je ne l'aime pas.

Et il eut envie d'ajouter : « C'est toi que j'aime. Toi, toi. Je n'ai jamais cessé de t'aimer. Delphine. Toi. Je n'arrête pas de penser à toi. Tu me manques tellement que ça me tue. » Ces mots, il ne les prononça pas, mais il eut l'impression étrange qu'elle les avait saisis au vol, alors qu'ils flottaient, muets mais palpables, dans le silence.

– Alors, il faut que tu lui dises que tu n'as pas d'avenir avec elle et ce bébé. Et il faut que tu le lui dises maintenant.

Les yeux perdus sur l'horizon, il repense aux conseils de Delphine. Le dire à Malvina. On était dimanche matin, ils repartaient ce soir, à dix-huit heures. Une voiture devait venir les chercher pour les conduire à l'aéroport. Il avait toute la journée pour lui parler. Après sa conversation d'hier soir avec Delphine, Nicolas avait fait les cent pas sur la terrasse, les poings serrés. Il était hors de question qu'il remonte dans la chambre. Ou qu'il dîne avec Malvina. Mais où aller ? Il était enfermé dans cette cage dorée, des clients élégants commençaient à affluer au bar, un nouveau défilé de parures et de vêtements de haute couture. Il ne voulait saluer personne, et il se tourna vers le large, et la liberté. Il se moquait de savoir si Dagmar Hunoldt était dans les parages. Ce soir, il n'avait rien à lui dire. Il n'en avait pas la patience. Le Dr Gheza, dans un blazer blanc resplendissant, lui demanda si tout allait bien et si la *Signorina* Voss se sentait mieux. Impassible, Nicolas le remercia – oui, elle allait mieux. Gheza lui annonça, avec un sourire digne du Chat de Cheshire, que ce soir, c'était la soirée samba, un concert exclusif pour des invités triés sur le volet, avec un orchestre brésilien venu rien que pour eux. Il espérait bien que le *Signor* Kolt et la *Signorina* Voss se joindraient à la fête. Avant qu'il ait pu ajouter un mot, Nicolas se racla la gorge, grommela un vague « Excusez-moi » et s'éloigna précipitamment du bar, au désarroi d'Alessandra et de sa mère. Il erra comme une âme en peine à la réception, s'affala, désemparé, dans un canapé, prit une revue qu'il feuilleta sans la voir. Qu'allait-il bien pouvoir faire ce soir ? Comment échapper à Malvina ? Il était sur une île, coincé. Il en avait oublié jusqu'à son BlackBerry, au rebut dans sa poche. La réceptionniste lui sourit. Serafina, d'après son badge. Une idée lui vint tout à coup. Il se leva d'un bond et lui demanda s'il pouvait dîner ailleurs qu'au Gallo Nero. Sans se départir de son sourire, elle lui répondit que c'était évidemment possible. Un bateau l'emmènerait où il voulait le long de la côte. On trouvait des restaurants charmants de l'autre côté, à trente minutes à peine.

Devait-elle réserver pour lui ? Non, non, répondit-il, ravi. Pas de réservation. Quand le pilote serait-il libre ? Davide était à sa disposition, quand il le souhaiterait. Nicolas était enchanté. Et où était Davide ? Sur l'embarcadère, précisa-t-elle, en se disant que vraiment ce M. Kolt avait un sourire magnifique. Il la remercia et fila vers l'ascenseur à la James Bond. L'orchestre brésilien entamait son concert au son de *Mas Que Nada*. Quelle importance, il s'évadait. Il en rigolait presque. En bas, sur la jetée, un marin vêtu d'une veste noire attendait.

– *Buona sera, Signor Kolt*, lui dit-il en s'inclinant poliment. *Sono Davide.*

Nicolas lui rendit son sourire, et monta dans le Riva noir, le moral regonflé à bloc. Le hors-bord gagna le large, dans un grondement de moteur crescendo. Nicolas se tenait debout, à côté de Davide. Le vent lui balayait les cheveux, l'eau de mer lui fouettait le visage. Il regarda en arrière, vers le Gallo Nero, vers les lumières tremblotantes de la terrasse qui semblaient lui faire signe, et il se sentit comme libéré, il s'enivrait de l'air marin. Criant pour se faire entendre, Davide lui demanda où il voulait aller, et il lui répondit sur le même tempo qu'il n'en avait aucune idée, Davide n'avait qu'à choisir. « Quelque chose de simple. Pas comme là-bas », ajouta-t-il en direction du Gallo Nero qui disparaissait au loin. Davide hocha la tête. Il semblait comprendre que son passager avait besoin de s'échapper, mais ne s'imaginait pas qu'il fuyait une petite amie enceinte et une overdose de luxe. Nicolas se félicitait de ne pas avoir eu le temps de se changer pour dîner, d'être toujours en maillot de bain sous son short, avec son T-shirt Gap noir et ses Converse. Il ressemblait à n'importe quel autre type de vingt-neuf ans, un soir d'été.

Davide continua à vive allure, lançant le hors-bord à l'assaut des vagues avec des secousses qui les jetaient parfois l'un contre l'autre. Nicolas reprenait son équilibre, et ils échangeaient tous deux un sourire, de cette complicité muette, enfantine, qui réchauffe le cœur. Puis Davide laissa Nicolas prendre la barre, ressentir les vibrations exaltantes du moteur sous ses paumes. Autour d'eux, l'obscurité croissait, le soleil glissait derrière la colline, l'eau se nimbait d'un bleu profond, et des coulées d'air frais venaient alléger l'atmosphère. Davide ralentit à l'approche d'une petite ville dont les maisons aux façades rose et bleu délavé dessinaient un large cercle. Nicolas distingua une grande villa aux murs lézardés flanquée d'un jardin foisonnant, avec une tonnelle au-dessus des tables. « Villa Stella, lui indiqua Davide d'un geste. Ça va vous plaire. » Et il lui tendit une carte, avec le numéro qu'il devrait composer pour rentrer à l'hôtel. Nicolas le remercia. Avant de franchir le portail en fer forgé, il envoya un message à Malvina. « Il faut vraiment qu'on parle. Suis parti réfléchir à tout ça. À plus tard. » Puis il remisa son téléphone dans la poche, avec la carte de Davide. Il s'installa sous la tonnelle, à une grande table commune. La bande de convives était bruyante et joyeuse, entourée d'enfants, mais ce soir, ça ne le dérangeait pas. C'étaient des Italiens. Il n'y avait pas de touristes. Une adolescente, qui ne parlait pas un mot de français ou d'anglais, lui sourit timidement en lui offrant un verre de vin blanc. Elle lui expliqua qu'il n'y avait qu'un seul menu. Des gnocchis pour commencer, puis du poisson. Elle ne sut pas lui dire lequel, mais lui assura qu'il était délicieux. Nicolas était ravi. Il s'assit, savourant son vin, sec et glacé comme il l'aimait, et regarda alentour. Le grand figuier embaumait. Par-delà son feuillage luxuriant, on devinait la lune argentée. Les familles italiennes étaient en liesse. La jeune fille servait avec une maladresse pleine d'attention, spectacle d'autant plus touchant. Des plats simples, rustiques, cuisinés avec amour par une plantureuse *mamma*, le tablier usé noué sur ses robustes hanches, les cheveux teints ramassés en chignon. Il revoyait des images de son été en Ligurie avec François. Tout l'enchantait : la table encore un peu graisseuse du repas précédent, les miettes époussetées à la va-vite, le niveau sonore assourdissant. C'était l'Italie qu'il préférait, l'Italie authentique, à des années-lumière du paradis aseptisé du Gallo Nero. Il ne se sentait pas seul à cette table, savourait le plaisir sensuel de chaque bouchée. Il ne pensait ni à Malvina ni au bébé. Ni à l'article de Laurence Taillefer, à sa mère à Saint-Tropez avec Ed, ou à Dagmar Hunoldt. Pas davantage à Delphine ou à Alice Dor. Et encore moins à l'absence de roman culpabilisante.

Il pensait à son père, Fiodor Koltchine. Il aurait tout donné, invoqué tous les dieux, sacrifié à tous les vaudous, risqué tous les pactes avec l'enfer pour le faire apparaître à la Villa Stella, ce soir-là.

Penché toute la journée sur son ordinateur, à surfer au lieu d'écrire, entre culpabilité et léthargie, Nicolas était devenu obsédé par le processus d'écriture. Le moindre auteur était digne d'intérêt sur ce chapitre, qu'il soit vivant ou mort, bestseller ou confidentiel, français, britannique, indien, espagnol. Il écumait Internet pour en savoir plus. Ils étaient nombreux à puiser leur inspiration dans les faits divers, les conversations, ou d'autres œuvres. Mais une fois que l'idée prenait forme, comment écrivaient-ils ? Nicolas était à l'affût du moindre indice. Combien de temps mettaient-ils ? Prenaient-ils des notes ? Effectuaient-ils des recherches ? Préparaient-ils un plan ? Ou bien s'installaient-ils sans autre formalité à leur bureau, comme lui pour *L'Enveloppe* ? Russell Banks, par exemple, n'aimait pas écrire sur son ordinateur, cela endiguait le flot de ses idées. Il rédigeait le premier jet en suivant un simple fil rouge. Nelson Novézan avouait qu'écrire était une telle torture qu'il lui fallait recourir à l'alcool, à la drogue et au sexe pour tenir le coup, et s'enfermer dans la chambre d'un palace. Margaret Atwood, qui tweetait autant que Nicolas, imprimait ses chapitres et les étalait par terre, en modifiait l'ordre selon ses besoins. Quand elle avait une idée de roman, elle la jetait sur n'importe quel bout de papier, une serviette faisait l'affaire. Autre surprise, Orhan Pamuk écrivait lui aussi à la main, se conformant à un plan structuré dont il ne déviait pas d'un iota. Michael Ondaatje découpait et collait des paragraphes entiers dans d'épais carnets. Kazuo Ishiguro se livrait à des corrections implacables, et supprimait parfois jusqu'à cent pages. Jean d'Ormesson, lui aussi, n'avait gardé un été que trois pages sur trois cents. Katherine Pancol, qui portait un stylo autour du cou pour noter ses idées en toutes circonstances, même dans la rue, mangeait du chocolat et buvait du thé en écrivant. William Faulkner préférait le whisky. F. Scott Fitzgerald, quant à lui, buvait trop. W. H. Auden avalait de la benzédrine. Charles Baudelaire soignait ses migraines d'écrivain dans des turbans imbibés d'eau et de laudanum. Émile Zola n'écrivait jamais si bien qu'à Médan, sa maison de campagne sur les bords de la Seine. Daphné du Maurier, elle, trouvait l'inspiration à Menabilly, sa propriété du pays de Galles, où elle travaillait dans une cabane de jardinier sous les arbres, pour échapper à ses enfants. Ernest Hemingway produisait cinq cents mots chaque jour. Ian McEwan, mille. Tom Wolfe, mille huit cents. Stephen King, deux mille. Il fallait toute une journée à James Joyce pour ne rédiger que quelques rares phrases. Georges Simenon pondait un roman tous les quatre mois et dénichait les noms de ses personnages dans l'annuaire. Vladimir Nabokov écrivait sur des fiches. Virginia Woolf, Victor Hugo et Philip Roth se tenaient debout, devant un lutrin. Truman Capote devait au contraire s'allonger, avec un café et une cigarette. Roald Dahl se glissait dans un sac de couchage avant de s'asseoir. Salman Rushdie se mettait dès le matin, encore en pyjama, à son bureau. Marcel Proust au lit, tard dans la nuit. Comme Mark Twain. Haruki

Murakami commençait à travailler à l'aurore. Comme Amélie Nothomb, avec un stylo à bille bleu. Anthony Trollope de cinq heures trente à huit heures trente. Amos Oz partait faire un tour à pied pendant quarante-cinq minutes dès six heures du matin, puis se mettait au travail. Joyce Carol Oates préférait écrire avant le petit déjeuner. Toni Morrison privilégiait l'aube, pour voir le soleil se lever. John Steinbeck fumait la pipe. Guillaume Musso écoutait du jazz. Dorothy Parker tapait avec deux doigts. Serge Joncour mettait des bouchons d'oreille et soulevait des haltères pour stimuler son imaginaire. Simone de Beauvoir écrivait huit heures par jour, non sans une pause déjeuner. Paul Auster, six heures minimum. Emily Dickinson travaillait sur un bureau minuscule. Joanne Harris, dans un abri de pierre que lui avait construit son mari. Marc Levy, sur une vieille porte posée sur des tréteaux. Les sœurs Brontë, dans leur salle à manger. Jane Austen, dans une pièce dont les gonds grinçaient à l'arrivée d'intrus. Gustave Flaubert réécrivait maintes fois ses phrases. Gabriel García Márquez ne pouvait travailler que dans un environnement familier, jamais dans des hôtels ou sur une machine à écrire qui ne lui appartenait pas. Annie Proulx commençait ses histoires par la fin. Delphine de Vigan avait besoin d'une longue pause entre deux livres. Maupassant avait besoin de femmes, Cocteau d'opium. Nicolas finit par interrompre ses recherches. Toutes ces informations ne faisaient que le déprimer, décuplaient sa culpabilité.

Assis à la table de la Villa Stella, il tente d'analyser les raisons pour lesquelles il ne parvient plus à trouver le souffle nécessaire. Les filets d'Internet et des réseaux sociaux l'ont-ils dévoré ? Sa tournée de trois ans non-stop l'a-t-elle essoré ? S'est-il métamorphosé, comme le prétendent Roxane et François, en cet être futile et creux ? Ou simplement n'est-il pas écrivain, mais un produit, comme l'article de Taillefer l'a si cruellement souligné ? Son *limoncello* a une saveur voluptueuse et citronnée. Il aimerait que cette nuit étoilée sous le figuier dure éternellement. Une des familles italiennes célèbre un anniversaire, il n'en loupe pas un instant : le gâteau et ses quinze bougies, les visages réunis autour de l'être aimé, les chants, les acclamations, les embrassades, les accolades, le déballage des cadeaux. Il pourrait tout décrire si aisément : les grands-parents, dignes et bienveillants, l'assaut des enfants surexcités, le père déjà poivre et sel, la mère rayonnante de fierté, le jeune garçon qui, sans être tout à fait un homme, en manifeste déjà l'arrogance et l'allure. Il regarde le père tendre la main pour ébouriffer les cheveux de son fils, et ressent une fois de plus la morsure du manque. Il pense à tout ce qu'il doit à Fiodor Koltchine. S'il n'avait pas trouvé le vrai nom de son père sur l'acte de naissance, jamais il n'aurait écrit *L'Enveloppe.* Il prend du temps pour y réfléchir. S'il n'avait pas écrit ce livre, vivrait-il encore avec Delphine et Gaïa, au-dessus de la poste de la rue Pernety ? Continuerait-il à donner ses cours particuliers ? Il semble impossible de revenir à son ancienne vie, aussi charmante ait-elle été. L'ouragan Margaux l'a trop gâté. Il est désormais habitué au luxe, à la classe affaires, aux cinq étoiles. Comment aurait-il pu prévoir ce destin, comment imaginer à quel point un livre peut bouleverser une existence ?

Cette fichue indolence, se lamente-t-il, en regardant la famille italienne quitter le restaurant. Ça ne peut pas continuer comme ça. Il doit s'imposer une discipline, cesser de paresser. Tout est là, à sa portée s'il s'en donne la peine. Il tient son sujet : un hôtel de luxe et sa clientèle au bord de la mer, une éditrice célèbre qui débarque à l'improviste, et tout s'enchaînerait, l'écrivain en panne d'inspiration, son ex, les hanches de son ex sous la douche, l'amour qu'il éprouve toujours pour elle, un abruti pris au piège par sa petite amie enceinte, une femme au foyer sensuelle, la mystérieuse vie sentimentale de sa mère. Il pourrait écrire ce qu'il veut, tout ce qu'il veut. Il l'a déjà fait. Il n'a qu'à recommencer, s'il réussit à se reprendre. La lueur bleue de Rascar Capac était tapie, quelque part. Il suffisait de la retrouver et de se mettre au travail.

Il est tard quand il rappelle Davide pour rentrer au Gallo Nero. Ils naviguent dans l'obscurité. Cette fois, Nicolas est assis à l'arrière et observe les étoiles. À l'embarcadère, il remercie Davide d'une accolade. Il n'a rien à lui donner, car il a laissé un copieux pourboire à la jeune serveuse rougissante, mais Davide n'a pas l'air de s'en soucier. Si Nicolas veut refaire un tour, il n'a qu'à l'appeler. Nicolas regagne la terrasse. La soirée brésilienne est terminée, mais le bar n'a pas désempli. Encore de nouveaux arrivants. Des Espagnols distingués, une jolie femme en compagnie de trois hommes. Le mari, le frère et le père, suppose-t-il. Une famille française, incarnation du raffinement. La mère, petite, mince et bronzée, les cheveux noirs filetés d'argent, le père, séduisant malgré sa calvitie naissante, portant une chemise rose et un pantalon beige, et deux jeunes d'une vingtaine d'années, élancés. Leurs enfants, sans doute. Les sosies de Natalie Portman ont fait leur retour, un prétendant à chaque bras. Il se passe des choses au Gallo Nero le samedi soir. Ou est-on déjà dimanche? Nicolas consulte sa montre. Oui, dimanche. Il n'a pas l'intention de remonter pour affronter Malvina. Il commande une eau gazeuse à Giancarlo qui, d'instinct, devine son humeur maussade. Les blondes Américaines se tiennent non loin, lourdement maquillées, le cou lesté de colliers fantaisie, des martinis à la main. Elles parlent si fort que tout le monde en profite. Il ne peut s'empêcher d'écouter leur conversation. Sont-elles vraiment en train de discuter de l'institut de beauté où elles se sont fait teindre les poils pubiens? Il faut qu'il en soit sûr. Mais oui, c'était bien ça. Quand il se tourne vers elles, elles éclatent de rire en lui envoyant des baisers de la main. Avant qu'il ait le temps de comprendre, Giancarlo lui tend un martini.

– De la part des dames américaines, murmure-t-il. Je crois qu'elles vous aiment bien.

Nicolas leur sourit et les rejoint. Sherry et Mimi l'accueillent à bras ouverts. Sherry vient de Palm Springs, Mimi de Houston. Toutes deux veuves. Elles ponctuent chacune de leurs phrases d'un gloussement et d'un mouvement de la tête, comme des chanteurs de hard-rock. Perplexe au début, il finit par comprendre. Quel autre moyen d'expression ont deux momies lyophilisées au Botox, à la peau tendue comme un tambour et au regard pétrifié comme celui d'Alex DeLarge dans *Orange mécanique*?

– Mais bien sûr qu'on sait qui vous êtes, s'épanche Sherry en dévoilant un sourire d'une blancheur surnaturelle, et on vous aime, à la folie, passionnément, mais on va pas vous embêter avec ça...

– Vous avez déjà bien trop de fans dans les parages, renchérit Mimi en agitant ses faux ongles pourpres, tous ces gens qui ont lu votre livre...

– Et tous ceux qui ont vu votre film! rajoute Sherry.

– Ce n'est pas *mon* film, rectifie comme toujours Nicolas, c'est le film de Toby Bramfield, le réalisateur.

– Oh mon Dieu, vous êtes si mignon dans le film, s'extasie Mimi en pressant ses mains embijoutées sur son giron siliconé, cette scène où Robin Wright voit le vrai nom de son père pour la première fois, et vous vous tenez juste derrière elle, non ?

Nicolas acquiesce patiemment. Combien de fois a-t-il entendu des déclarations de ce genre ? Il ne compte plus.

– Mimi, chérie, fiche-lui donc la paix, à ce pauvre chou, réprimande Sherry en donnant un coup d'épaule à son amie. Il est ici en vacances, tu te souviens ? Pour se reposer !

– Me reposer ? reprend-il, ironique. Si seulement.

Toutes deux secouent la tête en cadence pour qu'il comprenne leur empathie.

– Pourquoi ? demandent-elles en chœur, d'une voix sinistre. Qu'est-ce qui s'est passé ?

– Aucune importance, lâche-t-il en avalant une gorgée de martini. Parlez-moi plutôt de vous. Vous êtes arrivées quand ? Vous vous plaisez ici ?

Il a appuyé sur le bon bouton. Il n'a plus qu'à se caler confortablement et à écouter. Elles adorent le Gallo Nero, comment ne pas aimer pareil endroit ? Elles adorent le salon de massage, elles adorent le bar, les chambres, la vue, la cuisine, le service, elles adorent tout. Tandis qu'elles caquettent à l'infini, Nicolas repense à sa première tournée aux États-Unis, en 2009, quand *The Envelope* est entré sur la liste des best-sellers du *New York Times*. Il n'était jamais allé là-bas. Première étape, New York, avant Washington, Atlanta, Miami, Los Angeles et San Francisco. Alice Dor l'accompagnait tout au long des deux semaines de sa tournée. Il venait de rompre avec Delphine, ou plutôt, elle venait de le quitter, et il avait embarqué, hébété, les yeux rouges.

Il avait eu une liaison dans chacune des villes qu'il avait traversées, en toute discrétion, car Alice n'était jamais loin et il ne tenait pas à ce qu'elle le prenne pour un séducteur sans scrupules. Alice était proche de Delphine, elle était au courant de leur séparation, et savait que c'était elle qui avait pris l'initiative. C'était de Norma, à New York, que Nicolas gardait le meilleur souvenir. Ils avaient fait connaissance à une réception organisée par Carla Marsh, son éditrice américaine, sur la terrasse à ciel ouvert du Standard Hotel, le dernier hôtel à la mode dans le Meatpacking District. Il rencontrait sa traductrice pour la première fois, ainsi que le directeur artistique qui avait conçu sa couverture et toute l'équipe marketing. Norma, une photographe brune à l'allure décidée, à peine plus âgée que lui, couvrait l'événement pour un magazine. Elle le mitrailla jusqu'à ce qu'il la supplie d'arrêter. Ils passèrent le reste de la soirée à flâner, à faire des haltes dans les bars du Village. Quand le taxi les déposa enfin chez elle, bien plus tard, à Brooklyn Heights, il était trop épuisé par le décalage et trop saoul pour seulement l'embrasser ou la prendre dans ses bras. Pourtant, il en mourait d'envie. Quand il se réveilla le lendemain matin, il découvrit une vue à couper le souffle. La famille de Norma vivait là depuis quarante ans. Mais aucun d'eux – ses grands-parents, ses parents, son frère et sa sœur – n'avait imaginé ce dont ils furent témoins le 11 septembre 2001. « C'était comme si on s'était retrouvés impuissants, aux premières loges du spectacle le plus horrible, le plus renversant et le plus monstrueux au monde », lui expliqua Norma. Nicolas, muet, assis dans le lit, contemplait, ébahi, la ville qui s'étalait dans toute sa splendeur d'argent. « Au début, je pensais que je ne pourrais pas photographier. C'était affreux. On a tout vu, du crash du premier avion à

8 h 46 jusqu'à l'effondrement de la deuxième tour. On était là, tétanisés, puis hurlant comme des fous. Je sens encore l'odeur que le vent charriait, de cendres brûlées, de fumée, de gigantesques nuages de poussière grise. Alors ma main s'est posée sur l'appareil. Je les ai prises, ces photos. Il le fallait. Et je pleurais en même temps, mais il le fallait. Ma mère m'a insultée, comment tu peux faire ça, Norma, il y a des gens qui meurent, et mon père a dit : laisse-la, c'est ce qu'elle sait faire, elle prend des photos, laisse-la faire. » Norma lui montra les clichés, rangés dans un album noir. Ils étaient aussi sublimes qu'atroces. En les regardant, elle se mit à pleurer doucement. Nicolas lui caressa la main. Alors, souriant à travers les larmes, elle lui dit : « T'es trop mignon. Mon Frenchie. » Elle l'embrassa sur la bouche, longuement. « S'il te plaît, fais ce que tu es venu faire. » L'Amérique le vénérait. Le Frenchie. Le grand Parisien ténébreux et son accent charmant. Sa tournée dans six villes fut un triomphe. Les lecteurs faisaient la queue des heures pour une dédicace, lui tendaient des lettres, des photos, des cartes, des fleurs. Mais son souvenir le plus vif était Norma, la photographe aux longues jambes de Brooklyn Heights. Ses larmes, sa sensibilité. Jamais il n'oublierait ses hanches rondes, son dos sinueux, tandis qu'il la prenait devant la vue grandiose.

Mimi et Sherry sont intarissables. Elles commandent d'autres Martini, sans y toucher, et continuent à bavarder tout au long de la nuit. Il écoute, ou leur en donne l'illusion, mais son esprit vagabonde vers la chambre où dort Malvina. Malvina enceinte. L'effroi s'empare de lui. Le bar se vide, les Américaines le quittent enfin, non sans l'avoir embrassé en lui tapotant la joue comme deux grands-mères affectueuses. Seuls les Espagnols restent à fumer dans l'obscurité. L'Espagnole est d'une beauté frappante.

Ses cheveux noir de jais encadrent un visage bronzé aux traits parfaits et au regard sombre. Nicolas la fixe, fasciné, à travers la fumée, incapable de remonter dans la chambre. Elle finit par partir, avec ses trois hommes. Giancarlo ferme le bar et lui souhaite une bonne nuit.

Nicolas erre sur la terrasse. Presque trois heures du matin. Le Gallo Nero est endormi. Il n'y a plus de bateaux au large, il est trop tard. Il se tient sur les marches de pierre qui descendent jusqu'à la plage. Un vent léger souffle dans ses cheveux. La mer lui fait envie. En un instant, il retire ses chaussures, son T-shirt, son short et, emporté par l'élan, son maillot de bain. Il n'y a personne, après tout. L'eau sur son corps nu est un délice. À quand remonte son dernier bain de minuit? Aucun souvenir. Probablement avec Delphine. Il nage un moment, puis sort s'essuyer avec son T-shirt. Il frissonne. La fraîcheur est bienvenue. Il remet son maillot de bain et son short. Une fois sec, il vérifie son BlackBerry. Un SMS de sa mère : « Coucou! Appelle-moi. Bise. » Il pense à elle, et à Ed : le bateau, la mer, le port, la foule sur le quai, sa mère dans ses longues robes de lin qu'elle affectionnait en été. Il se demande quel âge a Ed. Pourquoi cela le dérange-t-il tant, alors qu'il préfère lui-même les femmes mûres? Serait-il moins gêné si sa mère sortait avec un homme âgé? Un courriel d'Alice Dor. « Nicolas, tu ne m'as pas rappelée. Merci de me dire si tout va bien. Je m'inquiète. La Taillefer est connue pour des articles de ce genre. Il ne faut pas que ça t'affecte ou que ça te décourage en aucune façon. Appelle-moi s'il te plaît, que l'on puisse en discuter. Le Gallo Nero te plaît? Le livre avance? J'aimerais beaucoup qu'on en parle. J'ai le sentiment de t'avoir laissé assez de temps pour t'y mettre. Merci de me contacter.

Amitiés, Alice. » Il soupire en le lisant. Il s'attendait à cette réaction, mais cela ne simplifie pas la situation pour autant. Désormais, il ne peut plus retarder l'échéance. C'est la première fois qu'Alice évoque directement le livre. Plus question d'éviter la confrontation, il faut avouer, lui lâcher la vérité. À cette seule idée il a envie de s'évaporer. Il voudrait tant ne pas la décevoir. Or, c'est précisément ce qu'il a fait, il l'a plantée. En lui faisant croire qu'il y avait bien un livre. En acceptant l'énorme somme qu'elle lui a versée en pure perte. Il envisage un moment de répondre à son courriel. Et puis non, il le fera demain. Tant de choses à faire demain. Parler à Malvina. À sa mère. À Alice Dor. Foutu dimanche, se dit-il en grimaçant.

Un courriel récent de Lara : « Salut mec, ça va ? Viens de voir sur Facebook que tu t'éclates quelque part dans une planque de luxe. Et le bouquin ? Tu rentres quand ? Moi je suis coincée à Paris et je deviens dingue. Les gens ne parlent que d'une chose dans ce journal de merde, de DSK et de ce qu'il a fait à cette femme de ménage à New York. Alors qu'on s'en fout, non ? Appelle ou écris-moi. Tu me manques. L. » Alarmé par la référence à Facebook, Nicolas se rend aussitôt sur sa page. Il est horrifié de découvrir deux nouvelles photos mises en ligne par Alex Brunel. La première, de Davide et lui filant vers le large en hors-bord. Elle a déjà récolté des centaines de « j'aime ». L'autre, postée moins d'une heure plus tôt, au bar juste après le départ de Mimi et Sherry, tandis qu'il contemple rêveusement la belle Espagnole. Pourquoi n'a-t-il pas encore pu identifier Alex Brunel ? Il passe en revue les événements de la nuit. Le bar était plein, et il n'avait pas relevé qui était là. Du reste, à quoi bon ? Il n'avait remarqué que les nouveaux venus. La famille française, les Espagnols. Qui d'autre était présent ? Il fouille sa mémoire. Le couple allemand ? Alessandra et sa mère ? Il ne s'en souvient pas. L'article de Taillefer a suscité d'autres réactions sur Twitter, qu'il n'a ni le courage ni la curiosité de lire. Puis la petite lumière rouge clignote, lui signalant un nouveau courriel. Sur son compte personnel. Sabina. Avant de l'ouvrir, il vérifie qu'il est bien seul. Il éclaire les alentours de son BlackBerry, comme avec une torche. Nuit noire. Personne. Alex Brunel n'est pas en train de l'espionner. Il est en sécurité.

Nicolas va s'asseoir à l'extrémité de la jetée, près de la falaise. De là, il ne peut pas être vu, même d'en haut. Il sourit dans l'obscurité. Le BlackBerry luit dans sa main tel un étrange joyau. Fébrile, il ouvre le mail de Sabina. Une photo d'elle, sur un grand lit. Le même que sur la photo précédente. Nue, les cheveux en bataille, cambrée, à quatre pattes. Il ne sait pas qui l'a prise, son mari ? Un amant ? Est-elle ancienne ou récente, il s'en moque. Elle a sur lui un effet immédiat. Il lui répond, implorant : « Encore. S'il te plaît. Vite. » Il reçoit aussitôt un autre message. Le même lit, le même drap bleu pâle. Mais cette fois, Sabina est allongée sur le dos, ne laissant aucune prise à l'imagination. Offerte et glorieuse, dans toute sa sensualité. Avec ces mots : « Maintenant dis-moi, Nicolas Kolt, dis-moi exactement ce que tu me ferais si tu étais vraiment là avec moi. Et s'il te plaît, pas de romantisme. » Ce qu'il lui ferait ? Tout en se caressant, il dévore des yeux la photo. Il sait précisément ce qu'il lui ferait. Il la prendrait sauvagement. Ce serait aussi simple que ça. Sans tendresse ni caresses, sans préliminaires. Sans perdre de temps à se soucier de son plaisir, à se demander si elle allait jouir, s'il allait trop vite ou s'il lui faisait mal. Sans préservatif. Il peut faire tout ce qui lui plaît dans le monde de ses rêves. L'orgasme est rapide, si puissant qu'il manque lâcher son téléphone. Il en reste le souffle coupé quelques secondes, et retourne dans l'eau se rincer. Puis, respirant encore par saccades, il lui décrit en phrases brèves, violentes, ce que la photographie lui inspire. Il ne la ménage pas, lui écrit comme les mots lui viennent. Sans s'inquiéter des fautes de frappe. Même les obscénités ne l'effraient pas. Pas de romantisme, a-t-elle réclamé. Jamais Nicolas Kolt n'a écrit quelque chose d'aussi pornographique à une femme. À la fin de son message, il ajoute : « Tu peux m'appeler ? Bientôt ? J'ai envie d'entendre ta voix. Je veux t'entendre jouir. Appelle-moi. » Et il lui donne son numéro.

Quand il regagne sa chambre, très tard ou très tôt, un billet est posé à son intention sur l'oreiller. Malvina dort. « Je suis si heureuse. Notre bébé. Notre bébé ! Je t'aime. Malvie. »

— Salut, Hermès, gronde une voix reconnaissable entre mille.

Nicolas lève la tête. Dagmar Hunoldt, en maillot de bain blanc, lunettes et bonnet, lui sourit. Sa silhouette pâle et imposante se découpe sur le ciel bleu.

— Un petit tour dans l'eau? dit-elle.

Sans attendre, elle descend l'échelle et s'éloigne d'un puissant dos crawlé. Nicolas se défait de son peignoir et plonge à sa suite. Ce matin, la mer est froide, vivifiante, plus agitée que d'habitude. Il a du mal à rester à sa hauteur. Dagmar Hunoldt semble animée d'une force secrète. Certes, il manque de sommeil, mais il s'irrite de devoir nager si vite pour la dépasser. Elle a plus de soixante ans, tout de même. Comment fait-elle? Elle se dirige vers le grand récif à huit cents mètres de là. Nicolas serre les dents et poursuit son effort. Quelle cuisante humiliation ce serait d'abandonner là et de faire demi-tour. Ils sont maintenant loin du Gallo Nero. Quel imbécile, mais où le mènera donc son orgueil? Tout ça pour ne pas se faire distancer par la grande, l'unique, l'exceptionnelle Dagmar Hunoldt. Tout ça pour l'impressionner. Combien de temps peut-il encore tenir? D'autant plus que, selon toute logique, chaque mètre dans un sens devra être parcouru en sens inverse. Il pense au retour, lessivé d'avance. Il lève les yeux et constate avec soulagement que le récif est droit devant, qu'il se rapproche enfin. Dagmar Hunoldt est en train de se hisser avec la puissance pataude d'un ours polaire. Enfin, les doigts de Nicolas agrippent la surface rugueuse des rochers, il en exulte presque.

— Montez, Hermès, ordonne-t-elle en ôtant son bonnet de bain pour lisser ses cheveux blancs.

Nicolas s'efforce de maîtriser sa respiration et entreprend l'ascension du récif, jusqu'au sommet. Il s'accroupit à ses côtés, peinant à réprimer le tremblement de ses lèvres et de ses mains.

— Ça vous a plu? demande-t-elle après un temps.

— Oui, répond-il, toujours essoufflé. Mais vous êtes une sacrée nageuse. Pas facile de vous suivre.

Un rire lent, sensuel.

— Ma mère a toujours dit que j'avais appris à nager avant de marcher ou de parler.

Leurs regards se portent sur le Gallo Nero, petite tache ocre sur la falaise grise. Nicolas ne sait pas comment il va pouvoir nager jusque là-bas. Autant profiter de leur pause. Et si elle voulait repartir tout de suite? Il faut qu'il la retarde, qu'il lui pose des questions, qu'il l'empêche de se lever et de filer.

— Où avez-vous appris à nager? demande-t-il.

— Dans le Nord. Là où je suis née.

— L'eau est très froide, là-bas, non?

— En effet, mais on s'y fait. Et vous?

Si Dagmar Hunoldt savait quoi que ce soit de lui, elle serait au courant. Elle saurait que Nicolas Kolt passait les étés de son enfance à Biarritz, qu'il avait appris à nager au Port-Vieux, avec son père. Elle saurait, comme des millions de lecteurs, que son père s'était noyé durant l'été 1993. Manifestement, elle continue à jouer à son petit jeu. À faire comme si de rien n'était. Eh bien, lui aussi peut y jouer, prétendre ne rien savoir d'elle. Pourquoi n'y a-t-il pas pensé plus tôt? Il se retient de rire.

– J'ai appris avec mon père, répond-il. J'avais six ou sept ans. Dans le Sud de la France.

– Vous êtes français? fait-elle sans détacher ses yeux du Gallo Nero.

– Oui, dit-il.

Comme si elle ne le savait pas! Qu'il avait dû faire la preuve de sa nationalité en 2006, parce que son père était né en Russie et sa mère en Belgique. C'était comme ça que lui était venue l'idée de son livre. Cette femme était décidément aussi habile que rusée.

– Et vous habitez Paris? poursuit-elle.

– Oui, et vous?

Une mouette vole en cercle au-dessus d'eux, et de concert ils lèvent la tête vers elle tandis qu'elle s'éloigne en planant.

– Oh, ici et là, réplique-t-elle, évasive.

Elle s'allonge sur la partie plate des rochers, ferme les yeux et profite du soleil. Il voudrait faire de même, mais il n'y a pas d'autre surface lisse. Alors, il reste sur place, assis à côté d'elle. Il observe son corps massif. Même vue de près, Dagmar Hunoldt n'a rien de flasque. Avec l'écran solaire, sa peau dégage une aura translucide. Sa vie amoureuse l'intrigue. En ce moment, vit-elle avec un homme, une femme? Quand a-t-elle fait l'amour pour la dernière fois? Qui s'est glissé entre ces lourdes cuisses? Comment est-elle, au lit? Que fait-elle le mieux? Son estomac gargouille, il n'a pas pris de petit déjeuner. Ses pensées reviennent à Malvina, à l'esclandre qui l'attend. Comment dire à une femme qu'on ne l'aime pas, qu'on ne veut pas de son enfant ? Il voit déjà le visage en forme de cœur se décomposer sous la douleur.

– C'est la première fois que vous venez au Gallo Nero ? demande Dagmar Hunoldt.

Il lui sait gré d'avoir dissipé ses réflexions sur Malvina.

– Oui, répond-il, et vous ?

– J'y suis venue il y a longtemps, avec un ami. Ça n'a pas changé, toujours parfait, hors du temps. L'endroit idéal pour une épicurienne comme moi.

– Je pense que ce bon vieil Épicure ne l'aurait pas vraiment apprécié.

Elle s'assied et lui lance un coup d'œil, faisant glisser les bretelles de son maillot de bain. Il admire la pureté blanche de sa peau.

– Ah bon ? Pourquoi ? s'étonne-t-elle.

– Le Gallo Nero est beaucoup trop luxueux pour Épicure, explique Nicolas. Son truc, c'était le dépouillement. Pour étancher sa soif, il aurait de loin préféré un verre d'eau fraîche au plus divin Château-d'Yquem.

– Vous êtes en train de me dire que nous avons détourné l'épicurisme de son sens premier ?

– Absolument, répond Nicolas en caressant la surface rugueuse du récif. De nos jours, un épicurien, c'est un gros type avec un cigare qui ronfle dans un hamac après un repas gastronomique qu'il a arrosé de litres de vin.

Nouveau rire. Elle continue :

– Eh bien, je maintiens ce que j'ai dit. Je suis véritablement une épicurienne quand je viens ici. Au sens noble du terme, pas comme le gros type dans son hamac. Ce que j'apprécie, ce n'est pas la cuisine, aussi raffinée soit-elle, ni le service, également remarquable. Ce que je recherche quand je suis ici, c'est d'être loin de l'agitation du monde extérieur, loin de la tragédie et du chaos qui font rage dans nos villes. Quand je suis ici, je chéris ces rares instants d'une précieuse sérénité.

Dagmar Hunoldt se tait et le considère de ses yeux bleu-gris. Il lui rend son regard. Comment lui avouer qu'il ressent la même chose? Il passerait pour un vil flatteur, pourtant il s'est reconnu dans ses mots et il meurt d'envie de lui avouer. Et si c'était sa façon de le séduire, de se le rallier, de le pousser à quitter Alice Dor? Comment en être sûr? Il n'a aucun moyen de le savoir. Il ne peut que rester assis là, sur ce rocher, avec elle. Sa voix se fait douce, rêveuse, il pourrait l'écouter pendant des heures.

– Quand je nage ici, quand je suis dans l'eau, je ressens une sorte de communion avec la nature. Même si je nage vite, même si je vais au bout de mes forces, je ne fais qu'un avec l'onde. J'adore nager, je nage tous les jours, où que je sois, même dans des piscines qui empestent le chlore et la transpiration. Mais nager ici, pour moi, c'est retomber en enfance. Le plaisir que j'éprouve quand je sors de l'eau, quand je m'assois pour me reposer, quand tous mes membres crient grâce, c'est fabuleux. Je me prélasse au soleil, comme maintenant, et il n'y a rien de plus exquis. Si je devais vous le décrire, Hermès, je vous le dirais ainsi : le plaisir que je ressens au Gallo Nero est celui d'un délicieux et tendre après-midi d'été, après avoir sauvagement fait l'amour.

Elle se lève, et Nicolas sait qu'elle est sur le point de partir. Il lui effleure la main.

– Non, attendez, dit-il. – Elle laisse ses doigts entre les siens, rien qu'un instant. – Je veux en savoir plus. Sur Épicure et vous.

Il ne ment qu'à moitié. S'il redoute le trajet du retour, il veut aussi qu'elle continue. Que ce moment sur les rochers avec elle se prolonge, ne serait-ce que de quelques minutes. Lui aurait-elle jeté un sort? Dagmar Hunoldt n'exerce-t-elle pas cette fascination sur tous? Elle n'agit en rien comme les autres éditeurs. Elle est unique en son genre. Il se souvient de cette phrase d'un magazine : « Absolument implacable, d'une intelligence hors du commun et d'une rare perversité. »

Il se lève à son tour. Le vent souffle, frais et salé. Elle paraît presque belle dans la lueur pâle du matin. Son profil net, ses traits ciselés à la finesse altière. Se trouver à ses côtés, c'est être happé par son orbite, subir son attraction effrayante, irrésistible. Il se tient maintenant si près d'elle que la peau blanche de son bras entre en contact avec son torse. Il ne ressent pas le fourmillement familier de l'excitation sexuelle, mais une osmose étrange, une communion inattendue qui le déstabilise.

– Oublions-le, le gros paresseux dans son hamac, murmure Dagmar Hunoldt, et Nicolas se penche pour saisir chaque mot. Que sait-il d'Épicure? Rien. Il est comme ces riches Romains qui se faisaient vomir en plein repas afin d'ingurgiter encore plus de victuaille. Ce que recherchait Épicure, comme vous le savez, Hermès, ce n'était pas le plaisir de la table, mais la sensation satisfaisante d'avoir mangé à sa faim.

Elle se tait, enfile son bonnet et ses lunettes, et Nicolas la suit, rassemblant ses forces. Mais elle nage plus lentement, et il se félicite de pouvoir la suivre. Il lui demande s'il peut lui emprunter ses lunettes, ce qu'elle accepte. Alors il plonge dans l'eau turquoise des profondeurs, s'émerveille devant un banc de poissons striés de bleu, des rochers tachetés de lumière et piqués d'oursins. Sur la plage, les chaises et les parasols sont installés. Un plagiste souriant leur tend des serviettes. Nicolas cherche du regard son peignoir, mais le serveur s'est déjà précipité pour le récupérer. Son Black-Berry et la clé de sa chambre sont toujours dans la poche, avec le carnet et le précieux stylo.

– Un petit déjeuner, Hermès? lance Dagmar Hunoldt.

Il n'a pas le temps de répondre qu'elle a déjà déclaré au serveur qu'ils le prendront ici, pas en haut, au buffet.

– Café ou thé? fait-elle vivement.

Du thé, répond-il, tout en se demandant si elle laisse jamais les gens décider de quoi que ce soit. Elle a l'habitude de commander, pas de doute. Leur table est dressée en un tournemain et ils s'assoient. Les Suisses leur adressent un petit signe en partant se baigner. Le couple homo les salue chaleureusement. Une journée comme les autres au Gallo Nero. Pour lui, la dernière. Sauf qu'il est en train de petit-déjeuner avec Dagmar Hunoldt. En tête à tête. Nicolas sent la nervosité le gagner. Que faire si elle continue à prétendre ne pas savoir qui il est? Allez, et s'il se penchait, tapait un bon coup sur la table, pour la faire sursauter, en lançant : « OK, Dagmar, ça suffit là, Épicure, Hermès et Mercure rétrograde. Vous savez très bien qui je suis. Arrêtez vos conneries. » Elle aimait peut-être ça, les discours à la hussarde, pas de baratin, pas de ronds de jambe, un brin de vulgarité virile, peut-être qu'elle attend ça de lui, hein, qu'il lui montre qu'il en a une paire, qu'il aille droit au but, concret, sans fioritures. Mais quand on leur apporte les quotidiens – en français, italien, allemand et anglais – avec leurs boissons chaudes, Nicolas se dégonfle comme un vieux ballon de baudruche. Et son anxiété atteint un pic quand il distingue le journal avec l'article de Taillefer. Le drame si elle commençait à le lire sous son nez. Il est accompagné d'une grande photo, parfaitement reconnaissable. Il se crispe en voyant ses doigts hésiter au-dessus de la pile. Ouf! elle choisit le *Times*.

Dagmar Hunoldt feuillette, s'attarde sur un article qui traite du politicien français et de la femme de chambre. Elle sirote son café en mâchonnant une tartine. De temps à autre, elle lève les yeux vers lui et sourit. Le sosie de Glenn Close! Ses cheveux blancs brillent sous le soleil du matin comme du platine. Ils ne se sont même pas échangé leurs noms. Quelle supériorité, quelle arrogance... Il l'admire et lui en veut à la fois. Elle est parvenue à ce qu'il se sente négligeable. Pourtant, elle lui sourit, il a le sentiment d'être un ami, de jouir d'un privilège. Comment parvient-elle, avec tant d'habileté, à feindre d'ignorer son identité et à lui faire comprendre qu'il est à part, élu? s'étonne Nicolas. A-t-elle vu le papier de Taillefer? Sans doute. Tout le monde l'a lu dans l'édition. Comment se comporte-t-elle avec ses auteurs? s'interroge-t-il alors qu'elle tourne sa cuiller dans son café. Maternelle? Autoritaire? Patiente? Couche-t-elle avec eux parfois? Il comprend qu'elle n'a pas l'intention de prononcer un seul mot de tout le repas. Mais toutes les cinq minutes, elle le regarde en souriant. Et il se sent malgré tout proche d'elle, comme hier matin quand ils partageaient leur bellini après leur baignade. Pas besoin de mots. Le fait d'être ensemble leur suffit, d'une certaine façon. Partager un moment indéfinissable. Dagmar Hunoldt s'y entend. Avec une maîtrise remarquable.

La plage est bondée à présent. M. Wong et Mlle Ming distribuent courbettes et sourires. L'Espagnole fait son apparition en bikini rose vif. Son corps est appétissant, tout en rondeurs tendres et délicates. Mimi et Sherry, lourdement parfumées, suintantes sous plusieurs couches de maquillage, lui envoient des baisers.

Nicolas sait qu'il est temps pour lui de remonter dans la chambre et d'affronter Malvina.

– Il faut que j'y aille, dit-il dans un souffle.

Dagmar Hunoldt s'arrache à son journal.

– Merci d'avoir partagé votre matinée avec moi, Hermès, dit-elle avec une douceur qui lui réchauffe le cœur.

Il brûle cependant de répliquer : « Je m'appelle Nicolas Kolt, et vous le savez. »

Elle réclame un stylo et du papier. Il se demande pourquoi. Il la voit griffonner. Son numéro ? Son adresse électronique ? Son estomac se noue de nouveau, il en grimace. Alors ça y est, la voilà, son offre, sur un bout de papier ? Pas verbalement. Mais par écrit. Des mots écrits. Des chiffres. Il s'agrippe à la table pour ne pas perdre l'équilibre. Il ne s'y attendait pas du tout. Cette main qui avait signé tant de contrats. Qui avait bouleversé l'édition. Dagmar Hunoldt est en train de lui faire une offre. Pas de la façon habituelle, parce qu'elle-même n'a rien d'habituel. Et tous ces gens ici, en bas, avec eux, qui s'enduisent de monoï, trempent leurs orteils dans l'eau, écoutent de la musique, lisent un livre, sont à mille lieues d'imaginer qu'une éditrice célèbre et un écrivain en vogue négocient paisiblement, en peignoir, après une baignade, dans un hôtel de rêve sur la côte toscane.

Dagmar Hunoldt lui tend la feuille avec un sourire en coin. Il sait qu'elle le congédie. Il marmonne un au revoir et s'en va. Quand il entre dans l'ascenseur à la James Bond, le cœur battant à tout rompre, les doigts tremblants, il lit.

Pas de nom. Pas d'adresse mail. Pas de numéro. Pas de montant.

Seulement trois phrases :

« Le parfum de l'herbe fraîchement coupée après une heure épuisante à passer la tondeuse.

Ouvrir les volets sur un matin radieux après une nuit d'amour et de sommeil.

À la tempête de l'orgasme Épicure préférait de loin la douce quiétude de l'après. »

E N 2008, NICOLAS ET TOBY BRAMFIELD, le réalisateur afro-américain chargé de l'adaptation de *L'Enveloppe* à l'écran, sympathisèrent immédiatement. Toby avait peut-être huit ans de plus que lui, c'était un grand gars au physique anguleux, avec des dreadlocks et un faux air de Jimi Hendrix. Il tenait à rester fidèle au livre, assura-t-il à Nicolas et Alice autour d'un verre à l'hôtel de la rue des Beaux-Arts (Oscar Wilde y était mort en 1900, ce qui exerçait sur Nicolas une fascination morbide). Il avait déjà parlé du rôle à l'agent de Robin Wright, persuadé qu'elle accepterait. C'était dans ses cordes, exactement le genre de rôle qu'elle ne pouvait pas refuser. Nicolas écoutait, captivé. Le livre venait à peine de démarrer sa carrière internationale, et ni Alice ni lui n'imaginaient l'ampleur et la fulgurance du succès. Qu'un réalisateur ait acquis les droits si peu de temps après la publication, que son roman soit destiné à devenir un long métrage, tout cela l'avait surpris. Toby Bramfield n'était pas un réalisateur de renommée mondiale, mais Nicolas et Alice s'en moquaient. Il avait dirigé des acteurs célèbres dans deux bons films. Des adaptations de romans à chaque fois. Toby Bramfield lui-même ne mesurait pas à quel point l'ouragan Margaux allait bouleverser sa propre existence. Il avait écrit le scénario en veillant à obtenir l'approbation de Nicolas, qui lui en avait été reconnaissant. Il avait entendu parler de ces écrivains qu'on excluait de l'aventure cinématographique et qui finissaient par détester le film. Toby Bramfield, lui, avait besoin des retours de Nicolas, dont il se nourrissait et retirait de l'énergie. Quand il lut le script, Nicolas fut décontenancé. Puis il comprit qu'il lui fallait visualiser les scènes et le jeu d'acteur. Une fois surmontée cette première impression, il saisit ce que Toby Bramfield avait voulu faire, comment il avait transformé son livre en film. Mais le véritable choc vint plus tard, quand il assista au tournage, à Paris, rue Daguerre. Toute l'équipe avait lu et aimé le roman, et l'accueillit avec effusion sur le plateau. Il fut émerveillé par la complexité des installations électriques, de l'éclairage, de la prise de son, le soin méticuleux apporté aux costumes, au maquillage, le rôle essentiel de chaque technicien. Quand il vit Robin Wright sortir de sa loge, les cheveux teints gris argent, avec ses tennis et sa chemise bleus, son jeans blanc, il en resta bouche bée. C'était son héroïne, sa Margaux, le professeur de piano qui aimait le disco, vivante, là, sous ses yeux. L'émotion lui serra la gorge, aussi se contenta-t-il d'une poignée de main. Toby Bramfield lui offrit une brève apparition dans la scène au Pôle de la nationalité, tournée en studio. La cinquantaine de figurants lui rappelait étrangement ceux dont il avait croisé la route en ce jour d'octobre 2006, dans la salle d'attente. Le metteur en scène le plaça près de l'actrice tandis qu'elle fixait l'acte de naissance de son père, hypnotisée par ce nom qu'elle n'avait jamais vu, Lucca Zeccherio au lieu de Luc Zech. La facilité avec laquelle les acteurs s'appropriaient les sentiments, les angoisses d'autrui, le sidérait. Entre deux prises, il fit part de son éblouissement à Robin Wright, qui en rit : « Si nous, les acteurs, sommes des éponges, alors, qu'est-ce que vous êtes, vous, les romanciers ? Des éponges géantes. N'oubliez pas que si nous sommes tous là aujourd'hui, c'est grâce à vous, Nicolas Kolt. À ce que vous avez écrit.» Ces mots, il les avait chéris à l'époque, et il les chérissait encore.

Nicolas visionna le film juste avant sa sortie, dans une salle de projection privée à New York. Alice était à ses côtés, ainsi que son éditrice américaine, Carla Marsh. Toby Bramfield devait les rejoindre à la fin. Durant les premières minutes, il ne put réagir, comme si on lui avait claqué une porte en plein visage. Avait-il eu tort de faire confiance à Toby Bramfield ? Puis la magie avait opéré, et Nicolas oublia son livre. Il avait aimé le thème envoûtant de la bande originale, composé par un jeune musicien autrichien. Celui-ci évoquait à la perfection Margaux et ses contradictions, et les solos de piano l'avaient touché en plein cœur. Il rit aux dialogues mordants des filles de Margaux, Rose et Angèle, incarnées par deux jeunes actrices épatantes. Il s'agrippa à son fauteuil pendant la violente confrontation entre Margaux et Sébastian, son frère cadet. La justesse du jeu de Robin Wright et de l'acteur qui tenait le rôle de son mari Arnaud le bouleversa. Mais ce qu'il préféra par-dessus tout furent les scènes où l'actrice dansait, seule dans sa cuisine, puis en boîte de nuit à Gênes, avec Silvio, son guide italien. Le film sonnait juste. Nicolas sentit les larmes lui monter aux yeux pendant les flash-back sur le passé de Lucca Zeccherio, son charisme, sa personnalité haute en couleur, sa mort tragique, le corps à jamais emporté par une avalanche dans les Alpes suisses. À partir des scènes à Camogli et jusqu'à la fin, quand Margaux découvre le secret de son père et se demande comment elle va surmonter ce traumatisme, Nicolas pleura doucement, un peu honteux, assis entre Carla et

Alice. Mais elles aussi étaient en larmes, le nez dans leurs mouchoirs. Quand les lumières se rallumèrent, ils tombèrent dans les bras les uns des autres, les yeux rougis. Lorsque Toby Bramfield entra dans la salle à la fin de la projection, il leva ses mains osseuses au plafond et s'écria : « Alléluia! Ils pleurent! Ils pleurent! » Plus tard, après la sortie du film, Nicolas entendit Toby déclarer à la télévision : « Le livre et le film ont le même ADN, pour moi, ce sont comme deux frères. » Une autre phrase qu'il avait chérie. Et Nicolas se mit à songer à l'ADN intime du livre, à sa genèse. Dans le récit, il avait omis un épisode crucial, qui avait marqué un tournant dans sa vie. La scène s'était déroulée en octobre 2006, au service de gériatrie où Lionel Duhamel séjournait. À présent, avec le recul, Nicolas comprenait qu'elle s'inscrivait dans le processus d'écriture, qu'elle se logeait en creux au cœur du livre. Sa brutalité crue avait foré une voie inédite dans les méandres de son esprit. Le long de cette allée sombre brillait un faisceau qui lui montrait le chemin. Un chemin dont il ignorait où il mènerait, mais qu'il lui fallait emprunter. Il comprit instinctivement qu'il devait décrire ce chemin, et non la lumière qui l'avait guidé.

Jamais il n'évoquait cet incident. Il le gardait pour lui. De même qu'un photographe occupé à cadrer une image a l'intuition de ce qu'il doit y inclure ou pas, il savait, en tant qu'écrivain, ce qu'il voulait exhiber dans son livre, et ce qui devait rester à jamais occulté.

Lionel Duhamel mourut en 2007 à l'âge de soixante-dix-sept ans. Il n'assista pas à la métamorphose de son petit-fils en Nicolas Kolt. Il fut hospitalisé en 2004, quand sa fille Elvire se rendit à l'évidence et admit qu'il ne pourrait plus vivre seul dans l'appartement du boulevard Saint-Germain. Il perdait la tête, laissait le gaz allumé, oubliait son nom, s'égarait devant chez lui. Il devenait agressif envers sa famille, ses voisins, les jeunes infirmières qui se chargeaient de ses soins quotidiens. Alzheimer, diagnostiquèrent les médecins. Il ne voulait pas quitter son appartement, mais on ne lui avait guère laissé le choix. L'hôpital était situé près de la rue de Vaugirard, non loin de la rue Pernety. Nicolas n'avait pas rendu visite à son grand-père depuis longtemps. Une torture à chaque fois. Généralement, Lionel était assommé de médicaments, et la visite se déroulait sans heurts. Mais il ne supportait pas l'atmosphère de ce service, l'odeur, le spectacle des vieillards déments enfermés là.

Ce soir d'octobre 2006 qui laisserait à jamais une empreinte sur sa vie, Nicolas acheta un bouquet pour son grand-père près de la station de métro de la rue Raymond-Losserand. Un crachin tombait. C'était l'heure de pointe, les voitures, pare-chocs contre pare-chocs, exhalaient leurs émanations toxiques. L'éclairage cru de l'hôpital était aveuglant, il y régnait une chaleur étouffante. Nicolas ôta son manteau. Lionel Duhamel était installé au dernier étage, réservé aux séniles. La plupart de ces patients portaient des bracelets magnétiques au poignet. Qu'ils s'aventurent vers la sortie, et une alarme stridente se déclenchait. Quand il arrivait dans le service, Nicolas gardait toujours les yeux baissés. Il ne se faisait pas à ce qu'il voyait. Des rangées de fauteuils roulants, des visages ratatinés aux sourires tordus, des têtes résignées, fatiguées, dodelinantes. Quelques-uns restaient assis là, à moitié endormis, la bave dégoulinant de leurs lèvres craquelées. D'autres, perclus de tics, agrippés à leurs cannes ou à leurs déambulateurs, avançaient comme des zombies, se tenant un bras, l'épaule de guingois, le pied à la traîne. Parfois, c'étaient des hurlements qui parvenaient d'une chambre distante, vite couverts par le ton apaisant d'un médecin ou d'une infirmière. Les patients les plus effrayants avaient l'air normaux, jouant aux échecs ou au solitaire, soignés, le vêtement propre, la main sûre. Pas un signe de démence. Ils s'exprimaient avec clarté, comme des grands-parents heureux de recevoir de la visite. Mais Nicolas avait appris à éviter leur regard, parce qu'alors, leurs yeux avides et brillants trahissaient leur folie. Lors d'une de ses visites, une mamie respectable l'agrippa à l'entrejambe, avec une violence aussi inattendue que le sourire salace qu'elle lui adressa en pointant un petit bout de langue jaune.

Les infirmières forçaient son admiration. Insultées, ignorées, frappées, elles continuaient de s'occuper de tous avec le même dévouement. Comment faisaient-elles pour ne jamais perdre patience ? Prendre soin des vieux, ce n'était déjà pas très drôle, se dit-il, mais de vieux déments, c'était héroïque.

Ce soir-là, quand Nicolas arriva, le personnel récupérait les plateaux-repas. L'air vicié empestait un mélange de mauvaise cuisine – du chou, certainement – et d'ammoniaque. L'odeur de la vieillesse et de l'abandon, de chairs parcheminées, essaimées de rares touffes blanches. Les fauteuils roulants s'alignaient devant la télévision qui hurlait, mais la moitié des patients dormait déjà. Pourquoi servir le dîner si tôt ? La nuit n'en était que plus interminable. Ces vieillards savaient-ils qu'ils ne quitteraient l'hôpital qu'en cercueil ?

Assis dans un fauteuil près du lit, Lionel Duhamel, en peignoir, contemplait ses pieds. Quand son petit-fils entra, il ne bougea pas. Nicolas, qui l'avait déjà vu dans cet état, s'installa sur l'étroit matelas et attendit que le vieil homme note sa présence. Lionel Duhamel ne voulait pas frayer avec les « vieux fous », comme il les appelait. Il prenait ses repas seul, devant sa propre télévision. Sa chambre n'était d'ailleurs pas si désagréable, pensa Nicolas, mais elle était vide, alors que son grand-père y vivait depuis deux ans déjà. Des murs verdâtres, un jeu de cartes, un peigne et quelques magazines. Dire que son grand-père avait vécu dans un appartement peuplé de livres, de tableaux, de meubles d'antiquaires, avec un piano à queue, une collection de tapisseries anciennes. Qu'avait-il fait de tous ces biens? se demanda Nicolas alors que Lionel posait enfin sur lui son regard couleur d'huître, les paupières battantes.

– Théodore, dit Lionel Duhamel. Je suis heureux de te voir.

Nicolas s'était habitué à ça aussi.

– Salut, répondit-il en souriant. Je t'ai apporté des fleurs.

Lionel Duhamel considéra le bouquet d'un œil vide, comme s'il n'avait aucune idée de ce que c'était. Nicolas jeta le papier d'emballage à la poubelle et alla chercher le vase en plastique dans la salle de bains – ce n'était pas la première fois qu'il lui apportait un bouquet. Elvire avait suggéré de ne plus lui offrir de chocolats, car le vieil homme se ruait dessus, et souffrait de diarrhée les jours suivants. Il disposa les dahlias et rapporta le vase dans la chambre où son grand-père se tenait toujours immobile.

– Elles sont jolies, non? demanda-t-il.

– Ah oui, dit Lionel Duhamel. Merci, Théodore. C'est gentil de ta part. Ça se passe bien, à l'école?

– Très bien, fit Nicolas.

– Je suis ravi de l'entendre. Ta mère sera contente. Et cette leçon de géographie?

– Je la connais par cœur.

– Excellent. Bien, il faut que je me prépare. Nous attendons le baron pour dîner.

– Merveilleux, dit Nicolas.

Il avait beau les avoir eues en grand nombre, ces conversations lui paraissaient toujours surréalistes.

– Mais ça nous donne tellement de travail, quand le baron vient, soupira Lionel Duhamel. Il faut que je polisse l'argenterie, que je sorte les verres en cristal. Et la nappe avec son blason. Le baron exige du saumon et du crabe.

– C'est ce qu'il prend d'habitude ? demanda Nicolas.

– Non ! Bien sûr que non ! Je te l'ai déjà dit ! Avant que l'ascenseur soit bloqué ! Tu te souviens ?

– Oui, bien sûr. Désolé, j'avais oublié.

Le vieil homme commença à s'énerver, ses sourcils dessinaient un V au-dessus de son nez. Il gémissait d'une voix aiguë qui insupportait son petit-fils.

– Ils sont venus ce matin, Théodore, encore. Personne ne les a vus, sauf moi. Ici, les gens sont idiots. Ils volent. Comme si je ne les voyais pas. Les crétins ! De parfaits abrutis ! Des imbéciles ! Ils ne savent pas que l'ennemi a étalé une pâte toxique sur l'encadrement des fenêtres, et que si tu la touches, tu meurs. J'ai essayé de l'enlever, et cette stupide infirmière s'est énervée. Grosse vache débile !

Nicolas pensait à l'acte de naissance, dans sa poche. Il regarda le vieil homme bougon, observa son crâne chauve, son visage rond et flasque. Pendant vingt-quatre ans, il l'avait considéré comme son grand-père. Son sang. Sa chair. Il l'appelait « Papi ». Les week-ends avec Papi, aller au cinéma ou au Louvre avec Papi, visiter Montmartre avec Papi, et Versailles aussi. Tout apprendre sur le Roi-Soleil avec Papi. Il avait une culture tellement impressionnante, Papi. Il connaissait toutes les dates, toutes les batailles importantes, qui les avait remportées, et si un roi était un Capétien ou un Bourbon. Mais Papi n'était pas son grand-père. Papi avait élevé un garçon sans père et lui avait donné son nom, Duhamel. Papi savait tout de Fiodor Koltchine. Il était le seul à pouvoir en parler à Nicolas.

Nicolas avait tout préparé avant de venir. Il prit son portefeuille, en sortit la photo de Zinaïda et Fiodor datée de 1961, celle qu'il avait trouvée dans la boîte bleu marine, et il la tendit au vieil homme. Les médecins ne lui avaient jamais déconseillé d'évoquer le passé. Tout ce qu'il voulait, c'était une réponse, espérant que, quelque part dans ce vieux cerveau fatigué et confus, une lumière s'allumerait, une étincelle jaillirait.

Les minutes s'égrenaient, et le vieil homme restait muet, les yeux rivés sur la photographie. Un cri étouffé parvint du couloir, par-delà les voix métalliques du téléviseur. Un fauteuil roulant couinait, une porte claqua.

Nicolas se demanda s'il devait parler. Le vieil homme avait l'air accablé. Dans ses doigts, le cliché tremblait.

– Elle ne voulait pas que tu saches, dit enfin Lionel Duhamel, très distinctement. Elle voulait que personne ne sache.

Sa voix était redevenue celle « d'avant », sa voix de Papi, d'autrefois. On n'y décelait plus trace de geignardise.

Nicolas osait à peine respirer, de peur de gâcher l'instant. Il se taisait en se mordant la lèvre. Le cri retentit de nouveau dans le couloir. Pourvu que cela ne distraie pas Lionel Duhamel !

De la même voix calme, sourde, le vieil homme reprit :

– Il y a eu cette lettre, cet été-là. À la fin du mois de juillet. Tu l'as lue, non, Théodore ?

– Une lettre de qui ? murmura Nicolas.

– Alexeï, répondit Lionel Duhamel, atone. La lettre qu'Alexeï a envoyée.

Une longue pause.

– Qui est Alexeï ? demanda doucement Nicolas.

La photographie glissa au sol, et le vieil homme se mit à pleurer en silence, la bouche ouverte ; les larmes roulaient sur ses joues rebondies. Secoué de sanglots, il gémissait bruyamment, oscillant d'avant en arrière, la tête entre les mains. Nicolas se précipita à son côté, le prit dans ses bras pour tenter de le calmer.

– Arrête ! cracha le vieil homme, le repoussant avec hargne. Laisse-moi ! Va-t'en !

Les mains noueuses le saisirent à la gorge avec une vigueur qui surprit Nicolas. Un bref et terrible instant, il faillit perdre connaissance, sa vision se brouilla, il n'arrivait plus à respirer. Enfin, il réussit à desserrer l'étau autour de son cou. Haineux, Lionel Duhamel éructait, les yeux injectés de sang.

– Papi, tout va bien, calme-toi, chuchota Nicolas d'un ton qui se voulait apaisant.

Il redoutait qu'un médecin ou une infirmière, attiré par le bruit, ne surgisse pour l'enguirlander ou pire, lui enjoindre de partir. Il retrouva la photo sous le fauteuil, la rangea dans son portefeuille. Puis il se rua dans la salle de bains pour prendre quelques kleenex.

– Calme-toi, Papi. S'il te plaît. Tout va bien, je te promets, calme-toi.

Lionel Duhamel se moucha. Il tremblait toujours, mais les larmes avaient cessé. À présent, il réclamait de l'eau. Nicolas remplit un gobelet en carton que le vieil homme but d'un trait.

– Ça va, Papi ? demanda-t-il en tapotant son épaule affaissée.

Son visage avait enflé sous le coup de la colère.

– Qui êtes-vous ? Je ne vous connais pas ! rugit Lionel Duhamel, les yeux rouges et écarquillés. Foutez le camp ou j'appelle la police. Foutez le camp !

Nicolas s'enfuit à toutes jambes le long des couloirs éclairés d'une lumière crue, par-delà les fauteuils roulants et la salle de télévision. Il dévala les étages et se retrouva enfin dehors, à l'air pur. Il courut jusqu'à la rue Pernety et arriva en bas de chez lui à bout de souffle, étourdi, encore ébranlé par la violence de la scène. Sa gorge était douloureuse et il avait du mal à déglutir. Delphine n'était pas encore rentrée, et Gaïa passait la soirée avec son père. Il fouilla dans ses poches à la recherche des clés. Son trousseau avec la clé de la rue Pernety, celle de la rue Rollin, ainsi qu'un double de la voiture de sa mère, qu'elle lui prêtait de temps en temps. Rien. Il avait dû les perdre sur le chemin du retour, ou pire encore, les laisser à l'hôpital, dans la chambre de Lionel Duhamel. Il tenta de joindre le service du troisième étage, mais la ligne était occupée. Il refit tout le trajet en pestant, mais nulle trace de clés sur le trottoir. Il remonta au troisième étage, une infirmière revêche lui barra la route, l'heure des visites était passée. Elle l'agrippa par le bras, mais il força le passage : il avait oublié ses clés dans la chambre de son grand-père, bon Dieu, qu'elle la ferme et le laisse tranquille… Elle finit par céder.

Son grand-père dormait à poings fermés quand Nicolas entrouvrit la porte et se faufila à l'intérieur. Il alluma la lampe de chevet, craignant de réveiller le vieil homme (il serait incapable d'affronter encore son terrible regard), mais « Papi » ronflait déjà. Toujours pas de clés. Nicolas fouilla chaque centimètre carré de la chambre et de la salle de bains, en vain. Il regarda dans la poubelle. Vidée. Il se revit déballer les fleurs. Il avait les clés à la main, il avait dû les jeter avec le papier. Il ressortit de la chambre pour retrouver l'infirmière agressive. Réticente au début, elle entrevit que le petit-fils de M. Duhamel n'était pas désagréable à regarder, avec son sourire désarmant, sa dentition parfaite, ses yeux à la couleur indéfinissable. Et puis, il était grand, ténébreux, rien à voir avec les vieillards décrépits qu'elle torchait à longueur de journée. Mais bien sûr qu'elle lui indiquerait le local à ordures, elle espérait bien qu'il remettrait la main sur ses clés, au fait, elle s'appelait Colette...

Armé de gants et d'une bonne dose de courage, Nicolas s'attaqua à une poubelle apocalyptique, aussi haute qu'un homme, et pleine à ras bord de tout ce qu'un service de gériatrie pouvait produire : chiffons souillés, couches usagées, bavoirs incrustés de soupe séchée, serviettes sales. Nez pincé, bouche fermée, toutes écoutilles bloquées pour lutter contre la puanteur, il réprima une atroce envie de vomir jusqu'à ce que, par miracle, il repère ses clés, collées à l'emballage des fleurs.

Il remercia Colette et rentra chez lui en traînant des pieds, hébété, asphyxié par l'odeur de détritus qui lui collait aux vêtements et à la peau. Delphine lui avait laissé un message, elle était en route. Il se déshabilla et se délassa sous une douche chaude. Quand Delphine arriva, il ne dit mot de sa journée ni de ce qui s'était passé avec Lionel Duhamel. Cette nuit-là, il ne put trouver le sommeil. Il se leva, et alla boire un verre d'eau à la cuisine. Avec la photographie de Zinaïda et Fiodor et l'acte de naissance de son père, il s'assit à la table. Et y resta longtemps.

Les mots revinrent le hanter, comme l'armée silencieuse des chauves-souris de lord McRashley :

« Elle ne voulait pas que tu saches. Elle voulait que personne ne sache. Il y a eu cette lettre, cet été-là. À la fin de juillet. Tu l'as lue, non, Théodore ? La lettre qu'Alexeï avait envoyée. »

Nicolas remonte dans sa chambre d'un pas décidé. Il a toujours à la main le papier que lui a donné Dagmar Hunoldt. Que signifient ces phrases ridicules ? Il le froisse et l'enfouit au fond de sa poche. Comment peut-elle ne pas savoir qui il est ? Et pourquoi l'intimide-t-elle autant ? Assis là, tout benêt, sans rien dire. Il se giflerait. La prochaine fois, c'est décidé, il se contentera de l'ignorer. Comme si elle n'était pas là. Voilà, c'est ça. Dagmar Hunoldt n'existe pas. Elle devra le supplier pour qu'il daigne lui accorder un regard.

Lorsqu'il entre dans la chambre, Malvina est au lit, un plateau sur les genoux. Elle est jolie, mais en cet instant précis, sa beauté ne le touche pas. Elle lui sourit.

– Te voilà !

Il s'assied dans un des fauteuils blancs au pied du lit. Il est à bout de patience, usé par le manque de sommeil et le comportement déroutant de Dagmar Hunoldt.

Il ne va pas y aller par quatre chemins.

– Je ne veux pas de ce bébé, Malvina.

Elle reste de marbre. Il s'attendait à la voir s'affaisser, se décomposer. Elle ne cille même pas.

Malvina avale une gorgée de thé, puis répond, calmement :

– On va se marier, et tu verras, tu seras tellement heureux. Je le sais.

Il est trop abasourdi pour réagir. Quand il recouvre la parole, c'est pour rugir :

– Mais t'es dingue ou quoi ?

Elle sourit, sereine.

– Oui, se marier, Nicolas. On va se marier.

Il lui agrippe violemment le bras, renverse le plateau, et le thé se répand sur les draps blancs.

– Fais gaffe ! Regarde ce que tu fous ! crie-t-elle.

Il la traîne hors du lit. Elle se tient désormais debout, frêle dans son T-shirt blanc, petit bout de femme face à lui. Son visage ne trahit aucune peur.

– Parlons plutôt de ce que tu as foutu toi ! gronde-t-il. Si ça te dérange pas trop.

– De quoi tu parles ?

Elle fait la moue. Comme une fillette. Comme Gaïa. Il éclate :

– Du bébé, putain !

Elle hausse les épaules et détourne le regard.

– J'en sais rien. Peut-être que j'ai oublié ma pilule.

– C'est ça ! Peut-être que t'as oublié ta pilule. Super. Génial. T'es enceinte, et maintenant, tu veux te marier ?

– Oui ! clame-t-elle en tapant du pied. Et c'est quoi, le problème ? Je t'aime. On s'aime. On va avoir un bébé. Tu ne vois pas comme c'est beau ?

Et les larmes coulent enfin, comme il s'y attendait. Il la laisse pleurer, puis la prend de nouveau par le bras, plus doucement, pour la ramener vers le lit. Il doit lui dire qu'il ne l'aime pas. Qu'il ne l'a jamais aimée. Qu'il est toujours amoureux de Delphine. Il la respecte bien sûr, ils ont vécu de beaux moments ensemble, c'est quelqu'un de bien, passionnée, intéressante, sensible, mais voilà, il est hors de question qu'il l'épouse et qu'il élève cet enfant. Sait-elle seulement de quoi elle parle ? Elle-même est encore une enfant. Comment une enfant pourrait-elle avoir un bébé ? Il l'imagine avec ce nourrisson, rue du Laos, et ferme les yeux, horrifié. Un bébé ! Les responsabilités qui y sont liées. Un enfant bouleverse une vie à jamais. Elle devrait en avoir conscience. Et lui, Nicolas, en père ? Comment ? Il ne sait même pas ce qu'est un père, le sien est mort il y a si longtemps. Le mariage ! Comment ose-t-elle seulement prononcer ce mot ? Une vraie petite fille, qui rêve du prince charmant. Il se souvient de la conversation qu'elle a eue avec sa mère, la veille, elle avait l'air euphorique, comme dans un conte de fées.

Malvina sanglote, blottie contre lui. Sa vulnérabilité le trouble, les mots ne lui viennent pas. Pour lui, elle a renoncé à Londres, à ses études, à sa vie. À Paris, elle ne s'est jamais fait d'amis. Elle restait à la maison, à l'attendre. Il repense à son ancien petit ami, Justin, et à la façon dont ce type lui a brisé les ailes. Les messages odieux qu'il a postés sur sa page Facebook, au vu et au su de tous : elle n'était qu'une sombre idiote, une moins que rien, incapable de rendre un homme heureux ; il avait effacé le moindre vestige de leur relation, elle n'existait plus, elle aurait aussi bien fait de se jeter par la fenêtre ou de coller sa tête dans le four, tous gaz ouverts.

Les mots restent enfouis au fond de lui. Il ferme les yeux, désespéré.

– T'es vraiment fâché? dit-elle doucement.

– Je suis choqué, concède-t-il aussi gentiment que possible.

– Je sais. Je vois bien.

Elle se dirige vers la fenêtre. Dans ce corps, pense-t-il, dans ce corps si mince se dissimule un infime noyau de cellules qui croissent et se multiplient à chaque seconde. Ses cellules, celles de Malvina, leur bébé. Il ne parvient pas à y croire. Ni à l'accepter.

– Je peux te donner plus de temps, dit-elle en regardant au-dehors. Que tu te fasses à l'idée d'être père. Je ne te mettrai aucune pression. Tu dois d'abord finir ton livre.

– Mon livre? ricane-t-il méchamment. Il n'y a pas de livre.

– Comment ça? s'étonne-t-elle en se retournant vers lui, inquiète.

Il répète, comme un robot.

– Il. N'y. A. Pas. De. Livre.

Silence.

– Je ne comprends pas. Qu'est-ce que tu as écrit tous ces derniers mois?

– Rien. J'ai fait semblant. Je vous ai menti à tous.

Elle écarquille les yeux.

– Mais alors, t'as fait quoi pendant tout ce temps?

– Rien! aboie-t-il. Rien!

– Mais tout le monde pense…

– Oui, tout le monde pense! fait-il en écho, agitant les mains.

– Pourquoi? demande-t-elle simplement.

Il a un grognement.

– Parce que. Parce que! braille-t-il.

– Tu vas faire quoi?

– Il faut que j'avoue tout à Alice.

À cette seule idée, il a envie de se pendre.

– Je suis désolée, dit Malvina.

– Pour le bébé? rétorque-t-il, un peu trop vite.

Elle lui jette un regard noir.

– Non! Pour le bouquin.

– Malvina, il faut quand même qu'on en parle. De ce que je ressens. Tu comprends?

Elle hoche la tête.

– On peut y aller progressivement, explique-t-elle. On n'est pas obligés de se marier tout de suite. On peut attendre la naissance du bébé. Et une fois qu'il sera là, je m'occuperai de tout, je te le promets. Je sais que tu vas l'aimer, ce bébé. Je l'aime déjà! Tu as pensé à un nom? Je suis si contente. Oh, mon Nicolas chéri. Je suis la plus heureuse du monde. Je t'en supplie, ne me regarde pas comme ça.

Au déjeuner, Nicolas remarque à quel point Malvina est radieuse. La créature morose et renfrognée qui l'espionnait sans cesse, scrutant le moindre regard à une autre femme, s'est volatilisée. Même quand Savannah passe en se déhanchant, avec un bikini timbre-poste, quand l'Espagnole enlève son haut et dévoile deux seins mutins, quand les sosies de Natalie Portman se pavanent autour de la piscine avant de se livrer à un délicieux ballet aquatique, elle reste impassible, l'idolâtre, une main possessive sur son bras. Pas une seule fois elle n'a consulté son iPhone, un miracle, elle qui, d'ordinaire, le piste sur les réseaux sociaux. Elle a la majesté d'une reine. Son rayonnement serein clame à tous : « Oui, je porte l'enfant de Nicolas Kolt. Oui, je suis l'élue. Cette femme, c'est moi. Moi. » Si seulement il pouvait ramper sous la table et pleurer.

Cette escapade toscane était censée lui apporter repos et inspiration. Hier après-midi, après l'appel accablant de François, Nicolas a compris que ce n'était pas le cas. Et il sent confusément que ce n'est pas fini, que les ennuis vont s'enchaîner. Comment? Il ne le sait pas encore. Il est sur ses gardes, droit dans son armure. Comme si le soleil, les clients, le personnel, tout ce décor constituait les éléments du drame. Ils sont tous en scène, pour le final. Derrière le vernis du luxe, la tragédie guette. Nicolas s'y attend. Il est prêt.

– Ça te dérange si je me joins à vous, mon pote?

Nelson Novézan, perdu dans un T-shirt bleu taché et un jeans crasseux, se glisse à leur table, chaparde un gressin dans la panière en les remerciant d'un rictus.

– Cet article de Taillefer, c'était quelque chose, commente-t-il la bouche pleine. Quelle garce! Elle peut pas me saquer non plus.

– Ah bon? fait Nicolas.

Intérieurement, il est soulagé que Novézan se soit invité à leur table. Sa présence, aussi repoussante soit-elle, dresse une barrière inespérée entre Malvina et lui. Son humeur semble au beau fixe. Il tapote le bras de Nicolas en complice.

– Elle a écrit un article bien plus vache sur moi l'année dernière. Tu ne te souviens pas? Elle a dit que j'étais un salopard raciste et misogyne qui n'aimait et ne respectait qu'un seul être vivant sur terre : son chat. C'est bon signe de se faire étriper par Taillefer, ça veut dire que t'as réussi. Bienvenue au club, mon pote.

Il gratifie l'épaule de Nicolas d'une tape.

– Allez, faut fêter ça. Eh, Salvatore, Giuseppe, enfin, quel que soit ton foutu nom, ramène-toi! À boire! Je fais mes bagages, je me casse. Après le déjeuner. Quelle tristesse de quitter ce coin de paradis... Et vous?

– On part ce soir, répond Nicolas.

Sous ses yeux, Novézan prend le vin que lui tend le serveur et leur en verse à chacun un grand verre. Malvina pose la main sur le sien.

– Ça, c'est une fille bien sage, hein? marmonne Novézan.

Malvina resplendit de fierté. Elle place une paume protectrice sur son ventre plat et acquiesce. Heureusement, Novézan ne remarque pas son geste.

– Et l'écriture, ça avance, mon pote?

Il n'attend pas la réponse de Nicolas, qui pousse un soupir de soulagement.

– Moi, ça marche. Ça va être énorme. Mon bouquin sort en août 2012. Pas en même temps que ton roman, j'espère, parce que le mien va tout péter.

Nicolas profite du fait que Novézan s'interrompt pour avaler une lampée de chianti.

– Vous avez remarqué que Dagmar Hunoldt est ici? lance-t-il.

Novézan recrache son vin sur la nappe et jette un coup d'œil affolé alentour.

– Quoi, ici? Là, maintenant? Au Gallo Nero?

Nicolas acquiesce.

– Pas à l'instant, mais oui.

– Tu lui as parlé?

– J'ai nagé avec elle une heure tous les matins.

– Et ?

Nicolas hausse les épaules.

– Elle t'a fait une offre, mon pote ? Allez, tu peux me le dire.

Nicolas a envie de déclamer les trois phrases qu'elle lui a laissées, qu'il connaît par cœur. Mais Dagmar Hunoldt ne l'a pas reconnu. De quoi faire mourir de rire Novézan. Il ne dit rien.

– Dagmar, reprend Novézan, perdu dans ses souvenirs. Je connais un auteur qui a couché avec elle. Une bombe, paraît-il. Moi, je ne baise jamais de femmes de son âge, mais ça me tente. Intéressant qu'elle soit là. Dommage que je parte. Je me demande si elle m'approchera après mon nouveau bouquin.

– Ça parle de quoi ?

– Comme si j'allais te le dire ! ricane Novézan en brandissant un doigt méprisant sous le nez de Nicolas. Tu ne me révélerais rien du tien, pas vrai ?

– Le mien ? C'est sur la vanité des écrivains, lâche-t-il.

Malvina le regarde, surprise, et il répond d'un haussement d'épaules, l'air de dire : et pourquoi pas ?

Novézan s'allume une cigarette, en aspire une bouffée.

– Tu trouves que les écrivains sont vaniteux ?

– Certains, oui.

– Eh bien, déclare Novézan en se curant méticuleusement le nez, pourquoi ne le seraient-ils pas ? Ils détiennent les clés du monde, non ? Ils le recréent. Donc ils ont bien le droit d'être vaniteux. Ils règnent sur la littérature comme des rois, comme des empereurs. Dans un royaume où les émotions n'existent pas, où la vérité n'existe pas, où l'histoire n'a pas d'importance. La seule vérité, ce sont les mots sur la page et la façon dont ils prennent vie. C'est pour ça que les écrivains sont orgueilleux. Parce qu'ils sont les seuls à savoir leur donner vie.

Novézan conclut sa tirade d'un rot tonitruant et glousse sous le regard glaçant de Malvina. Alessandra et sa mère leur lancent des œillades réprobatrices depuis la table voisine. Tout au long du repas, Nicolas et Malvina subissent son monologue. Ses problèmes avec sa mère, qui déteste ses livres et ne s'en est pas cachée dans une récente interview. Avec son adolescent de fils, en cure de désintoxication. Avec son ex-femme qui lui réclame toujours plus d'argent. Ou une ancienne petite amie qui a mis en ligne des détails intimes de leur liaison sur un blog haineux où, sans qu'il soit nommé, tout le monde l'a reconnu. Avec son propriétaire, son voisin, son assistante, son attachée de presse, son dentiste, ses cheveux qui se font la malle. Ses soucis avec son vieux chat. Novézan n'évoque même pas le scandale sexuel du politicien français et de la femme de chambre, qui est sur toutes les lèvres. Il ne parle que de lui, cloisonné dans son univers personnel. Rien d'autre ne l'intéresse. Est-ce grâce à ce dédain, cet égocentrisme, qu'il écrit des textes aussi forts ? s'interroge Nicolas. Ses romans naissent-ils du profond mépris qu'il ressent pour les autres, les femmes, la société, les dirigeants politiques, l'intelligentsia ? À la fin du repas, quand on leur apporte l'addition, Nicolas s'attend à ce que Novézan mette la main à la poche, qu'il propose de partager. Mais ce dernier se tait et allume une autre cigarette. Nicolas se souvient alors de ce que lui avait raconté un journaliste : Novézan est d'une rare pingrerie. Novézan, un des plus célèbres romanciers français, qui est propriétaire d'un appartement à Paris, d'un autre à Bruxelles, d'une maison à Dublin, et d'une villa sur la Costa del Sol, ne prête jamais d'argent à personne, ne paie jamais un café, ne laisse jamais de pourboire, que ce soit à un chauffeur de taxi, un livreur, une ouvreuse, et vérifie toujours sa monnaie.

Nicolas fait porter les trois repas sur sa note. Novézan se lève, colle un baiser humide sur la joue de Nicolas, tente de faire de même avec Malvina qui a un mouvement de recul, et s'en va en les saluant de la main. Nicolas le regarde disparaître dans l'hôtel, mi-admiratif mi-révulsé. Exactement ce qu'il ressent à la lecture des livres de Novézan.

– Ton nouveau roman va vraiment parler de la vanité des écrivains ? lui demande Malvina.

– Pourquoi pas ? C'est tentant.

– Nicolas, coupe-t-elle, ton BlackBerry.

Il baisse les yeux et voit ALICE s'afficher sur l'écran de son téléphone, posé sur la table.

– Tu vas décrocher ? chuchote Malvina.

Il n'a pas eu la force de dire la vérité plus tôt à Malvina. Il faut qu'il soit courageux, qu'il l'annonce maintenant à Alice. Fini de tourner autour du pot. La famille belge, Alessandra et sa mère sont trop près. Et cette conversation doit rester privée.

Il s'éloigne pour ne pas être entendu. Il prend une profonde inspiration et décroche.

– Alice, dit-il.

Un silence menaçant l'accueille, comme celui qui a précédé sa conversation avec François, et il sent une espèce de terreur l'envahir.

– Alice, tu es là ?

Il identifie un son curieux. S'agit-il d'un sanglot ? Un autre. C'est bien un sanglot. Alice Dor pleure. Il en reste coi.

– Nicolas! Comment as-tu pu me faire ça?

Sa voix, d'habitude posée, n'est plus qu'un gémissement douloureux.

– J'avais confiance en toi. Je t'ai fait confiance depuis le début. Je pensais que nous formions une équipe, que nous travaillions ensemble, main dans la main. Je me suis trompée. Je suppose que Delphine avait raison, après tout.

– Alice, s'il te plaît... dit-il, consterné. Tu parles du livre? Je l'ai commencé. Je n'ai pas autant avancé que tu le penses peut-être, mais je l'ai attaqué. Je te promets. Il faut que tu me croies. Bien sûr que tu peux me faire confiance.

– Tais-toi! hurle-t-elle. – Il ne l'a jamais entendue hurler auparavant. Il est abasourdi. – Arrête, Nicolas! Aie au moins la décence de me dire la vérité. J'ai toujours su que tu risquais de quitter la maison. Mais jamais je n'aurais cru que tu le ferais comme ça.

Malvina se rapproche, elle a dû voir son visage. Elle s'accroche à lui. Il sent sa chaleur, son amour. Ce qui l'aide un peu.

– Alice... répète-t-il.

– Non, laisse-moi finir.

Son ton est plus calme, les sanglots ont cessé. Mais la douleur, elle, est toujours là, palpable.

– Tu sais très bien que le secteur de l'édition traverse une mauvaise passe. Nous, les éditeurs, devons faire face à tant de défis, le livre électronique, la mort lente du livre imprimé. Les gens lisent moins, ils achètent moins de livres. Les libraires s'inquiètent, des librairies ferment. Dans une industrie en pleine mutation, les contrats d'édition ont beaucoup plus d'importance qu'autrefois. Et c'est précisément dans ce contexte que tu décides de me faire ça, alors que tu sais à quel point le marché est fragile. Je gère une petite maison, tu es mon auteur phare. C'est grâce à toi que je peux publier d'autres écrivains, c'est grâce à toi que nous survivons. Tu disais, avec tant de conviction : « Alice Dor a changé ma vie.» Et moi, je te répondais, avec sincérité : « Nicolas Kolt a changé la mienne.» Je ne parle pas d'argent, Nicolas. Je ne parle pas de ton contrat généreux et des droits plus que juteux. Non, je te parle de confiance. Je me demande si tu sais encore ce que ce mot signifie. Je te le dis maintenant, et je veux que tu me répondes, comment as-tu pu me faire ça ?

Nicolas est tellement abasourdi que les mots lui manquent. Malvina lui caresse la main, doucement. Il peut entendre le battement affolé de son cœur, la respiration hachée d'Alice Dor.

– De quoi tu parles ? finit-il par bredouiller, impuissant, sachant que cela va déclencher sa colère.

Elle se remet à crier, et il sent toute sa rage, sa souffrance :

– Mais c'est partout sur Facebook! Sur Twitter!

Il peine à respirer.

– Alice, attends une seconde…

D'un doigt tremblant, il met son BlackBerry en mode silencieux.

– Malvina, passe-moi ton iPhone.

Elle lui tend l'appareil. Le cœur battant, il consulte sa page Facebook, pour y découvrir deux photos mises en ligne par Alex Brunel, il y a un quart d'heure. Elles ont été prises ce matin pendant son petit déjeuner avec Dagmar Hunoldt. Effaré, Nicolas les voit telles qu'Alice a dû les voir. Et il comprend. Sur la première, Dagmar et lui, épaule contre épaule, dans les mêmes peignoirs, assis à la même table. Comme de vieux complices. Comme s'ils partageaient un secret. Une baignade? Une conversation? Plus? Beaucoup plus. Sur la seconde, Nicolas est debout, la main droite de Dagmar dans la sienne. Le moment précis où elle lui a donné le bout de papier. Il la regarde, et elle lui sourit.

– Alice, bon sang, ce n'est pas ce que tu crois! Je peux...

Mais Alice Dor n'est plus là. Elle lui a raccroché au nez.

Il tente de la rappeler. Cinq, dix, quinze fois. Elle a coupé son téléphone. Il laisse message sur message, lui envoie trois courriels implorants, six SMS. Il est désemparé. Malvina le ramène à la chambre. Elle lui caresse doucement les cheveux. Ils partent tard, lui rappelle-t-elle, mais il faut qu'ils commencent à faire leurs bagages, le chauffeur passe les prendre à dix-huit heures pour les conduire à l'aéroport. Pourquoi ne ferait-il pas sa valise, et ensuite, il pourrait aller nager une dernière fois? Ce ne serait pas une bonne idée, lui dit-elle, souriante, une dernière baignade? Il remue la tête, à des kilomètres de là. Plus rien ne compte. À part Alice. Comment lui expliquer? Le croira-t-elle jamais?

Alors que Malvina entreprend de plier ses vêtements, Nicolas reste figé, debout au milieu de la pièce. Comment regagner la confiance de son éditrice? Comment a-t-il pu se montrer aussi stupide, aussi vaniteux? Oui, c'est bien une affaire de vanité. Uniquement de vanité. Il s'est senti flatté, tenté, fasciné par la présence de Dagmar Hunoldt, exaspéré qu'elle prétende ne pas le reconnaître. Où cela l'a-t-il mené? Comment a-t-il pu croire qu'Alex Brunel (quelle que soit sa véritable identité) ne posterait pas d'autres photos? Il aurait dû bloquer ce compte. Dès le début.

Le téléphone vibre dans sa poche. Sûrement Alice qui le rappelle. Elle sera furieuse, évidemment, mais il va tout lui expliquer, et il a même le bout de papier avec ces réflexions épicuriennes idiotes pour le prouver. Elle va se raviser, il va y veiller. Il fera tout ce qui est en son pouvoir pour qu'elle lui pardonne.

C'est un numéro privé, qui ne s'affiche pas sur l'écran. Il hésite. Peut-être Alice n'est-elle pas chez elle, peut-être son portable s'est-il déchargé, peut-être l'appelle-t-elle d'un autre téléphone. Ça ne peut être qu'elle.

Mais la voix qu'il entend en décrochant n'est pas celle d'Alice. C'est une voix d'homme, qu'il ne connaît pas.

– Nicolas Kolt ?

Un ton sec, poli, avec une pointe d'accent germanique.

– Qui est à l'appareil ? dit-il, troublé.

– Hans Kurz.

Le nom lui dit vaguement quelque chose. Assez pour le mettre mal à l'aise.

Une pause.

– Oui ? avance Nicolas prudemment. Que voulez-vous ?

– Ce que je veux ? – Un rire amer claque dans son oreille. – Écoutez-moi bien. Vous avez été assez bête, Herr Kolt, pour envoyer des e-mails à ma femme et y préciser votre numéro de téléphone et où vous étiez. Donc, je n'ai eu aucun mal à vous trouver.

– Je ne vois pas de quoi vous parlez, répond Nicolas d'une voix ferme. Vous avez dû composer un faux numéro.

Il ne doit pas paraître très convaincant, parce que Malvina s'interrompt et concentre toute son attention sur lui. Hans Kurz poursuit, d'une voix plus forte.

– Ah, je vois, vous n'êtes pas seul. Votre petite amie qui ne se doute de rien, j'imagine. La pauvre. J'ai vu sa page Facebook.

« En couple avec Nicolas Kolt. » Malvina Voss. Très jolie. Très jeune. Pauvre petite Malvina. Elle vous adore, hein ?

Nouveau ricanement sardonique.

– Comme tout cela doit être embarrassant pour vous, Herr Kolt. Dommage que le BlackBerry de Sabina soit *kaputt*. C'est si pratique, les BBM, non ? Personne ne peut les intercepter. Mais c'est une autre histoire avec les mails, hein ? C'est facile de lire les mails de quelqu'un d'autre. Et de les faire circuler. De les transférer. De les envoyer à des gens qui ne se doutent de rien. Surtout que le vôtre, le dernier, était plus qu'explicite, non ? Celui où vous décrivez très précisément à ma femme comment vous allez la baiser. En détail. Oh, vous avez écrit tout ça superbement, Herr Kolt ! Ça a dû vous faire bander, hein ? C'est sans doute plus excitant d'écrire ce genre de conneries.

Malvina se tient maintenant tout près de lui. Elle doit percevoir le ton guttural de Hans Kurz.

– C'est qui ? chuchote-t-elle.

– Je vous entends mal, crie Nicolas dans le téléphone en lui tournant le dos. La connexion est mauvaise.

– Quelle excuse minable. Laissez ma femme tranquille, Herr Kolt, ou je débarque au Gallo Nero pour vous défoncer la gueule. Vos fans adorés ne pourront même plus vous reconnaître.

Nicolas raccroche, les mains tremblantes ; il réussit malgré tout à arborer une expression normale.

– Qu'est-ce qu'il voulait ? demande Malvina.

– Aucune idée, répond Nicolas. Un taré. Un faux numéro.

Il sort sur le balcon. Il ne parvient plus à réfléchir sereinement. Ses pensées tournent au ralenti. Il est tétanisé. Dans combien de temps ? Bientôt, se dit-il. Dès qu'elle aura fini ses bagages, ou même avant, Malvina ira regarder sur son iPhone. Il n'a plus qu'à attendre.

Il se sent comme ces gens qui tentent désespérément de protéger leur maison à l'approche d'une tornade, qui clouent des planches sur leurs fenêtres, entassent des sacs de sable devant leurs portes, stockent de l'eau, du sucre, des pâtes, des piles et des lampes torches. Il attend. Tout en bas, le Gallo Nero continue de vivre à son rythme paisible, coupé de la réalité. Un papillon irisé volette. Le ballet des voituriers continue. Un jardinier s'affaire. Des clients déambulent avec leurs raquettes de tennis. D'autres, en peignoir, se dirigent vers le spa. Il distingue les Suisses, dans l'eau, qui reviennent de leur baignade de l'après-midi. Les Américaines prennent le thé à l'ombre. De là où il se trouve résonnent leurs « *Oh my god!* ». L'insupportable Damian court, une mère épuisée à ses trousses. Le Dr Gheza et un homme moustachu discutent près des cyprès. Le couple gay joue au badminton sur la pelouse, vêtu de blanc, comme dans une scène de *Retour à Brideshead*.

Cinq heures de l'après-midi, un dimanche ensoleillé de juillet. Un de ces après-midi de rêve. Une bombe est sur le point d'exploser. Il attend.

Comme d'habitude, il n'entend pas Malvina le rejoindre sur le balcon, mais il sent la colère électrique émaner d'elle, et se retourne.

Le visage de Malvina n'est plus qu'un masque livide, ses yeux deux billes bleues luisantes. Sans un mot, elle lui tend son iPhone d'un geste mécanique, qui aurait eu sa place dans un clip ou une pub, pense-t-il, malgré lui. Il jette un coup d'œil à l'écran. Inutile de tout lire, il sait qu'il s'agit d'une copie du courriel à Sabina, transféré par Hans Kurz à Malvina via sa page Facebook. Quel âge peut avoir Hans Kurz ? La cinquantaine, probablement. À quoi ressemble-t-il ? Le genre dégarni, un ventre à bière, ou un de ces types toujours bronzés et fringants, qui surveillent leur poids et font des abdos tous les matins ?

– Il ne s'est rien passé, grommelle-t-il en lui rendant son téléphone.

Il revient dans la chambre, elle le suit et hurle d'une voix suraiguë :

– Quoi ? C'est tout ce que t'as à dire ? Il ne s'est rien passé ?

Nicolas se sent déconnecté, comme s'il était assis sur le canapé, les bras croisés, spectateur de la scène. Il est calme, le visage de marbre, presque placide. Malvina ressemble à un papillon de nuit fou qui se grille les ailes en voletant autour d'une flamme.

– Il ne s'est rien passé ? beugle-t-elle. T'as lu ça ? T'étais saoul quand tu l'as écrit ? Et la photo ? Tu peux m'expliquer la photo ?

– Quelle photo ?

Elle lui colle de nouveau l'iPhone sous le nez, du même geste fluide, et il se retrouve face à son érection.

– Écoute, Malvina, soupire-t-il. Je sais que c'est très désagréable, que tu es bouleversée, mais il ne s'est rien passé entre cette femme et moi.

En prononçant ces mots, il se souvient du président Clinton, et de ce qu'il avait vaguement compris, à l'époque, de l'affaire Lewinsky. Adolescent, il en avait plaisanté avec François et Victor, excité par l'histoire du cigare et de la tache sur la robe, et il revoit maintenant le visage rougeaud de Clinton à la télévision, quand ce dernier avait froidement déclaré : « Je n'ai pas eu de relations sexuelles avec cette femme. » Le procureur n'avait-il pas alors demandé, narquois : « Qu'entendez-vous par relation sexuelle, monsieur le Président ? » Nicolas ferme les yeux. Il aurait dû envisager les répercussions d'un tel courriel envoyé depuis son compte personnel. En fait, il n'aurait jamais dû y répondre.

De colère, Malvina lui crache presque à la figure. Elle lui tambourine le bras de ses petits poings.

– Tu n'arrêtes pas de dire ça. *Il ne s'est rien passé.* N'importe quoi !

– Mais c'est vrai ! insiste-t-il. Je ne l'ai rencontrée qu'une fois, à une signature à Berlin, en avril.

– Qui est-elle ?

– Elle est de Berlin. C'est tout ce que je sais.

– Elle a quel âge ?

– J'en sais rien.

Malvina renifle.

– C'est ça, bien sûr, t'en sais rien. Une cougar. Tu ne peux pas leur résister. Une de ces bonnes femmes à la *Desperate Housewives* que tu fais craquer. Et c'est elle qui t'a chauffé, bien sûr ?

– Elle m'a laissé son numéro, reconnaît Nicolas. On a échangé quelques SMS, et puis voilà, on en est venus à ça.

– Et puis voilà ? hurle-t-elle en brandissant l'iPhone, grimaçante de dégoût : « Je vais te prendre par les hanches, Sabina, je vais écarter ton cul magnifique, et je vais te baiser si fort que tu entendras le bruit de... »

– Mais je ne l'ai jamais touchée ! crie Nicolas, l'interrompant. Je ne l'ai jamais embrassée. Je n'ai jamais couché avec elle. Je ne l'ai jamais revue depuis. Il ne s'est rien passé !

– C'est l'excuse la plus minable que j'aie jamais entendue. *Il ne s'est rien passé ?* T'envoies à cette femme un mail de deux pages où tu lui détailles par le menu tout ce que tu veux lui faire, le truc le plus porno que j'aie lu de ma vie, des trucs que tu ne m'as même jamais faits à moi, ta petite amie, et tu oses me dire qu'*il ne s'est rien passé*? Et pendant ce temps-là, tu m'offres une Rolex pour mon anniversaire et tu joues les princes charmants. Ta gueule, avec ton *il ne s'est rien passé*. On dirait Valmont dans ce bouquin et ce film que t'adores, qui répète tout le temps « Ce n'est pas ma faute ». Ta gueule! *Il ne s'est rien passé*. Heureusement, son mari a l'air de penser comme moi. Il a eu la gentillesse de m'envoyer ça, avec cette photo dégueulasse. C'est ce que tu es, Nicolas. Répugnant. Immonde. Tu es écœurant.

– Oh, allez, Malvina, soupire-t-il. Je sais que ce n'était pas très classe de ma part, mais je n'ai pas eu une liaison avec cette femme. Je ne t'ai pas trompée.

Au mot « liaison », elle bondit comme un chat sauvage, toutes griffes dehors.

– Bien sûr que si! C'est exactement ça. T'avais une liaison virtuelle. T'avais une liaison. C'est la même chose. Tu me trompais. Tu m'as trahie. T'aurais fait quoi si t'avais découvert que je faisais la même chose? Si t'avais lu des mails cochons que j'aurais envoyés à un type?

Il manque lui dire : « Je ne crois pas que ça m'aurait dérangé tant que ça, parce que je ne suis pas amoureux de toi. » Mais il ne peut se résoudre à prononcer ces mots. Alors, il pense à Delphine, à ce qu'il aurait ressenti si elle avait eu une liaison virtuelle, avec un homme. L'idée le refroidit. Il commence à se sentir coupable. Pauvre Malvina. Quel choc affreux ça a dû être pour elle, de lire ce courriel, de voir cette photo. Après tout, elle est éperdument amoureuse de lui.

— Je suis désolé, Malvina, fait-il doucement. Désolé de t'avoir fait du mal. La vérité, c'est que je me moque de cette femme. C'est toi qui comptes. Je suis vraiment désolé.

Elle lui tourne le dos. Il pose une main hésitante sur son épaule gracile. Il s'attend à ce qu'elle se retourne, qu'elle éclate en sanglots et pleure contre sa poitrine. Ensuite, ils s'embrasseront, feront sans doute l'amour, et il sera pardonné. Mais d'un coup d'épaule, Malvina se défait de sa main, et revient à ses bagages sans un mot. Elle va récupérer ses affaires dans la salle de bains, les range dans une pochette, boucle la valise. Les gestes sont précis. Pas un regard pour lui.

Quand enfin elle se retourne, son visage n'exprime ni douceur ni pardon. Elle arbore toujours ce même masque froid. Ses yeux débordent de haine, il esquisse un pas de recul.

— Il est trop tard pour être désolé, lance-t-elle en tirant sa valise derrière elle.

Malvina attrape son sac, y glisse son iPhone et enfile une veste par-dessus sa robe.

— Je m'en vais, maintenant. Je vais prendre une voiture et un avion plus tôt.

— Quoi? dit-il, éberlué. Attends…

— Tu m'as entendue, cingle-t-elle, la main sur le loquet de la porte. Je m'en vais. Mais n'oublie pas. Je porte ton enfant. J'ai droit à des dédommagements. Et je ne parle pas de Rolex. En tant que mère de ton enfant. À long terme. Les choses se passeront comme je veux. Nous allons l'avoir, ce bébé, et tu vas m'épouser. Tu seras mon mari. Je serai Mme Nicolas Kolt, que tu le veuilles ou non.

Elle sort brusquement de la chambre, en claquant la porte.

NICOLAS REVOYAIT SANS CESSE les yeux rouges de Lionel Duhamel. Il sentait encore la pression de ses doigts sur sa gorge. Il n'évoqua l'incident avec personne. Il donna ses cours, fit les courses, récupéra Gaïa à l'école à seize heures trente. Pendant qu'elle jouait dans sa chambre, avant le retour de Delphine, tout en préparant le dîner, il appela sa mère et sa tante Elvire pour leur poser les mêmes questions. Savaient-elles qui était Alexeï? Avaient-elles eu écho d'une lettre qu'il aurait envoyée à Nina? Emma resta perplexe. Elle ne comprenait pas où son fils voulait en venir. Elle ne se souvenait ni de ce nom ni d'une lettre. Pourquoi? lui demanda-t-elle. Il répondit que c'était lié à une lointaine conversation dont il se souvenait, rien d'important. Avec Elvire, il se montra plus direct. Il lui expliqua que c'était son père qui lui en avait parlé, la veille au soir. Elle était furieuse. Un interne l'avait appelée le matin même. L'état de Lionel s'était dégradé après une mauvaise nuit. Il se montrait agressif envers le personnel, à tel point qu'ils avaient dû augmenter ses doses. « Mais tu joues à quoi, là? » gronda-t-elle au téléphone, et il l'imagina, avec sa large mâchoire proéminente qui ressemblait tant à celle de son père. « Non, ce nom et cette lettre ne me disent rien, mais que les choses soient claires, Nicolas, je t'interdis de retourner là-bas sans me prévenir, et si tu y vas, n'aborde pas ces questions, parce que c'est manifestement ce qui l'a contrarié. Je me moque de savoir qui était Alexeï et ce que disait cette lettre. Mon père est un vieil homme sénile, et il mérite de finir ses jours paisiblement. Me suis-je bien fait comprendre? »

La dernière personne qu'il contacta fut Brisabois. Il avait mis du temps à le retrouver. Il ne l'avait plus vu depuis qu'il était venu réclamer de l'argent, un an après la mort de son père, en 1994. Le numéro dans le carnet d'adresses de Théodore Duhamel n'était plus attribué. D'autres Brisabois figuraient dans l'annuaire, mais pas celui qu'il cherchait. Il avait fini par dénicher une Brisabois sur Facebook, qui n'était autre que la fille d'Albert. Nicolas ne se souvenait pas qu'il ait eu des enfants, mais heureusement, elle se rappelait en revanche que son père avait travaillé avec un certain Théodore Duhamel, à la fin des années quatre-vingt et au début des années quatre-vingt-dix. Elle lui transmit ses coordonnées.

Brisabois accepta de le rencontrer dans un café place des Ternes. Il tombait des trombes, et Nicolas avait l'impression qu'il n'avait pas arrêté de pleuvoir depuis qu'il avait découvert le véritable nom de son père. La barbe rousse de Brisabois avait blanchi, mais il restait le même bonhomme jovial. Ils commandèrent un thé et un café, et Nicolas en vint tout de suite aux faits. Il tendit l'acte de naissance à Brisabois.

– Vous saviez que mon père s'appelait Fiodor Koltchine?

Brisabois hocha la tête.

– Je l'avais vu, sur un document officiel, autrefois. Je lui avais posé la question, mais Théodore n'aimait pas en parler. Je savais qu'il était né à Saint-Pétersbourg. Il frimait avec ça, ça lui donnait un côté exotique. Mais dis-m'en plus.

– Mon père est arrivé en France bébé, avec sa mère, en 1961. Il a été adopté par Lionel Duhamel, qui venait d'épouser Zinaïda Koltchine, ma grand-mère. Elle avait quinze ans. Lionel en avait trente. J'ai découvert tout ça quand il a fallu que je renouvelle mon passeport, à cause de la nouvelle législation.

– Et maintenant, tu veux en savoir plus sur ton père, c'est ça?

– Oui. Ça va peut-être vous paraître bizarre, mais qu'est-ce qu'il faisait? Je veux dire, c'était quoi son travail?

Souriant, Brisabois se caressa la barbe.

– Je savais qu'un jour tu poserais cette question.

Nicolas pointa du doigt l'acte de naissance.

– Je ne sais rien de ses véritables origines, ni des circonstances de sa mort. Ce n'est pas de la curiosité malsaine, Albert. C'est juste moi, son fils unique, qui cherche à comprendre qui il était. Vous étiez proches, non?

– Oui, depuis le lycée Montaigne. Théodore n'était pas bon élève, il avait quitté l'école à dix-sept ans. C'est amusant qu'il ait épousé une brillante khâgneuse.

– Alors, parlez-moi de ses activités professionnelles.

Brisabois jeta un regard sur la place des Ternes. Un concert de klaxons, une forêt de parapluies, et au loin l'Arc de triomphe dans un rideau de pluie.

– Disons simplement que ton père avait un don. Il était doué pour rapprocher les gens.

– Un *business angel*?

– Non, c'était moins officiel que ça.

Nicolas le dévisagea. Les minutes s'égrenaient.

– Vous faites allusion à la drogue ? Ou à des secrets d'État ?

– La drogue, non.

Une pause.

– Mon père était un espion ?

– Je n'aime pas ce terme, dit Brisabois en tapotant sur la table. Et Théodore non plus ne l'aimait pas.

– Un agent secret ?

Brisabois ricana.

– Allons, Nicolas. Tu trouves que j'ai une tête d'agent secret ?

– Vous n'allez pas me le dire, hein ?

Brisabois se contenta de sourire.

Le mystère entourant son père s'épaississait. Brisabois ne lâcherait rien. Nicolas observait discrètement la salle autour d'eux. Personne ne semblait les surveiller. Brisabois avait-il peur ? Il avait l'air normal, si tranquille. Un homme d'âge mûr, bedonnant. On l'aurait pris pour un enseignant ou un historien. Quelqu'un qui passait inaperçu.

Nicolas se pencha en avant, sa voix n'était plus qu'un murmure.

– Albert, pensez-vous que mon père était menacé quand il est mort ? Pensez-vous que quelqu'un…

Il se mit à bredouiller, n'osant exprimer le fond de sa pensée.

– Si je crois qu'il a été tué ? fit Brisabois vivement. Non, je ne crois pas. Mais ton père prenait toujours des risques, même s'il avait des parents, une famille, un jeune enfant, une femme. C'était plus fort que lui. Il était comme ça.

– Est-ce que mon père vous a parlé d'un certain Alexeï ?

Brisabois fronça les sourcils.

— Je ne me souviens pas l'avoir entendu mentionner ce nom-là.

— Et est-ce qu'il a mentionné une lettre venue de Russie?

Une nouvelle pause.

— Une lettre?

— Oui, une lettre.

Brisabois joua avec sa tasse de café. Il avait des doigts courts et carrés. Sa veste était tachée. Il sentait mauvais. Ses lunettes étaient posées de guingois sur son nez. Il avait les cheveux trop longs, les boucles lui tombaient sur le col. Où vivait-il? Nicolas imagina un appartement humide, au rez-de-chaussée d'une cour sans lumière. Avait-il chez lui des photographies de Théodore Duhamel? Avait-il été jaloux du charisme de son ami? Marcher dans les rues à ses côtés, avec tous ces yeux braqués sur Théodore, jamais sur lui, avait dû lui être pénible. Emma se moquait gentiment, autrefois, quand son mari était encore des leurs. Sur le ton de la plaisanterie, elle demandait s'il y avait une « Mme Brisabois ». Le pauvre vieil Albert, il avait l'air bien seul, parfois, disait-elle, et abandonné, comme un chien qui attend le retour de son maître, le regard implorant rivé sur la porte, les oreilles dressées au moindre pas dans l'escalier.

— Une lettre... C'est intéressant...

— Quelque chose vous revient? demanda Nicolas, fébrile.

Brisabois hocha la tête, lentement. Il retira ses lunettes et les essuya avec un pan de chemise, puis les rechaussa.

— Ce dernier été, en 1993.

— Oui? dit Nicolas. Absolument?

— La dernière fois que j'ai eu ton père au téléphone, la dernière fois que j'ai entendu sa voix, il a parlé d'une lettre.

Nicolas regarda les phalanges épaisses, puis le visage de Brisabois.

– Vous vous souvenez de ce qu'a dit mon père, exactement ?

Brisabois poussa un bref soupir.

– Nicolas, c'était il y a des années.

– Treize ans. Essayez, je vous en prie.

Brisabois commanda un autre café et attendit d'être servi. Nicolas dut attendre aussi, les jambes fourmillant d'impatience sous la table.

Enfin, Brisabois parla, à voix basse :

– Voilà ce dont je me souviens. Théodore venait d'arriver à Biarritz. Ça devait être début août. Juste avant... Il m'avait appelé pour discuter d'une question professionnelle. Il avait une voix un peu étrange au téléphone. Inquiète. Bizarre. Je lui ai demandé pourquoi. Il m'a juste dit ça : « J'ai lu une lettre. Une putain de lettre. » Et c'est tout. C'est tout ce qu'il m'a confié. Je lui ai demandé si c'était lié à nos affaires. Il m'a répondu que non, non, rien à voir avec le boulot. Ton père avait des liaisons. Tu le savais, non ? Je croyais que c'était une femme, une femme amoureuse qui lui avait écrit. Il y en avait toujours dans son sillage. Je n'y ai pas accordé d'importance, je n'y ai plus pensé.

– C'est un certain Alexeï qui l'a écrite. En juillet. De Russie. Je pense qu'il l'a envoyée à Nina, ma grand-mère, la mère de mon père.

– Comment tu sais tout ça ?

– C'est Lionel Duhamel, mon grand-père gâteux, qui a vendu la mèche.

– Et il y avait quoi dans cette lettre, d'après toi, Nicolas ?

– Aucune idée. Je ne sais même pas qui est Alexeï. Mais je vais trouver. En tout cas, je vais essayer.

Les yeux de Brisabois se mirent à briller.

– Là, je le revois, tu lui ressembles tellement. Quand tu es entré dans le café, j'ai eu un choc. C'était comme si Théo était apparu. Tu es plus brun, et tu n'as pas ses yeux bleus, mais... Quand tu étais gosse, il y avait une vague ressemblance, mais aujourd'hui... Oh! C'est à la fois douloureux et merveilleux de te regarder.

– Est-ce qu'il vous manque, Albert?

– Il me manque plus que tu ne peux l'imaginer. Son audace, son courage. Ton père était un héros de roman. Des gens comme ça, tu n'en croises pas souvent dans une existence. J'entends encore sa voix, et je rêve de lui, de temps en temps.

– Vous pensez qu'il pourrait encore être en vie, quelque part?

– Quand on ne retrouve pas le corps de quelqu'un, on peut tout imaginer. Est-ce que Théodore rêvait d'un nouveau départ? Est-ce qu'il a mis en scène sa propre mort? Est-ce qu'il mène une autre vie à l'autre bout de la planète? Une nouvelle famille, une nouvelle femme, de nouveaux gamins, un nouveau nom?

– Est-ce que c'était un accident? poursuivit Nicolas. Est-ce qu'il était malheureux? Est-ce qu'il voulait mettre fin à ses jours? Est-ce qu'il était perturbé, à cause de cette lettre? La lettre qu'Alexeï avait envoyée.

Ils se regardèrent en silence.

– Ce qu'il y a de pire, dans l'histoire de ton père, c'est cette incertitude, soupira Brisabois. On est dans le noir complet.

Nicolas repensa aux années passées à grandir à l'ombre d'un père disparu sans laisser de trace. Il sentit remonter la vieille douleur sourde, familière.

– Le noir complet, répéta-t-il. L'histoire de ma vie.

– Il te manque toujours, hein ?

Nicolas se souvint de ces après-midi où, rentrant de l'école, il espérait contre toute attente que son père serait revenu pendant son absence.

– Il m'a manqué chaque jour de ma vie depuis le 7 août 1993. Les larmes lui montèrent aux yeux, mais Brisabois pouvait être témoin de son chagrin, cela ne le gênait pas.

– Il me manque encore plus depuis que j'ai appris sa véritable identité.

Brisabois lui tapota l'épaule en réconfort. Puis il se frotta les mains.

– Bien, par quoi tu vas commencer, Nicolas ? Comment je peux t'aider ?

Pour la première fois, Nicolas sourit.

– Je vais commencer par Saint-Pétersbourg.

Après avoir obtenu son visa, réservé ses billets d'avion et un hôtel, le tout en quelques semaines, il reçut un courriel de Brisabois. Lors de son arrivée à Saint-Pétersbourg, il devait prendre le bus numéro 13 depuis l'aéroport jusqu'à la station de métro Moskovskaïa. La ligne 2 le mènerait directement à la perspective Nevski. Là, Lizaveta Andreïevna Sapounova l'attendrait à seize heures pour l'accompagner à son hôtel.

« Au début, tu ne remarqueras pas Liza », précisa Brisabois.

Au début. Nicolas se demanda ce qu'il voulait dire. Lizaveta était une « vieille amie », avait écrit Brisabois, une femme qu'il avait rencontrée dans les années quatre-vingt, quand Saint-Pétersbourg s'appelait encore Leningrad. Elle était traductrice, et un quart française. Elle connaissait sa ville comme sa poche et parlait couramment français. Mais elle n'avait pas un caractère facile. « Je l'appelle ma princesse russe », ajouta-t-il. « Oh, il ne s'est rien passé entre nous… Nous ne sommes que des amis… Hélas…» Ce qui fit sourire Nicolas.

– Saint-Pétersbourg ? s'étonna sa mère, quand il lui annonça son départ. Avec Delphine ?

– Non, avait répondu Nicolas. Tout seul. Pour quelques jours seulement.

Sa petite amie ne chercha pas à en savoir plus. Delphine voyait bien qu'il était préoccupé. Il était devenu silencieux, pensif. Un matin, elle l'avait trouvé assis à la table de la cuisine, le vieux stylo de son père à la main.

– Tu écris quoi ?

– Pas grand-chose, je prends des notes, c'est tout.

Elle aperçut l'acte de naissance, il le lui avait montré quand il l'avait reçu.

– Regarde, en réalité, mon père s'appelait Fiodor Koltchine.

– Et ça te fait quoi ? s'enquit-elle doucement.

– J'en sais rien. Ça me fait drôle. J'essaie de comprendre. J'essaie de comprendre qui il était vraiment.

– Je ferais pareil, le réconforta-t-elle en l'embrassant sur le front.

Delphine lui prêta l'argent pour le billet d'avion. Il ne voulait pas se tourner vers sa mère. Il choisit l'hôtel le plus économique possible, une auberge de jeunesse en centre-ville. Et il décolla pour

Saint-Pétersbourg en novembre 2006, pendant les vacances de la Toussaint. Il ne manquerait que quelques cours.

Dès son arrivée à l'aéroport de Poulkovo, Nicolas se sentit désemparé, perdu dans un pays dont il était incapable de lire et de comprendre la langue. C'était un détail auquel il n'avait pas réfléchi quand il avait décidé de se lancer dans cette expédition. Tant qu'il avait été à bord du bus qui le conduisait au métro, il avait été entouré d'autant d'étrangers que de Russes. Mais quand il était descendu devant la bouche de la station Moskovskaïa, il avait saisi qu'il était désormais seul, livré à lui-même dans un monde dont il ne connaissait pas les règles. S'engageant dans un interminable escalier roulant qui plongeait dans les entrailles de la ville, il pria pour ne pas s'être trompé de ligne et avoir pris la bonne rame. Il était reconnaissant à Brisabois de lui avoir proposé les services d'une amie, lui qui ne savait même pas par où commencer. Il espérait que Lizaveta l'aiderait, qu'il pourrait compter sur elle.

Novembre n'était pas le mois idéal pour visiter Saint-Pétersbourg, avait-il découvert sur Internet. C'était durant l'été que la foule des touristes affluait pour les célèbres nuits blanches, quand il ne faisait noir que deux heures par jour. En novembre, il devait s'attendre à la pluie et au froid. Après tout, s'était-il dit, Paris n'avait pas été si différent ces dernières semaines. Une bruine l'accueillit à sa sortie du métro. Debout sur le large trottoir de la perspective Nevski, le col relevé, il regarda autour de lui à la recherche de Lizaveta Sapounova. Il supposa que Brisabois l'avait décrit à son amie. Grand, jeune, brun, l'air français. Tout autour de lui, il entendait du russe, une langue chaude et riche qui le fascinait. À moitié russe, il était normal qu'il s'en sente proche. Il s'aperçut qu'il retrouvait les yeux bleus en amande, le nez retroussé et la large bouche de son père chez tous ceux qu'il croisait. D'une certaine façon il était ici chez lui, et pourtant, que savait-il de la Russie, en dehors de quelques généralités apprises en classe. Assez pour comprendre que ce paysage urbain, cette foule animée qui allait et venait, avec ces sacs de courses, ces portables dernier cri et ces vêtements de marque étaient bien loin du Leningrad de 1960, l'année de la naissance de son père, fils d'une adolescente de quinze ans, en pleine guerre froide. Il eut une pensée pour la poétesse Anna Akhmatova qui, revenant à Leningrad en mai 1944, décrivait « un spectre terrible qui prétendait être ma ville ». Durant ses années de khâgne, Nicolas avait dévoré Blok, Biely, Gogol, Brodsky, tous liés à Saint-Pétersbourg, sans savoir qu'il était lui-même intimement rattaché à la ville.

– Nikolaï Duhamel ? fit une voix féminine.

Elle prononçait son prénom à la russe, ce qui l'enchanta.

Il se retrouva face à une petite femme fine, un foulard sur les cheveux. Quarante-cinq ans, peut-être un peu moins. Elle lui tendit une main froide, le visage sévère.

– Je suis Lizaveta Andreïevna Sapounova.

Elle gardait le menton levé, comme si elle était fière de son nom, ou d'elle-même. Il remarqua deux grains de beauté, un près de son œil gauche, l'autre au coin de sa bouche. La princesse russe de Brisabois.

Il la suivit, tête baissée, pour se protéger des rafales. Elle l'entraîna sur la large avenue brillamment éclairée. Sous la pluie qui s'était mise à tomber plus dru, les voitures roulaient à vive allure. Elle lui fit traverser quelques rues avant de s'arrêter devant un vieil immeuble à l'angle d'une autre artère bruyante. Ils s'abritèrent dans le hall.

– L'auberge de jeunesse, dit-elle. J'espère que vous y serez bien.

Il répondit d'un hochement de tête, intimidé. Elle était plutôt agréable à regarder. Elle lui tendit une feuille de papier pliée.

– Mon adresse. Je vous ai dessiné une petite carte. Ce n'est pas loin d'ici. Vous pouvez venir facilement. Après-demain, j'aurai le temps de vous faire visiter. Les musées, les églises, les canaux.

Il examina la feuille. Une écriture féminine, élégante. Un dessin clair lui indiquait quelles rues emprunter pour arriver chez elle.

– Brisabois vous a expliqué ? demanda-t-il.

Elle eut l'air perplexe.

– Expliqué ? Il m'a juste dit de servir de guide.

Nicolas se racla la gorge.

– Je ne suis pas là pour faire du tourisme. Mais c'est très gentil à vous.

Elle se rembrunit.

– Vous êtes là pour quoi, alors ?

Il eut un bref sourire.

– Pour rendre visite à des fantômes.

Il vit qu'elle ne saisissait pas, aussi s'empressa-t-il d'ajouter :

– Je suis ici pour en savoir plus sur mon père et sa famille. Il est né ici. Il est mort quand j'étais enfant.

Un groupe de jeunes, trempés et joyeux, pénétra dans le hall et leur fonça dessus sans ménagement, les obligeant à s'écarter.

Lizaveta Sapounova ôta son foulard, libérant d'épais cheveux noirs et soyeux. Des yeux d'un noir profond, une peau blanche et lisse.

– Pour savoir quoi? dit-elle.

– Qui était mon père. D'où il venait.

Elle le dévisagea sans rien dire pendant quelques secondes, puis lui sourit pour la première fois, ce qui la rajeunit d'emblée.

– *Da.* Je vais vous aider, assura-t-elle. Venez après-demain, pour le petit déjeuner.

– *Khorocho*, dit-il, hésitant.

C'était l'un des rares mots de russe qu'il connaissait.

Elle sourit une fois de plus, répéta le mot en l'accentuant correctement, et lui demanda :

– Bien. Vous préférez du café ou du thé?

– Du thé, merci.

– Neuf heures. Après-demain. *Do svidania.* Au revoir.

Et elle fila. Nicolas monta au quatrième étage, où se trouvait l'auberge de jeunesse. Les lieux étaient propres, bien tenus. Il partageait sa chambre avec deux Suédois sympathiques, Anders et Erik, qui passaient eux aussi leur première nuit à Saint-Pétersbourg. Et si on allait boire un verre et manger un morceau? lui proposèrent-ils. Ils avaient rencontré des filles du coin un peu plus tôt, qui leur avaient parlé d'un bar pas loin, où jouait un groupe local, pourquoi ne se joindrait-il pas à eux? Ne tenant pas à passer la soirée seul, Nicolas avait accompagné les Suédois au café, sous une pluie battante. L'établissement, en sous-sol, était bondé. Les filles, bavardes et exubérantes, parlaient bien anglais. Elles commandèrent des malossols, du borchtch, des blinis et de la vodka. L'une d'elles, Svetlana, se retrouva bientôt grise et se montra entreprenante. Nicolas avait toutes les peines du monde à l'empêcher de s'asseoir sur ses genoux. Elle y revenait sans cesse. Même au bout de quelques vodkas il ne céda pas à ses avances. Tandis que le groupe débutait son concert assourdissant et que le petit café continuait de se remplir, Nicolas perdit lentement pied. Delphine lui manquait, il aurait voulu qu'elle soit là pour partager ces instants avec lui. Fatigué, il s'éclipsa et préféra rentrer. Sur le chemin du retour, il s'égara. Saint-Pétersbourg était une ville immense, et il ne disposait d'aucun point de repère. Par endroits, une odeur répugnante flottait dans les rues, comme si les égouts refluaient. Une grande église dorée brillait dans l'obscurité, superbe édifice néoclassique qu'il resta un moment à admirer avant de reprendre sa route. Après quelques détours, il se retrouva sur la rive d'un canal, devant des dômes si spectaculaires qu'il en oublia la pluie. Une bonne âme le prit en pitié et, à grand renfort de gestes, lui indiqua comment rejoindre son auberge de jeunesse. Quand Anders et Erik revinrent éméchés, il dormait déjà. Ils titubèrent en s'esclaffant, ce qui le réveilla, mais il ne s'en offusqua pas. Il ralluma la lumière et les regarda trébucher, riant avec eux. Dérangés par le tapage, les occupants de la chambre voisine vinrent frapper à leur porte. Il était fort tard. Les Suédois finirent par s'endormir. L'un d'eux ronflait. Nicolas comprit qu'il ne trouverait plus le sommeil. Mais les ronflements n'y étaient pour rien. Pour la première fois de sa vie, il se trouvait dans la ville où était né son père, quarante-six ans plus tôt. Cette idée suffit à le tenir éveillé des heures durant.

Tôt le matin, il utilisa la salle de bains commune pendant que les autres dormaient encore. Il avait prévu de passer la journée à visiter les demeures de ses écrivains russes favoris, ceux qui étaient nés ou morts à Saint-Pétersbourg. La pluie avait cessé. L'aube baignait les rues d'une lueur nacrée, l'air était frais et sec. Pouchkine était le premier écrivain auquel il avait choisi de rendre hommage. Il trouva sans peine sa maison, sur le canal de la Moïka. Il dut se baisser pour franchir la porte basse en bois. Dès qu'il en eut passé le seuil, une dame sévère, aux cheveux gris, lui aboya dessus. Devant son air ahuri, elle lui indiqua des chaussons de plastique à enfiler par-dessus ses chaussures. Il était hors de question de maculer ces vénérables planchers. Sur la pointe des pieds, il parcourut les silencieuses salles aux murs bleus et resta un moment dans le cabinet de travail tapissé de livres, en admiration devant la canne, la pipe et le fauteuil préféré du poète. Alexandre Pouchkine avait trouvé la mort dans cette pièce, en janvier 1837, à l'âge de trente-sept ans, des suites d'un duel avec un Français qui courtisait son épouse. Nicolas s'était ensuite rendu dans l'appartement de Fiodor Dostoïevski, sur Kouznetchny Pereoulok, où il avait retrouvé la même atmosphère de vénération feutrée. Comme Pouchkine, Dostoïevski avait rendu l'âme dans son bureau, le 9 février 1881, victime d'une hémorragie pulmonaire. Sur place, une autre *babouchka* à l'air sinistre lui intima sèchement de s'écarter du bureau du grand homme, éclairé à la bougie, alors qu'il se penchait d'un peu trop près pour en admirer la surface patinée. C'était là que Dostoïevski avait écrit *Les Frères Karamazov*, qu'il avait rédigé son célèbre éloge funèbre en hommage à Pouchkine, et qu'il avait travaillé à l'élaboration de la dernière partie de son *Journal de l'écrivain*, publiée à titre posthume. Vladimir Nabokov, né rue Bolchaïa Morskaïa, était le suivant sur la liste de Nicolas. Les lieux, qui abritaient désormais la rédaction d'un quotidien, ne ressemblaient plus à ce qu'ils avaient dû être à l'époque, en 1899. Toutefois, au rez-de-chaussée, dans de vastes salles en enfilade, Nicolas put découvrir, tout à loisir, la célèbre collection de papillons capturés par Nabokov lui-même. L'exposition comprenait également le pince-nez, le Scrabble de voyage, les fiches manuscrites, la machine à écrire, ainsi que des photographies de l'écrivain enfant. Au terme de la visite, un jeune homme à l'air maussade lui offrit de visionner un film en noir et blanc datant de 1963, diffusé sur un téléviseur grésillant « antéperestroïka ». En dépit de son piètre état de conservation, ce documentaire avait le mérite de présenter Nabokov tel qu'en lui-même, visage rond et regard de geai perçant. Lorsqu'il distingua, malgré la médiocre qualité de l'enregistrement, l'anglais du maître mâtiné de son accent russe, Nicolas fut particulièrement ému. De toutes les étapes de son pèlerinage littéraire dans Saint-Pétersbourg, c'est l'appartement communautaire d'Anna Akhmatova qui le toucha le plus, sans qu'il puisse pleinement s'en expliquer la raison. La poétesse avait vécu pendant trente ans aux abords du canal de la Fontanka. L'humble cuisine, avec son évier écaillé, portait les stigmates d'une époque trouble, faite d'épreuves et de souffrances. C'était depuis ce refuge tranquille qu'Akhmatova, déchirée, avait assisté à la révolution, la guerre civile, la terreur politique, la Seconde Guerre mondiale. Il s'attarda dans la chambre et s'atten-drit devant le modeste lit à même le sol, qui contrastait avec le secrétaire massif en acajou. Quand il quitta les lieux, un gros chat roux miaula à son passage. La nuit était tombée.

Le lendemain matin, après un sommeil moins agité, il sortit tôt une fois encore, l'adresse de Lizaveta Sapounova en poche. Suivant ses indications, il tourna à la porte de l'immeuble et s'en-gagea dans la deuxième rue sur la gauche. Il déboucha sur un grand canal qu'il avait déjà longé la veille. « Fontanka », avait noté Lizaveta Sapounova de son écriture nette. Il admira quelques ins-tants la rivière gris-bleu, dans laquelle se reflétaient les façades aux subtiles couleurs pastel. Au cœur de cette cité bâtie sur un marais par un tsar qui haïssait Moscou, il comprit soudain que, quel que soit l'endroit où il poserait son regard, le spectacle le ravirait. Son père, lui, avait à peine connu sa ville natale. Quel âge avait-il en la quittant ? Six mois ? Un an ? Théodore Duhamel n'en avait conservé aucun souvenir, bien sûr, et n'était jamais revenu. Et sa mère, Nina, non plus.

Lizaveta Sapounova vivait dans un immeuble vétuste, d'une grandeur austère, la façade fissurée s'ornait de colonnades à la grecque. Nicolas gravit un noble escalier décati, la peinture écaillée des murs disparaissait sous les graffitis. Appartement numéro 3. Il frappa. Rien. Il remarqua une petite sonnette, sur laquelle il appuya. Quelque part dans les replis de l'ancienne demeure résonna un écho lointain. Puis des pas pressés. Les vieilles serrures s'ébranlèrent, et la porte s'ouvrit dans un gémissement. Lizaveta Sapounova le guida jusqu'à une pièce immense, incroyablement haute de plafond. La vue sur la Fontanka était prodigieuse. Il s'approcha aussitôt d'un bow-window et ne put retenir une exclamation de joie, tandis qu'elle souriait. Il se détourna enfin du canal pour la regarder. Elle portait une robe brune style années quarante, qui soulignait la finesse de sa taille. Ses cheveux étaient ramenés en arrière. Elle se tenait bien droite, les mains posées sur une chaise, debout devant une table où se dressaient un samovar étincelant et un service à thé en porcelaine.

Les murs étaient couverts de livres, en russe, en français, en allemand et en anglais. Dans un coin, un lit à baldaquin à l'ancienne, aux tentures passées, d'un bleu doré patiné par les ans et la lumière du Nord. Sur un bureau installé devant les fenêtres s'entassaient pêle-mêle ordinateur, carnets de notes, crayons et papier, quelques icônes et une minuscule pyramide en malachite. Entouré de poufs marocains fatigués, un canapé de velours pourpre s'affaissait face à une colossale cheminée de pierre assez profonde pour abriter une cuisine moderne.

– Autrefois, c'était une salle de bal, lui expliqua Liza. C'est pour ça que c'est si grand. Il y a des années, tout a été divisé et partagé. L'époque soviétique a laissé des cicatrices.

Du doigt, elle lui montra de longues marques sur les murs et le plafond.

– Vous voyez, là, ils avaient construit un autre étage, pour loger encore plus de monde. Heureusement, il a été abattu dans les années quatre-vingt-dix. Je ne vis que dans une pièce, mais elle est spacieuse.

Il se demanda si elle vivait seule. Rien ne trahissait la présence d'un mari ou d'un enfant. Derrière le paravent, il devait y avoir une salle de bains.

– Appelez-moi Liza, et dites-m'en plus sur vous, l'invita-t-elle quand ils s'assirent.

Il l'observa actionner le samovar, de ses mains délicates, qui ne portaient pas d'alliance.

– Vous êtes étudiant?

Il lui parla de ses cours particuliers, puis enchaîna sans autres formalités sur la découverte de l'identité réelle de son père. Il lui confia que sa famille avait délibérément occulté cette histoire et exhiba les actes de naissance de son père et de Nina. Elle les étudia, avant d'ajouter :

– Votre grand-mère est née dans une vieille clinique près du jardin de Tauride. Les bâtiments ont été convertis en université.

– Et mon père?

– Pas à l'hôpital. Rue Pissareva. Je peux vous y emmener. Ce n'est pas très loin d'ici. On peut y aller à pied.

Elle lui proposa des toasts, du beurre et de la confiture.

– Que puis-je faire d'autre pour vous aider ?

– Je ne sais pas, je suis perdu, admit-il, confus. J'ignore par où commencer.

– Eh bien, reprit-elle, nous pourrions aller au service de l'état civil du quartier de l'Amirauté, c'est là que vivait votre famille, nous pourrions y rechercher vos arrière-grands-parents.

– Merci, dit-il, je vous suis très reconnaissant.

– En russe, on dit *spassibo*, Nikolaï.

Elle continuait à prononcer son prénom à la russe, et lui offrit un de ses rares sourires.

– Et votre père, Fiodor en russe et Théodore en français, vous saviez que c'était le même nom ?

– Non.

– Votre père ou votre grand-mère, leur arrivait-il de parler russe ?

– Non, jamais.

Ils burent leur thé en silence. Puis sortirent.

– L'histoire de notre ville s'est écrite dans la douleur et la gloire, et nous en portons toujours les stigmates, poursuivit-elle.

Elle l'entraîna dans des avenues à la circulation bourdonnante, s'arrêtant parfois pour lui montrer un monument, une statue, un pont, une église.

À l'état civil, Nicolas patienta dans un hall sinistre, où semblait encore vibrer le souvenir d'un régime d'oppression, sous le joug de la nomenklatura. Les fonctionnaires présents ne souriaient pas. Liza lui expliqua que cette réserve bougonne était propre aux Russes. Ce qui ne signifiait pas qu'ils étaient hostiles pour autant.

Quelques instants plus tard, elle revint en brandissant un formulaire.

– Vous voyez, Nikolaï, lança-t-elle triomphale. Ça n'a pas été si difficile que ça.

Il jeta un coup d'œil au document sans être capable d'en déchiffrer un mot.

– Oh! je suis désolée. C'est vrai, vous ne lisez pas le russe. Je vais traduire. Alors. Ça, là, atteste que vos arrière-grands-parents, Natacha Ivanovna Levkina et Vladimir Nikolaïevitch Koltchine, sont morts, elle en 1982, et lui en 1979. Et ça, c'est le nom de leurs descendants.

– Ma grand-mère, Nina.

– Oui, Zinaïda, et l'autre.

– L'autre? fit Nicolas, surpris.

Il regarda la feuille.

– *Da*, là, ici, c'est votre grand-mère, Zinaïda Vladimirovna, née en 1945, juste après le siège, comme beaucoup de bébés à l'époque. Et là, figure un autre enfant, un frère, né avant elle, vous voyez?

Un silence pesant régnait dans la triste salle. Au bout du couloir, Nicolas entendit des pas, des voix. Puis, de nouveau, le silence.

– Comment s'appelle-t-il? demanda Nicolas, circonspect, tout en s'attendant à la réponse.

– Alexeï Vladimirovitch. Né en 1940.

En suivant Liza Sapounova jusqu'au lieu de naissance de son père, sur la rue Pissareva, Nicolas restait silencieux. Elle parut comprendre, intuitivement, qu'il ne tenait pas à parler. Il gardait les yeux rivés sur le trottoir. Pas une fois il ne les leva, sauf pour admirer les flèches dorées et les dômes baroques de la cathédrale

Saint-Nicolas. Impossible de formuler les questions qui se bousculaient en lui. Alexeï vivait-il encore ? Les actes de décès de ses arrière-grands-parents ne faisaient pas mention de sa mort. Mais celle de leur fille, en 2000, n'était pas indiquée non plus. Nicolas devrait-il tenter de le retrouver ? Tout cela en valait-il la peine ?

– C'est ici, déclara Liza Sapounova en s'arrêtant.

Un grand immeuble vert amande de cinq étages se dressait devant eux. La façade décrépie ouvrait sur une porte monumentale, surmontée d'une arche. Chaque étage distribuait de nombreux appartements. Le quartier de Kolomna était en pleine réhabilitation, lui expliqua Liza. À l'abandon pendant des années, de nombreuses rues demeuraient insalubres et des pâtés de maisons entiers conservaient un côté miséreux, délabré. Plantes en pots, rideaux et volets aux couleurs variées apportaient une touche de gaieté aux fenêtres dépareillées. Derrière l'une d'elles, son père avait vu le jour. C'est en passant sous cette arche que Zinaïda était partie pour toujours avec Fiodor dans ses bras. Il demanda à Liza Sapounova si elle avait remarqué l'âge qu'avait sa grand-mère à la naissance de Fiodor Koltchine, son fils. Oui, avait répondu Liza. Quinze ans. Sa grand-mère avait probablement dissimulé sa grossesse jusqu'au dernier moment, et l'enfant était né ici, dans l'appartement familial. Cela avait sans aucun doute été une épreuve pour les parents de Nina et pour elle. On imaginait mal les conditions de vie dans cette ville quarante-cinq ans plus tôt, avait-elle continué. Tant de choses avaient changé, radicalement. Même elle, née et élevée ici, qui avait assisté à la dissolution de l'Union soviétique en 1991, peinait à décrire les bouleversements dans toute leur étendue. Nicolas lui avait alors demandé si elle avait une idée des circonstances de la rencontre entre sa grand-mère et Lionel Duhamel, le jeune homme d'affaires qui allait l'épouser et adopter son enfant un an plus tard. Non, elle ne savait pas, et il ne serait pas évident de trouver cette information. Mais avec un peu d'imagination, il était possible d'envisager des hypothèses, avait-elle réfléchi. Si sa grand-mère était jolie, les choses avaient dû être plus faciles. Les jolies filles attiraient l'attention, même pendant la guerre froide. Nicolas avait-il jamais pensé à un facteur, l'amour ? lui avait-elle lancé sans un sourire. L'amour simplifiait grandement les choses, non ? Peut-être Lionel Duhamel était-il venu assister à une conférence dans une des universités, et Zinaïda y avait accompagné une amie plus âgée. Il n'en fallait pas plus. L'amour, c'était tout ce dont Lionel Duhamel avait eu besoin pour faire sortir Nina et son fils d'Union soviétique. Était-il fortuné, lui avait-elle demandé, avait-il de l'argent ? C'était le cas, avait affirmé Nicolas. Alors, il l'avait, sa réponse : l'amour, et la liasse de roubles glissée dans les bonnes mains, inutile de chercher plus loin. Nicolas l'avait dévisagée, avec sa silhouette fine emmitouflée dans son imperméable sombre. Peut-être avait-elle raison, avait-il concédé, mais selon lui, il y avait d'autres zones d'ombre. Sa grand-mère avait voulu fuir ce pays, changer de nom, ne jamais revenir, effacer tout ce qu'elle pouvait avoir eu de russe. Pourquoi ?

De longues heures durant, pendant la nuit, tandis qu'Erik, Anders ou un Néerlandais qui les avait rejoints ronflait, Nicolas, allongé sur le dos, avait pensé à Alexeï. Était-ce lui qui avait envoyé cette lettre en 1993 ? Pourquoi Nina n'avait-elle jamais parlé de sa famille de Saint-Pétersbourg, de ses parents, de son frère ? Pourquoi les avait-elle rayés de son existence ?

Le jour suivant, Liza Sapounova avait retrouvé Nicolas à l'auberge de jeunesse pour lui annoncer qu'elle était parvenue à identifier le lieu où ses arrière-grands-parents étaient inhumés, grâce à un ami qui travaillait aux Archives. Le cimetière Volkovo était situé au sud de Saint-Pétersbourg. Pour s'y rendre, il fallait prendre la ligne 5 du métro. Ivan Tourgueniev y était enterré, lui avait expliqué Liza, ainsi que la mère de Lénine. Quand ils étaient arrivés, Nicolas avait été surpris. Jamais il n'avait vu de cimetière aussi arboré. C'était le mois de novembre, les arbres avaient perdu leurs feuilles, mais il imaginait aisément les lieux parés de vert au printemps et en été. L'endroit était désert, silencieux. Les pierres tombales étaient surmontées de croix orthodoxes, et beaucoup étaient décorées de médaillons des défunts. Les sépultures les plus anciennes étaient de biais, couvertes de mousse, les inscriptions presque illisibles. Les allées étaient longues et souvent boueuses. Les petits pieds de Liza, dans d'élégantes bottines à lacets, évitaient les flaques. L'air embaumait l'humus. *Vladimir et Natacha.* Nicolas ne savait rien d'eux. Quel sentiment étrange de se rendre sur leur tombe. Lui, l'arrière-petit-fils qu'ils n'avaient jamais connu. Liza avait mis du temps à retrouver l'emplacement exact. Elle s'était aidée de sa carte et, soudain, s'était arrêtée. Elle s'était penchée, avait posé la main sur la petite clôture qui entourait le caveau, et avait déclaré d'une voix basse :

– C'est ça. Ce sont eux. Koltchine.

Une croix orthodoxe en pierre. Une tombe de marbre noir.

– Oh, attendez ! s'était-elle écriée, regardez…

Nicolas s'était rapproché. Il ne pouvait pas déchiffrer les noms, mais il avait vu les photographies. L'image en noir et blanc d'un couple, la cinquantaine, l'homme au visage étroit et au bon sourire, la femme, un fichu sur la tête, les joues rondes. Un autre portrait émaillé, celui d'un homme plus jeune, et dont les traits étaient si étonnamment proches de ceux de son père qu'il avait étouffé une exclamation.

– Qui… qui est-ce ? avait-il bafouillé en s'agrippant à la clôture.

– Le couple, ce sont vos arrière-grands-parents, avait répondu Liza Sapounova. L'homme plus jeune, c'est Alexeï, leur fils. L'oncle de votre père. Il vous ressemble beaucoup, Nikolaï. C'est stupéfiant.

Abasourdi, il avait lu les dates. Наташа 1925-1982. Владимир 1921-1979. Алексей 1940-1993.

Enfin, se tournant vers elle, il ajouta :

– Il y a encore une chose que je dois découvrir. Le jour exact de la mort d'Alexeï Koltchine en 1993.

Il n'avait eu la réponse que plus tard, quand ils étaient retournés dans les tristes locaux de l'état civil où ils s'étaient rendus la veille.

Liza Sapounova avait traduit le document pour lui.

– Alexeï Vladimirovitch Koltchine ne s'est jamais marié. Il n'a pas eu d'enfant. Il est mort à Saint-Pétersbourg, le 15 juillet 1993.

Après le départ de Malvina, Nicolas reste assis un moment dans la chambre, avant de se lever et de s'ébrouer comme un animal sortant d'une longue hibernation, vibrant d'une énergie nouvelle. Il appelle la réception et tombe sur une voix féminine, une certaine Chiara. Mlle Voss est partie plus tôt et a demandé à prendre un autre vol, oui, en effet, *grazie*. Il demande à Chiara s'il lui est possible de prolonger le séjour d'une nuit, et de décaler son vol au lendemain après-midi. En attendant sa confirmation, Nicolas envoie un courriel à Alice Dor : elle n'a aucune raison de s'inquiéter, elle peut le croire, insiste-t-il. Il est désolé de ce quiproquo, il n'y a pas de contrat avec Dagmar Hunoldt. Ab-so-lu-ment aucun. Quand Alice l'a pressé de conclure un accord pour son prochain livre, il n'a pas osé lui avouer qu'il n'avait pas commencé à travailler. Tout est sa faute. Il s'en veut. Il lui remboursera son à-valoir. Dès son retour, le lendemain, il lui expliquera tout. Il faut qu'ils parlent. Où peut-il la rencontrer?

La réception le rappelle. Verrait-il un inconvénient à changer de chambre? De nouveaux hôtes arrivent dans la soirée, pour une fête privée organisée par le Dr Gheza, à l'occasion du mariage d'amis proches. Il est naturellement le bienvenu, à partir de dix-neuf heures sur la terrasse. Sa nouvelle chambre sera moins spacieuse, mais toujours avec la même vue. Cela lui convient-il ? Nicolas accepte, bien sûr, aucun problème, quelqu'un peut-il passer prendre sa valise ? Chiara propose qu'une femme de chambre se charge de préparer ses bagages, qui seront ensuite transférés dans sa nouvelle chambre, à l'étage supérieur. Il peut s'y installer dès qu'il est prêt. Quant au transfert et au vol du lendemain soir, tout est réglé, l'hôtel attend une simple confirmation. Juste avant que Chiara ne raccroche, Nicolas demande :

– Pouvez-vous me dire si Mme Dagmar Hunoldt est toujours là ? Sera-t-elle présente à la soirée ?

Elle lui demande de répéter le nom.

– Désolée, je viens de vérifier, *Signor* Kolt, mais nous n'avons personne sous ce nom.

Dagmar Hunoldt aurait-elle pris une chambre sous le nom d'un de ses maris ? Il s'efforce de la décrire à Chiara. Une dame de la soixantaine, les cheveux blancs, attachés en arrière, avec un panama, l'actrice Glenn Close en plus forte.

– Non, dit Chiara, désolée, ça ne me dit rien. Je vais me renseigner auprès de mon collègue Lodovico, attendez... *Un momento...* Peut-être voulez-vous parler de la *Signora* Jordaens ? Elle était ici avec son époux, mais elle est partie cet après-midi.

Nicolas demande à Chiara de lui épeler le nom, la remercie et raccroche. Il prend son BlackBerry, recherche Jordaens sur Google. Les photos sur lesquelles il tombe n'ont rien à voir avec Dagmar Hunoldt. Il ne sait plus que penser. Était-ce elle ou un sosie ? Séjournait-elle à l'hôtel ou sur un yacht ancré non loin ? Peut-être ne venait-elle que pour le petit déjeuner après sa séance de natation ?

Il a le sentiment d'avoir été dupé. Et s'il s'était ridiculisé pour entrer en contact avec une parfaite inconnue ? MAMAN s'affiche sur l'écran.

– Eh, salut ! lance-t-il sans dissimuler sa joie et son soulagement.

Emma rit.

– On dirait que je t'ai manqué.

– Tu n'imagines pas à quel point.

Est-elle toujours à Saint-Tropez, avec son petit ami, sur le yacht ?

– Comment va Ed ? fait-il, prudemment.

– Bien. J'imagine que tu as envie d'en savoir plus sur lui, maintenant que tu lui as parlé ?

– Très envie. Mais je suis d'abord heureux pour toi.

– Tu profites bien de ton séjour en Italie, Nicolas ? Et tu avances comme tu veux sur ton livre ?

Il considère la superbe chambre, où Malvina a jeté la Rolex au milieu du lit, inutile, scintillante, comme un jouet abandonné. Il la ramasse et la fourre dans sa valise avec une pointe de colère.

– Non, grommelle-t-il, c'est l'horreur.

– Qu'est-ce qui ne va pas ? s'inquiète sa mère.

On frappe. Il demande à sa mère de patienter. C'est une des femmes de chambre, venue préparer sa valise. Il est gêné de la voir s'affairer en sa présence et lui propose son aide, à deux ils iront plus vite. Pendant qu'elle pliera ses vêtements, il s'occupera des effets de la salle de bains.

Il reprend la conversation avec Emma.

– Désolé, je suis en train de faire mes valises.

– Qu'est-ce qui ne va pas, Nicolas ?

– Malvina est enceinte. Ce n'était pas prévu. En tout cas, pas par moi. Et elle veut garder le bébé.

– Ça ne m'étonne pas.

La voix de sa mère est froide.

– Comment ça?

– Je ne l'ai jamais aimée. Je n'ai jamais eu confiance en elle. Dès le premier instant.

Il soupire.

– Pourquoi tu ne me l'as pas dit?

– Qu'est-ce que j'aurais pu dire? Elle est jeune, jolie, tu la trouvais douce, gentille, mais pas moi. Cette douceur, je n'y croyais pas. J'imagine que tu te sentais seul, elle t'a tapé dans l'œil, et tu n'arrivais pas à oublier Delphine. C'est aussi simple que ça. Ainsi va la vie.

– Oui, admet-il, et là, je suis piégé. Elle est partie, il y a quelques heures, pour des raisons que je ne préfère pas aborder maintenant, et tout à coup, elle n'était plus la même. C'était affreux. Une autre femme. Une étrangère. Elle exige des dédommagements. Elle veut qu'on se marie. Qu'on se marie, tu te rends compte!

Ses derniers mots résonnent dans la salle de bains. Le ton d'Emma est ferme, sans détour, une voix de professeur. Il s'en est souvent moqué, mais aujourd'hui, elle le rassure et le réconforte.

– Nicolas, personne ne peut t'obliger à faire ce que tu ne veux pas. Rien, ni personne. Tu peux prendre un avocat. Tu ne voulais pas de cet enfant. Ce n'est pas ton choix. Tu n'es pas amoureux de cette fille. Ne l'oublie pas.

– Maman, il y a un bébé en route!

– Peut-être. Mais tu dois garder ton calme, arrêter de paniquer. Elle t'a pris au piège.

— Tu t'es sentie piégée par papa quand tu es tombée enceinte ? demande-t-il.

— Non ! Bien sûr que non. On te voulait. On était si fiers quand on l'a appris.

— Mais vous étiez tellement jeunes, tous les deux.

— Assez âgés pour vouloir devenir parents. Tu es le fruit de notre décision. Ce n'est pas ce qui est en train de t'arriver aujourd'hui. Elle fait de ce bébé un otage. Il va falloir que tu te battes.

Il pense à ce qui l'attend. Les avocats. Le bras de fer interminable, par courriers interposés. Les courriels épluchés, consignés, enregistrés. Les médiateurs. Et l'enfant. Cet enfant sans visage. Il ne se dérobera pas, il le reconnaîtra officiellement, si les tests d'ADN démontrent sa paternité. Quoi qu'il en soit, il va devoir compter avec Malvina, pour le restant de ses jours, même si la rupture est inéluctable. Il ne l'épousera pas, mais elle lui sera malgré tout liée, en tant que mère de son enfant. Une idée cruelle le traverse, qu'il n'essaie pas de réprimer. Et si elle faisait une fausse couche ? Cela arrive de perdre son bébé, dans les premiers mois de la grossesse. Quel mal de sa part à l'espérer de toutes ses forces ?

— Tu me manques, maman.

— Toi aussi, Nicolas.

— On a du temps à rattraper, hein ?

— C'est sûr.

Il dit au revoir à sa mère et revient dans la chambre. La valise est prête, un groom s'en charge. Nicolas remercie la femme de chambre d'un pourboire et suit le bagagiste jusqu'à sa nouvelle chambre. Elle est moins grande, mais tout aussi confortable, avec une vue peut-être plus saisissante encore.

Nouveau pourboire, et il ferme la porte. Une paix étrange et solitaire le gagne. Il s'allonge et parcourt ses mails (pas encore de réponse d'Alice Dor), surfe sur les réseaux sociaux sans que rien n'attire son attention. Il repose le BlackBerry. Et s'il descendait à la soirée donnée en l'honneur des jeunes mariés par le Dr Gheza? Nicolas préfère rester sur son lit, mains croisées sous la nuque, à imaginer Malvina, dans son avion pour Paris. Sa détermination et cette assurance nouvelles qu'elle affiche. La Rolex abandonnée au milieu des oreillers. Il pense à Delphine, et se demande s'il aura le courage de lui dire qu'il l'aime encore. Lui rira-t-elle au nez? Lui donnerait-elle une deuxième chance? Et Dagmar Hunoldt… Mais était-ce seulement la célèbre éditrice? Jamais il ne le saura, à moins de la rencontrer un jour. Mercure rétrograde… Épicure… Et lui, suspendu à ses lèvres comme un imbécile! Lui revient aussi la violence des propos de Roxane et François. La bouche sensuelle de Savannah qu'il a presque embrassée. Les jambes de Cassia Carper, ses escarpins, le souvenir de sa langue audacieuse. Nelson Novézan. Sa lippe. Ses doigts jaunes, tachés de nicotine. Son ego. Sans oublier les rebondissements de l'affaire Sabina, son mari, ses messages. Tout ne porte pas à rire, pourtant il sourit. Mais en repensant à Laurence Taillefer, le sourire s'efface.

Alice Dor en larmes, sa voix brisée au téléphone. Regagner sa confiance. Regagner son estime, et écrire enfin. Il revoit l'instant inoubliable où, quatre ans plus tôt dans son bureau, elle lui avait dit : « Envisagez-vous de publier ce livre sous un pseudo? Ou préférez-vous rester Nicolas Duhamel? » Il avait aussitôt répondu : « Non, je vais le signer Nicolas Kolt. » Une poignée de main et un sourire plus tard, elle avait conclu : « Bien. J'espère publier beaucoup d'autres livres de Nicolas Kolt. »

Ce n'est encore qu'un frémissement, mais il le sent. Une énergie enivrante, exaltante. Elle est là, la lueur bleue, lentement, elle vient danser sous ses yeux.

Dès le lendemain de son retour de Saint-Pétersbourg en novembre 2006 avec un rhume, Nicolas envoya un mail à Lizaveta Sapounova.

Chère Liza,

Merci de votre aide précieuse. J'ai encore une question à vous poser. Vous êtes la seule à pouvoir m'aider. Cela va sans doute vous sembler curieux.

J'ai besoin de savoir comment est mort Alexeï Koltchine. Il n'avait que 53 ans quand il est décédé. J'aimerais connaître les circonstances de cette disparition. C'est important pour moi. Pensez-vous pouvoir m'éclairer ? Je suis désolé de vous importuner.

Je pense souvent à vous dans votre grande chambre au-dessus de la Fontanka.

Peut-être que je reviendrai un jour. Cela me plairait. Beaucoup.

Merci infiniment,
Nicolas Duhamel

Lizaveta mit quelques jours à répondre, mais dès qu'il reçut son courriel, Nicolas l'imprima pour le lire, encore et encore.

Cher Nikolaï,

C'est un plaisir d'avoir de vos nouvelles, et de pouvoir vous aider. Je suis à la maison, il y fait froid, mais je bois du thé et je traduis. La Fontanka est toujours aussi belle, toujours aussi bleue, et nous avons déjà eu de la neige.

J'ai trouvé assez rapidement le renseignement que vous me demandiez. Une de mes amies, qui travaille dans un journal, a accès à ce type d'informations, ce qui n'est pas mon cas. Mais je dois vous prévenir, Nikolaï, ce que vous allez lire n'a rien de réjouissant. Je me sens obligée de vous le dire car vous êtes encore très jeune. Et maintenant que je vous connais un peu, je sais que vous êtes d'une grande sensibilité.

J'ai pris la liberté de traduire le court article ci-joint. Il a été publié dans un journal local, juillet 1993. J'espère qu'il ne vous perturbera pas trop.

Mes pensées et mes prières sont avec vous,

LS

Le corps d'un noyé a été retrouvé hier matin à l'aube dans le canal Griboïedov, au pied de la cathédrale Notre-Dame-de-Kazan. L'enquête a permis d'identifier Alexeï Vladimirovitch Koltchine, 53 ans, employé de bureau, célibataire sans enfant, résidant près de la place Sennaïa. Ses voisins le décrivent comme un homme discret, ayant peu d'amis et menant une existence tranquille. On ne lui connaissait pas de problèmes professionnels. Il occupait le même poste depuis quinze ans. L'autopsie a révélé la présence d'une grande quantité d'alcool dans le sang. La dépouille ne comporte aucune trace de violence ni d'agression. Une lettre a été retrouvée dans la poche d'Alexeï Vladimirovitch Koltchine, mais l'encre effacée n'est plus déchiffrable. La police poursuit son enquête, mais pour l'heure, il semble impossible de déterminer si Alexeï Vladimirovitch Koltchine a chuté accidentellement dans le canal, ou s'il a choisi de mettre fin à ses jours. Il sera inhumé dans la concession familiale, à Volkovo.

Alexeï. Zinaïda. Fiodor.

Son sang russe.

Que s'était-il passé derrière les murs du vieil immeuble de la rue Pissareva?

Le frère, la sœur, dans cet appartement exigu. Cinq ans les séparaient.

S'agissait-il d'un acte hideux, violent? D'un amour clandestin, maudit, impossible? Que savaient Natacha et Vladimir, leurs parents?

Quand Alexeï écrivit à sa sœur, en juillet 1993, trente ans plus tard, implorait-il son pardon? Ou lui avouait-il qu'il ne pouvait pas vivre sans elle et allait mettre fin à ses jours?

La lettre gardait tout son mystère. Nicolas se la représentait nettement, une enveloppe de papier blanc, salie par son long périple, de Saint-Pétersbourg à Paris. Mme Lionel Duhamel. Boulevard Saint-Germain, d'une écriture appliquée. Avait-elle été réexpédiée à la villa près de Nice? Nicolas imaginait le plateau du petit déjeuner, les toasts, la cafetière fumante, le pot de lait, le miel et la confiture, les journaux et le courrier du matin. Et ce timbre russe, qu'elle avait dû remarquer tout de suite. Son cœur avait sans doute bondi en comprenant que c'était son frère.

Comment l'enveloppe s'était-elle retrouvée entre les mains de Théodore? Qui lui avait montré ce courrier? Alexeï lui en avait-il adressé un aussi?

Soudain, comme une piste d'atterrissage s'illumine la nuit à l'approche d'un avion, le roman lui apparut. Nicolas n'avait plus qu'à suivre le chemin lumineux tracé dans sa tête. Le livre se déployait autour de l'énigme d'un père, mystérieux de bout en bout. Qui serait en mesure de parler? Qui savait? Il n'y avait plus personne pour révéler la vérité, toute la vérité.

Nicolas ne voulait pas apparaître dans son livre. Dès le début, ce fut une certitude. Il avait besoin de se détacher de sa propre histoire pour en raconter une autre. Pourtant, ce qu'il avait inventé prenait ses racines profondément en lui. Des racines qui puisaient dans ses émotions, son trouble, ses questions, ses recherches. Sa quête.

Il ne détenait pas toutes les réponses, seules des possibilités s'offraient à lui. En les explorant dans le roman, d'une certaine manière, il se protégeait de ce que pouvait receler la vérité. Quelle qu'elle fût.

Margaux découvrait une enveloppe dissimulée sous une latte de plancher mal fixée, dans l'ancienne demeure des Zeccherio, près de la petite *piazza*. C'était une lettre qui avait attendu là, pendant des années, adressée par un frère à sa sœur. Une lettre d'adieu, qui disait l'impensable, et qui obligea Margaux à s'asseoir. Ses genoux fléchirent, elle la serra contre son cœur et se mit à pleurer. Son père avait lu cette lettre des années auparavant. Comment? Dans quelles circonstances? Elle n'en savait rien, mais il avait dû comprendre ce jour-là, comme elle à présent, avec douleur, qu'il était né des amours impossibles entre un frère et une sœur. L'avalanche n'y était pour rien. Son père s'était suicidé.

– Comment oses-tu suggérer une chose aussi odieuse? hurla Elvire Duhamel deux ans plus tard, quand elle lut *L'Enveloppe* à sa parution, en 2008. Tu as perdu la tête, Nicolas? Tu n'as aucune preuve, de rien! Tout ce dont je me félicite, c'est que, Dieu merci, tu as signé Nicolas Kolt et pas Nicolas Duhamel. Et Dieu merci, mon pauvre père est mort l'an dernier, il n'a jamais pu lire ce torchon.

Sa mère fut trop bouleversée pour lui en parler de vive voix. Elle se contenta de lui prendre les mains et de les serrer. Plus tard, elle lui écrivit un mot qu'il avait conservé.

Mon Nico,

J'ai fini de lire ton roman il y a une semaine, mais j'ai dû attendre tout ce temps que les larmes arrêtent de couler pour t'écrire. Je comprends si bien ta démarche. Je vois comment tu as comblé les vides, à ta façon. Personne n'a les réponses, mais tu as fait sauter des verrous avec courage. Tu as regardé la vérité en face. Tu as fait ce qu'aucun d'entre nous n'aurait osé. Je suis fière de ce que tu as écrit. Et j'espère de tout mon cœur que Théodore a trouvé la paix, où qu'il soit.

Bravo mon fils.

E.

Lizaveta Sapounova lui adressa une carte vert pâle. Celle-là aussi, il l'avait gardée, précieusement.

Dorogoï Nikolaï,
J'ai pris beaucoup de plaisir à lire L'Enveloppe.

Vous vous réjouirez d'apprendre que la traduction russe de votre roman, que j'ai acheté à la librairie Dom Knigui, sur la perspective Nevski, est fluide, presque aussi bonne que celle que j'aurais pu faire.

Votre description de Margaux Dansor et de son secret de famille m'a émue. Vous avez écrit un livre fort qui, j'en suis sûre, connaîtra un grand succès. J'espère qu'un jour, vous reviendrez sur vos liens intimes avec la Russie, et Saint-Pétersbourg en particulier. Car vous êtes à moitié russe, après tout? Si à l'avenir vous décidez d'explorer vos origines, sous une forme ou une autre, je serai très heureuse de vous servir à nouveau de guide.

Et peut-être cette fois aurai-je l'honneur de traduire votre livre?

Meilleurs souvenirs de la Fontanka,

LS

À VINGT HEURES, NICOLAS, en jeans et chemise blanche, se décide enfin à descendre sur la terrasse. Devant un large buffet somptueusement décoré se presse une foule d'invités encore plus apprêtés que d'habitude. Certains hommes portent un smoking, et il repère quelques robes de soirée extravagantes. Le Dr Gheza l'accueille chaleureusement et lui tend une coupe de champagne.

– Nous nous réjouissons de pouvoir vous compter parmi nous plus longtemps, déclare le directeur de l'hôtel. *Signor* Kolt, permettez-moi de vous présenter les jeunes mariés.

Cordelia et Giorgio, vingt-cinq ans, forment un couple d'amoureux qu'on croirait soudés par la hanche, comme des siamois. Elle, en robe de satin ivoire, les cheveux blonds tressés de perles, lui, en costume blanc à la coupe impeccable. Ni l'un ni l'autre ne le reconnaissent. « Décidément, c'est jamais la bonne dose », pense-t-il, dépité, pendant que Cordelia inspecte son jeans avec dédain. Soit les gens se pâment devant le prodigieux Nicolas Kolt et l'étouffent d'une obséquiosité embarrassante, soit ils n'ont aucune idée de qui il est, et lui battent froid, ni plus ni moins.

Un chanteur de charme à la crinière argentée et au regard de braise, tanné comme une fève de cacao, trône derrière son piano à queue. D'un timbre profond et chaud, à la Sinatra, il entonne *La Vie en rose* avec autant de ferveur que s'il en était l'auteur. Les serveurs apportent une vertigineuse pièce montée. Les invités l'acclament à tout rompre. Le couple s'embrasse. Nouvelles ovations. Nicolas saisit une autre flûte au vol. Son regard se promène une fois encore sur le Gallo Nero, quand soudain il se sent épié. Il fait volte-face et se retrouve nez à nez avec sa fan Alessandra, en train de le mitrailler avec son téléphone. Elle a les traits qui s'empourprent devant le flagrant délit.

Et soudain, tout concorde. *Alessandra... Alex...*

– C'est vous, Alex Brunel.

Ce n'est pas une question, mais une constatation glaciale.

Elle acquiesce, tremblante.

– Vous allez me faire le plaisir de virer ces photos de mon mur, aboie-t-il. Sinon, vous aurez des nouvelles de mon avocat, pigé?

– Mais tout le monde poste des photos sur votre mur! se défend-elle. Pourquoi vous vous en prenez à moi?

Une colère acide monte en lui, qu'il laisse exploser. Le faux pas d'Alessandra a fait déborder le trop-plein des derniers jours.

– Je suis en vacances ici, c'est un séjour privé! rugit-il sans se soucier des têtes ébaubies qui se tournent vers eux. Je ne veux pas que les gens sachent où je suis, ni avec qui, et maintenant, à cause de vous et de vos photos, tout le monde est au courant!

Elle recule. Il méprise ses bras gélatineux, son parfum trop fleuri, son fard à paupières pailleté.

– Bien sûr, fulmine-t-il, vous n'avez aucune idée des dégâts. Vous vous en foutez, c'est ça ? Qu'est-ce que vous alliez faire ce soir, hein ? En poster d'autres ? Eh ben ça y est, vous vous êtes fait pincer !

Nicolas lui colle son BlackBerry sous le nez et l'immortalise au flash, toutes narines retroussées, vue imprenable sur son triple menton, ses comédons et sa peau luisante. En un clic, il l'affiche sur son mur Facebook, pour que ses 250 000 « amis » puissent en profiter. Et il tape avec une hargne jubilatoire : « La monnaie de ta pièce. Alessandra alias Alex Brunel. »

Elle tourne les talons et s'enfuit. Ignorant les regards de l'assistance, il termine cul sec sa troisième flûte, et pique droit vers le bar. Que le public ce soir, avec son babillage sucré, est rasoir, au moins autant que plein aux as… « Oh, chéri, c'est merveilleux ! Oui, Anastasia et Gaspard viennent tout juste d'emménager, le triplex a été redesigné par Fabien, il est fa-bu-leux. Tu as vu Paolo cet été, il a un nouveau yacht. Je suis navrée pour la pauvre épouse de ce goujat, après ce qu'il a fait à cette femme de chambre. Nous sommes ici jusqu'à demain, ensuite, direction Rome, mais Lorenzo prend son jet, tu sais comment il est. Wanda a l'air si mince, je me demande qui est son nouveau médecin. Hélène quitte Rodolphe, mais elle va garder le château. »

Il aimerait que Cassia Carper soit là, avec Savannah et les autres mannequins. Il se surprend même à regretter Novézan et Chris, l'acteur blond. Tiens, les Américaines ne sont pas dans les parages, peut-être pas assez distinguées pour la soirée ? Le couple suisse et les gays non plus d'ailleurs. Sont-ils partis ? Ont-ils regagné leurs petites vies douillettes ?

– Bonsoir *Signor* Kolt.

Giancarlo, le barman, lui sourit.

– La *Signorina* Voss n'est pas avec vous?

– Elle est en partance pour Paris.

– Vous profitez de la soirée, alors.

Nicolas ricane.

– Pas vraiment. Ces jeunes mariés, on les croirait tout droit sortis de *Gossip Girl.*

– Elle vient d'une des familles les plus riches d'Italie, explique Giancarlo en baissant la voix. Et lui de l'aristocratie. Ils ont échangé leurs vœux hier à Rome, c'était dans tous les journaux.

– Passionnant, ironise Nicolas. Ça mérite bien un peu de champagne.

L'héritière et le prince charmant dansent maintenant joue contre joue alors que le crooner de platine attaque *La Mer* de Charles Trenet, sous le regard transi des parents, des grands-mères, des tantes, des amis intimes. Nicolas a rarement vu un tel étalage de bijoux, de chirurgie esthétique et de montres de prix.

Pendant que le champagne lentement mais sûrement fait son effet, Nicolas tombe sur la carte de Davide dans sa poche. Et s'il l'appelait pour embarquer sur le Riva, cap sur la Villa Stella et un autre dîner savoureux.

– C'est bizarre, fait Giancarlo, les yeux tournés vers la mer.

Nicolas suit son regard. Sur les eaux qui s'assombrissent, il repère l'un des paquebots de croisière.

– Quoi donc?

– Le *Sagamor.* Il est trop près. Regardez.

En effet, le bateau est beaucoup plus proche que le vendredi soir. On distingue ses immenses lettres noires sur la coque. La rumeur étouffée, un bourdonnement mêlé de musique et de centaines de voix leur parvient sans peine.

– Vous voulez dire pour l'*inchino*? s'enquiert Nicolas.

Giancarlo hoche la tête.

– Oui, mais il n'a pas utilisé sa corne de brume. Et jamais il ne navigue aussi près.

Nicolas hausse les épaules.

– Peut-être un nouveau divertissement à bord?

– Peut-être.

Le gigantesque vaisseau donne l'impression de stagner. Il a fait halte près du récif vers lequel Dagmar Hunoldt et lui avaient nagé le matin même. Il brille de tous ses feux, posé sur l'eau comme un immeuble géant.

– Mais qu'est-ce qu'il fait? s'étonne Giancarlo. Ce bateau, je le vois deux fois par semaine, pendant toute la saison, et je ne l'ai jamais vu naviguer si dangereusement près.

Les serveurs déambulent avec des plateaux de petites brochettes de *scampi fritti*. Le crooner s'est lancé dans *Ti Amo*, pour quelques amateurs de slows. Cornelia et Giorgio, seuls au monde, échangent des baisers mouillés. Surgi de nulle part, un homme en smoking entre deux âges, à l'air patibulaire, se plante devant Nicolas.

– Vous êtes l'écrivain, non? dit-il en allumant un cigare.

Il a une voix aussi agressive que déplaisante.

La fumée flotte autour de Nicolas, ébranle en lui le souvenir pavlovien de son père.

– C'est moi, répond-il.

L'homme tire une bouffée de son cigare.

– Ma femme est raide dingue de vous, dit-il d'un ton
monocorde.

Et il s'en va.

Nicolas s'assied au bar, sa flûte à la main. Dire qu'il est
Nicolas Kolt, et qu'il n'a personne avec qui passer la soirée. Pour
un peu, il en rirait. « Ah, les femmes ! » soupirerait son père en
roulant des yeux avec sa petite moue. Nicolas regarde autour de
lui, accoudé au comptoir, et pendant que la lune se lève, il enre-
gistre les moindres détails de la fête : le murmure feutré des voix,
le feu d'artifice de robes haute couture, de joaillerie de luxe, les
chandelles et les volutes de cigares qui ondulent à l'unisson sous
les vibrations de la musique, la douce langueur d'un soir d'été.

Une jeune femme aux longs cheveux châtains titube dans sa
direction.

– C'est toi, là, l'écrivain, bafouille-t-elle.

Elle a l'air ivre, ou défoncée, ou les deux. Elle porte une robe
de soie et de gaze couleur taupe, trop courte, qui dévoile des
genoux cagneux. Un diamant de la taille d'un grain de raisin brille
à son doigt.

Son verre oscille dangereusement vers Giancarlo.

– Remplissez-moi ça, ordonne-t-elle. De vodka. Enfin, de ce
que vous voudrez, quoi.

Elle se met à rire, haut et fort.

– Tu es seul ? demande-t-elle à Nicolas en dardant sur lui un
regard violet surnaturel.

Avec son nez busqué, et sa bouche légèrement de travers, elle
n'est pas belle mais ne manque pas de charme.

– En effet, admet-il.

Elle se colle contre lui.

– C'est vrai ? Pas de petite amie ? Un beau gosse comme toi ?

Il esquisse un sourire contraint.

– Il y *avait* une petite amie.

Et il se retient d'ajouter : et maintenant, il y a un bébé.

– Moi aussi, je suis seule. Et je me fais tellement chier…

Elle se remet à hurler.

– Tu es une amie de Cornelia ? s'enquiert-il.

– Cordelia, corrige-t-elle, tentant vainement de se percher sur un tabouret de bar jusqu'à ce qu'il l'aide. Ouais. Je suis sa sœur aînée. L'incasable.

– Et tu t'appelles ?

– Liliana. Mais appelle-moi Lily. Tu es là pourquoi ?

– Le Dr Gheza m'a invité.

– Ce vieux snob, j'peux pas l'encadrer.

– Il est juste à côté, Lily.

– Et alors ? Rien à foutre.

Elle s'humecte les lèvres dans un battement de cils.

– Tu vas pas me mettre dans ton prochain livre ? minaude-t-elle.

– Je devrais ?

– Grave ! S'il te plaît. Je te paierai.

– Dis-moi juste pourquoi.

– Pourquoi ? Parce que je suis la sœur aînée, la vieille fille, celle que personne ne regarde depuis la naissance de Cordelia. La camée, l'alcoolo. Qui taille des pipes aux amis de son père dans leurs Maserati et leurs Ferrari. Je fais des super pipes, tu sais ?

– Je n'en doute pas, dit-il, amusé.

Giancarlo et lui échangent un regard.

– Tu en veux une ? risque-t-elle d'une voix pâteuse.

– Ah, c'est trop aimable, Lily, mais non, pas maintenant. Continue plutôt à me dire pourquoi je devrais te mettre dans mon livre.

Elle fourrage dans son sac à main à la recherche de cigarettes, en allume une, et lui tend le paquet.

– Tu fumes pas non plus? constate-t-elle.

– Non. Mais je bois. Beaucoup. Allez, raconte-moi.

– Tu devrais me mettre dans ton livre parce que je suis désespérée. Je vis seule dans un superbe appartement à Rome, sur la Piazza Navona. J'ai tellement de fric que je ne sais même plus quoi en faire. J'ai pas eu de vrai petit ami depuis des années, mais j'ai dû coucher avec une centaine de mecs depuis mes quatorze ans. J'ai un diplôme de droit dont tout le monde se fout. Pourtant, je suis beaucoup plus intelligente que ma sœur, mais voilà, je n'ai pas sa beauté, alors pfft! ni vue ni connue. Les personnages désespérés sont toujours plus intéressants, non? Tu sais ça, l'écrivain. Regarde Anna Karénine, ou Madame Bovary. Bon, cela dit, je n'irais pas jusqu'à me suicider. Tout ce merdier, ça me fait peur. Mais ce soir, par exemple, je suis tellement déprimée que je pourrais faire quelque chose de complètement dingue, de ridicule, juste pour gâcher la fête de ma sœur. Regarde, par là, comme mes parents m'ont à l'œil. Tu vois, le grand sec à lunettes, en smoking, et la femme crispée, tout en vert, sous ses diamants. Mes parents. Regarde-les un peu! Ils sont morts de trouille que quelque chose tourne mal dans leur monde parfait. Et là-bas, tiens, les parents de mon nouveau beauf. La famille royale, la vraie de vraie, très cher! La dame très chic, en bleu, avec sa tiare ridicule et le gros type à moustache blanche. Ici ce soir, la crème de la crème de Rome est réunie, banquiers, poules de luxe, fils et filles de, stylistes et créateurs, politiciens, les maîtres du monde qui ne se déplacent qu'en jet privé et dont on change chaque jour les draps à blason.

– Et tu ferais quoi pour saboter leur fête, Lily ?

– Je suis déjà bien bourrée, mais j'ai une ou deux idées. Je pourrais sauter à poil dans la piscine. Foutre le feu à une de ces robes haute couture. Ou fracasser le buffet. Je pourrais appeler la réception du Gallo Nero et leur dire qu'une bombe va exploser.

Ils sursautent. Une violente détonation a retenti, venant de la mer, du *Sagamor* toujours immobile. Des fusées poussent dans le ciel comme des coquelicots blancs au bout de longues tiges.

– Des passagers à bord doivent savoir que nos jeunes mariés sont là ce soir, commente Giancarlo sèchement. Ça fait une heure qu'il n'a pas bougé, ce bateau. Peut-être espèrent-ils se joindre à la fête ?

Les invités applaudissent et poussent des cris de joie. D'autres fusées partent, bruyantes, et scintillent dans les ténèbres.

Une voix de femme enthousiaste s'exclame : « Quelle idée merveilleuse, ce feu d'artifice ! Comme c'est gentil à eux ! »

Nicolas s'aperçoit que le Dr Gheza scrute le large, perplexe. Dans la pénombre, des bateaux plus petits foncent vers le *Sagamor*. Gheza s'approche du bar d'un pas vif et réclame le téléphone à Giancarlo. Il parle un italien *staccato* que Nicolas ne comprend pas. D'une main qui ne lui appartient plus, il fend les airs de haut en bas, les traits tendus, les lèvres serrées. Puis il raccroche et tourne les talons, ulcéré. Lily traduit.

– Ce vieux schnock prétentieux demande ce que ces *cazzi* s'imaginent pouvoir venir faire, sur leur bateau. Comment ils peuvent être au courant de la soirée, que personne du *Sagamor* n'est autorisé à débarquer ici ce soir. Dites à vos hommes d'empêcher les bateaux d'approcher, voilà ce qu'il a dit.

Place au disco maintenant côté sono. Les mariés évoluent sur la piste avec l'aisance des grands noctambules. *Dancing Queen*, d'Abba. De nouveaux couples les rejoignent, tournoient et se pavanent, tout sourire.

– Je déteste voir mes parents danser, gémit Lily. C'est presque aussi atroce que de les imaginer en train de baiser. Ce qui n'a pas dû leur arriver depuis un siècle.

– Je vais te mettre dans mon livre, dit Nicolas, t'es trop marrante.

– Je savais que je réussirais à te corrompre. Les écrivains sont-ils des vampires ? Je veux dire, tu te sers de nous ? Tous les gens que tu croises dans ta vie de tous les jours. Vous nous sucez le sang, c'est ça ?

– En quelque sorte, reconnaît-il un peu à contrecœur. Sauf que ce n'est pas si simple.

– J'adorerais être une romancière célèbre. J'écrirais des livres à scandale sur mes ex, je me ferais excommunier par le pape. Mes fans me vénéreraient, ils feraient la queue jusque sur la Piazza Navona, juste pour m'apercevoir en train de fumer un joint à poil sur ma terrasse. Mes parents ne m'adresseraient plus la parole. Ça serait divin. Tu travailles sur un nouveau livre ? Ou tu détestes qu'on te pose la question ?

– Je ne le supporte pas, rit-il, mais je vais y répondre. Je suis censé travailler sur un nouveau livre.

– Et alors ?

– Mon éditrice croyait que je l'avais presque fini, alors que je ne l'ai même pas commencé. Et maintenant, à cause de stupides photos sur Facebook, elle est persuadée que je l'ai vendu à quelqu'un d'autre. Elle est furieuse, et blessée.

– Tu vas faire quoi, alors?

– L'écrire, ce bouquin. Et lui envoyer quand je l'aurai terminé.

– Et ça parle de quoi? Ou tu ne veux pas le dire?

Il lui sourit.

– Tu verras bien.

Ils contemplent le *Sagamor* immobile.

– Ce truc monstrueux, on dirait un parking flottant, fait Lily d'une voix traînante. Ça me gâche la vue. Qui irait payer pour passer du temps sur un bateau aussi moche?

– Les croisières plaisent beaucoup aux personnes âgées, explique Giancarlo. Aux seniors.

– Plutôt crever, gémit Lily.

– Ma sœur l'a fait, poursuit Giancarlo. C'est luxueux, *Signorina*. Par exemple, le *Sagamor*, il a quatre piscines, un théâtre, une salle de cinéma multiplex, un salon de thalassothérapie, six restaurants, une dizaine de bars, une discothèque. Ma sœur a adoré.

– Le cauchemar! murmure Lily. Mettez-moi sur un de ces machins, et je me pends *subito presto*.

Nicolas et Giancarlo ne peuvent s'empêcher de rire.

– Enfin! Regardez, reprend Lily, il bouge. Il s'en va.

L'angle du navire illuminé a changé, comme s'il s'orientait dans une autre direction.

– Je me demande pourquoi ils ont mis si longtemps, s'interroge Giancarlo. Un problème mécanique peut-être?

La musique est à plein pot, la noce béate s'éclate tous bras levés sur *YMCA*, des Village People. Des sourires extatiques baignent les visages. Face à face, le Dr Gheza et la mère de Lily se livrent à une sorte de menuet disco.

— Ciao, *Sagamor*, scande Lily, en rythme avec la chanson. Ciao *Sagamor*!

— Non, non, il ne s'en va pas, dit Giancarlo, inquiet. — Il plisse les yeux pour mieux voir. — C'est … *Oh Dio. Oh Dio!*

— Quoi? s'impatiente Lily. Qu'est-ce qu'il y a?

Giancarlo laisse tomber le citron qu'il a dans les mains et se rue vers la rambarde, suivi de Nicolas et Lily, qui titube sur ses stilettos.

De là, ils distinguent nettement le *Sagamor*. Il ne s'est pas éloigné mais gîte dangereusement sur la droite, contre le récif. Des lumières orange clignotent comme des gyrophares, éclairent les déplacements paniqués de silhouettes de fourmi qui se bousculent sur les ponts. Plusieurs embarcations dansent sur les flots en contrebas, ridiculement petites face à la masse écrasante du navire penché.

— *Madonna Santa!* dit Giancarlo, incrédule.

— *Ma che cazzo!* s'écrie Lily en s'agrippant au bras de Nicolas.

La disco braille à tue-tête, mais tous trois entendent quand même les sirènes d'alarme monter du bateau et hurler dans la nuit.

— Qu'est-ce qui a pu se passer? demande Nicolas, hypnotisé par le spectacle du vaisseau qui se couche sur le côté comme un titan touché à mort.

— Il est venu trop près, dit Giancarlo. La coque est endommagée. Pour un bateau aussi gros, il n'y a pas assez de fond près des côtes.

– Et les feux d'artifice? s'étonne Lily. Vous croyez qu'ils étaient pour Cordelia et Giorgio?

– Je ne suis pas certain que les gens à bord soient au courant de la fête, *Signorina*. Le Dr Gheza a demandé le plus grand secret.

– Donc, vous pensez que c'étaient des fusées de détresse?

– Oui. Simplement, on n'a pas compris. Tout le monde a mis trop de temps à réagir, on était occupés par la noce.

– Et d'après vous, il y a combien de personnes à bord? demande Nicolas.

– À peu près quatre mille, dit Giancarlo.

– Pourquoi ils n'évacuent pas les passagers? Qu'est-ce qu'ils attendent?

Un groupe d'hommes surgit sur la terrasse inférieure, juste au-dessous d'eux. Ils sont armés, en uniforme bleu et rouge.

– Oh! La police! s'exclame Lily, ravie. *Mamma mía!* Mes prières ont fini par être exaucées. Ça va complètement saboter la fête de Cordelia.

D ONNA SUMMER ET *Love To Love You Baby* mettent le feu au Gallo Nero. Cordelia et Giorgio, que la présence de leurs parents ne perturbe pas le moins du monde, en profitent pour donner à leur entourage un aperçu débridé de leur vie sexuelle épanouie, et miment une copulation plus vraie que nature, stimulée par force applaudissements, sifflets et huées.

Avec la satisfaction du voyeur, Nicolas regarde la police interrompre le show sans ménagement et ordonner de couper la musique. Donna Summer s'étrangle dans un ultime couinement. Les danseurs, essoufflés, se figent dans leurs beaux atours. Le visage du Dr Gheza est aussi sombre qu'un nuage de grêle. Nicolas n'a pas besoin que Lily lui traduise. Mais que diable les *carabinieri* se permettent-ils de faire? tempête-t-il, en agitant les mains sous leur nez, à l'italienne, les pouces et les doigts réunis en bouquet. C'est une fête privée, une noce d'exception, avec des invités de marque, comment osent-ils faire irruption de la sorte? Sans un mot, les policiers indiquent le navire qui sombre au loin, bien visible depuis l'autre côté de la terrasse. Toute l'assemblée se précipite là où se trouvent Nicolas, Giancarlo et Lily. Des dizaines de téléphones jaillissent pour prendre des photos. Tout le monde veut un souvenir du naufrage du *Sagamor*.

Gheza et un homme en noir, que Nicolas se souvient d'avoir vu à son arrivée ici, discutent avec la police. Gheza répète non, non, non, en secouant vigoureusement la tête. Nicolas demande à Lily la raison de la dispute.

– La police veut ouvrir l'hôtel aux personnes qui sont évacuées, mais Gheza refuse, il dit qu'ils exagèrent, que le bateau n'est qu'à cinq cents mètres de la côte, que les gens peuvent nager, la nuit est chaude, la mer n'est pas froide.

– Quel salaud !

– Qu'est-ce que je te disais ? fait Lily, fière d'elle.

Le *Sagamor* est maintenant complètement couché sur la droite, vers eux, le flanc tribord presque sous l'eau. Ils peuvent voir à l'intérieur de son unique cheminée. Les sirènes se sont tues, il règne un silence inquiétant. Combien de gens se trouvent encore à bord, pense Nicolas. Ont-ils été sauvés par bâbord ? Où les a-t-on emmenés ?

La discussion se poursuit. La police n'a-t-elle donc aucune idée de l'importance des invités qui sont ici ce soir ? fulmine Gheza en tapant du pied. Lily traduit toujours pour Nicolas, lui murmurant à l'oreille tandis que le directeur bout sur place. Il leur saurait gré de bien vouloir tenir compte du prestige de son établissement, de son luxe, les policiers n'ont qu'à regarder, la famille la plus riche du pays, un écrivain mondialement connu, un acteur célèbre, un politicien réputé, des hommes d'affaires influents, le Gallo Nero est le havre de paix de personnalités riches et célèbres, il se doit de les protéger toutes, ce refuge exclusif ne saurait être ouvert à des inconnus, et en plus, les hélicoptères, en se posant, vont saccager ses parterres de fleurs et ses pelouses ; sont-ils devenus fous, ou quoi, le *Sagamor* ne va pas couler, il est échoué sur un récif, les gens sont assez proches pour être évacués par bateau ailleurs, un point c'est tout.

Les serveurs continuent d'offrir du champagne aux invités qui bavardent et montrent le bateau en échangeant des gloussements surexcités. Cordelia et son nouveau mari posent avec le navire en arrière-plan.

– *Mamma* a peur qu'on lui vole ses bijoux si on ouvre l'hôtel aux passagers, et Papa est convaincu que des paparazzis vont en profiter pour infiltrer la fête, explique Lily. Oh, et maintenant, la police dit *basta!*, elle en a assez entendu, le Gallo Nero sera ouvert aux rescapés du *Sagamor*. Regardez mes parents ! Et Cordelia !

Elle exulte.

On dirait des acteurs en scène. Une pièce qu'un Oscar Wilde contemporain aurait pu écrire. Gheza anéanti à l'idée que les hélicoptères n'abîment ses massifs, la mère de la jeune mariée comme une poule à couver ses diamants, tandis que là-bas, des gens sont en train de se noyer, peut-être déjà morts. Nicolas pourrait se contenter d'observer. Opter pour la passivité tranquille et sans danger. Il pourrait tout enregistrer dans une région secrète de son esprit et s'en servir plus tard, pour son livre. Il s'en servira, d'ailleurs, il le sait. Mais pas sans rien faire. Pas en restant là à regarder.

Il sort la carte de Davide de sa poche et compose le numéro. Davide décroche dès la première sonnerie.

– Eh, Davide ! Vous vous souvenez de moi ? C'est Nicolas Kolt. Vous m'avez emmené à la Villa Stella hier soir.

Davide ne l'a évidemment pas oublié. Que peut-il faire pour le *Signor* Kolt ? Le retrouver en bas, sur la jetée, maintenant ? *Certo!*

– Tu vas où ? souffle Lily alors que Nicolas se retourne, prêt à partir.

– Là-bas.

Elle ricane.

– Oh, je vois, on veut jouer les Superman ?

Il la regarde avec pitié.

– Tu n'as qu'à venir.

– Moi ? dit-elle.

– Oui, toi, l'incasable.

– J'ai pas les bonnes chaussures, marmonne-t-elle en détournant les yeux.

– Au revoir Lily.

Il dévale l'escalier de pierre et rejoint Davide, debout près du hors-bord. Parmi les personnes massées sur la jetée à contempler l'agonie du *Sagamor*, il reconnaît le couple suisse.

– Vous pouvez me conduire au bateau, Davide ? lance-t-il.

– Le Dr Gheza a dit qu'il ne fallait pas, bredouille Davide. Il nous a ordonné de rester ici et de ne laisser aucun bateau accoster.

– Je me fous du Dr Gheza, rétorque Nicolas. En ce moment, il est occupé à parlementer avec la police. Il va falloir qu'il ouvre l'hôtel aux rescapés, il n'a pas le choix. Il faut y aller, voir si on peut aider, n'importe comment.

– On peut venir ? intervient le couple suisse d'une seule voix.

De bons nageurs, se dit Nicolas.

– Bien sûr !

Une femme pousse un cri perçant.

– Attendez ! Attendez-moi !

C'est Lily, pieds nus, qui fonce vers la jetée en agitant la main.

Davide l'aide à monter à bord.

– C'est le truc le plus génial qui me soit arrivé depuis des années, déclare-t-elle, euphorique. Et je ne suis même pas défoncée.

À l'approche du monstre, la brise rabat une odeur âcre, la puanteur du caoutchouc brûlé et du carburant qui fuit. Le Riva contourne la masse impressionnante du *Sagamor* et se dirige côté bâbord. Une scène d'apocalypse les attend. Même les Suisses ne peuvent masquer leur stupeur. Davide est obligé d'arrêter le moteur. Partout autour d'eux, des gens paniqués hurlent et se débattent. De petites embarcations pleines à craquer de naufragés sont ballottées par la houle contre l'énorme coque blanche entravée d'une longue déchirure, comme une blessure béante d'où le sang ne coulerait pas. Les patrouilleurs braquent de puissants projecteurs sur le navire en perdition, et Nicolas constate que le *Sagamor* a pris trop de gîte désormais pour mettre ses derniers canots de sauvetage à l'eau. Ils pendouillent, inutiles, tout de guingois. Sur les ponts supérieurs, à présent balayés par les faisceaux des projecteurs, d'autres passagers crient et gesticulent pour attirer l'attention. L'immense navire grince et geint, comme une créature agonisante, parcourue de douloureux soubresauts, sur le point de rendre son dernier soupir.

Les Suisses se dressent dans l'embarcation. Elle enlève ses chaussures, lisse son fourreau noir, il se débarrasse de son veston et de ses richelieus vernis. Avec cette même harmonie qui ne laisse pas d'enchanter Nicolas, ils plongent tête la première dans une eau d'encre, jonchée de débris. Ils s'éloignent pour nager au secours d'une vieille dame, qu'ils ramènent sans faiblir comme des sauveteurs professionnels, en maintenant sa tête sous leurs bras. Nicolas et Davide la hissent à bord, elle est frêle comme un oisillon détrempé. Secouée de sanglots, elle s'accroche à eux. Elle parvient enfin à leur dire, en français, qu'elle n'arrive pas à retrouver son mari, ils avaient sauté ensemble, il était juste derrière elle, mais elle ne le retrouve plus. Pouvaient-ils l'aider ? Nicolas lui demande ce qui s'est passé. Lily prend la veste du Suisse et couvre la vieille dame.

– Nous étions en plein dîner de gala, puis il y a eu une explosion, tout en bas, vers les cales, les assiettes et les verres sont tombés de la table, personne ne nous a dit ce qui s'était passé, on ne savait pas quoi faire. On est restés là, pendant une heure, dans la salle à manger, sans bouger, et alors, ils nous ont dit de regagner nos cabines et d'attendre. Le bateau a commencé à pencher de plus en plus, puis il a basculé complètement sur le côté, et mon mari m'a dit de vite prendre mon gilet de sauvetage, il faut sauter, on n'était pas loin du rivage, il pouvait voir des lumières. C'était la panique, terrible, et on a sauté. Trouvez-le, je vous en prie ! Trouvez mon mari !

Lily tente tant bien que mal de la réconforter tandis que le couple suisse replonge.

Devant, Nicolas voit une échelle de corde suspendue depuis le pont inférieur du *Sagamor*. Un homme vêtu d'une soutane noire est en train de grimper, un autre le surveille depuis un canot tout en stabilisant l'échelle de ses mains.

Nicolas retire ses chaussures.

– Qu'est-ce que tu fais ? halète Lily.

– Je vais monter là-haut.

– Tu es dingue ou quoi?

Sans l'écouter, il saute. Pas facile de nager tout habillé. La mer est grasse et sale, il progresse lentement, slalome entre les débris jusqu'au canot. À bord, l'Italien lui demande d'un ton rogue ce qu'il veut. Nicolas indique l'échelle. Tout en haut, l'homme en soutane a presque atteint le pont. L'Italien secoue la tête en riant. « *Pazzo!* Le bateau va encore s'incliner et il va couler! Cet homme, là, qui monte, c'est un prêtre. Il fait son boulot, il va sauver des âmes. Vous feriez mieux de sauver la vôtre! »

Nicolas n'a même pas le temps de répondre qu'explosent derrière lui une bordée de jurons italiens. Dans un soupir, l'homme obtempère et tend la main à Nicolas pour l'aider à monter.

Nicolas se retourne : Lily est à l'eau.

– Et merde, se plaint-elle, j'ai oublié que j'avais mes lentilles. Je viens de les perdre, les deux, dans la mer.

– Tu n'y vois plus rien? demande Nicolas.

– Si, si, bien sûr, c'est juste pour avoir des yeux à la Elisabeth Taylor, tu sais, violets?

Elle reporte son attention sur l'homme du canot.

– Eh, *stronzo!*

Dans un nouveau haussement d'épaules, il la hisse puis lui tend l'échelle de corde.

– Je ne sais même pas pourquoi je fais ça, grommelle-t-elle en s'en saisissant. – Elle baisse les yeux sur la soie détrempée de sa robe. – C'était une Prada, tu sais.

L'ascension est rude. Mieux vaut ne pas regarder en bas, se dit Nicolas en attrapant les barreaux d'une main glissante. Au-dessus de lui, les pieds osseux de Lily, sa croupe maigre continuent d'escalader. Pourquoi est-elle venue ? s'étonne-t-il. La rédemption ? La culpabilité ? Et lui ? Oui, qu'est-il en train de fabriquer, là ? Pas le temps de penser. Il faut avancer. Une main après l'autre. Lentement. Sûrement.

Une fois sur le pont, un silence inquiétant les accueille. De temps à autre, un cri ou un hurlement étouffé leur parvient de loin. Ici, la puanteur du caoutchouc brûlé est insoutenable. Mais derrière se tapit une autre odeur, que Nicolas a du mal à définir. C'est celle, douceâtre et pestilentielle, de la terreur, de l'angoisse, l'odeur de la mort.

Couché sur le flanc, le *Sagamor* offre une topographie étrange, déglinguée, avec ses parois devenues des sols, ses coursives des puits verticaux. Les surfaces couvertes d'une épaisse couche d'eau et de fuel sont traîtres et plus glissantes que jamais. Du verre brisé pend en stalactites. Dans l'atrium caverneux, orange et violet, désormais à l'horizontale, des personnes âgées s'accrochent en grappes aux rambardes. Le prêtre, qui vient juste d'arriver, en aide quelques-unes tandis qu'un autre groupe aux cheveux blancs progresse lentement vers un pont supérieur.

– Pourquoi il n'y a personne pour les aider ? fait Nicolas.

– J'imagine que les gens plus jeunes, les plus forts, sont partis les premiers, lui répond Lily. Ils ont laissé les vieux derrière.

Ils avancent avec précaution, pieds nus, en prenant garde aux tessons de verre et aux coulées de carburant. Ils se retrouvent dans le restaurant, transformé en piscine géante. Des centaines de tables, de chaises dorées et de serviettes blanches y flottent joyeusement, au milieu d'un tourbillon de homards, d'ailes de poulet en gelée, de feuilles de salade folle et de petits pains fantaisie.

L'éclairage aveuglant commence à donner des signes de fatigue, les néons clignotent et bourdonnent de plus en plus faiblement.

– Il y a quelqu'un ? hurle Nicolas.

– Tu te souviens de Jack et Rose ? Rose s'en est tirée, pas Jack.

– Chut, tu as entendu ?

– Quoi ?

– Un gémissement, il y a quelqu'un par là.

Ils tendent l'oreille et l'entendent de nouveau, distinctement. Un dernier grésillement, et ils se retrouvent dans l'obscurité. Tout le système électrique a lâché. Seules les veilleuses au-dessus des portes et des issues de secours diffusent leur éclairage pâle. Il leur faut dix minutes pour tomber sur des passagers affolés, pris au piège d'une coursive transformée en un gouffre. Ils ont de l'eau jusqu'à la taille, qui monte dans un gargouillement sinistre. Nicolas voit des visages terrifiés sous la lumière verdâtre des issues de secours. Pas un jeune. Combien sont-ils ? Trois, peut-être quatre, qui s'expriment dans un mauvais anglais.

Nicolas revient en toute hâte au restaurant, ramasse des nappes dans l'eau. Il les essore tant bien que mal, les noue fébrilement, comme des draps. Puis Lily et lui descendent ce cordage improvisé dans le couloir. Essoufflés, les paumes brûlées et meurtries par le linge humide, ils luttent désespérément pour ne pas perdre l'équilibre, se cognent, s'écorchent les coudes et les genoux, mais, victoire, ils parviennent à hisser trois personnes transies, l'une après l'autre. Deux femmes et un homme. Tous entre soixante-dix et quatre-vingts ans.

Autour d'eux, le *Sagamor*, condamné, frissonne et se lamente. Des craquements assourdissants retentissent.

– Il faut qu'on quitte le navire, maintenant, il faut qu'on file.

– Attends, ordonne Nicolas. Il y a encore quelqu'un en bas.

Au fond du puits, un visage est tourné vers eux. Nicolas redescend les nappes. La personne ne fait aucun geste pour les attraper.

– S'il vous plaît! crie-t-il. Laissez-moi vous aider! Prenez ça, je vais vous tirer.

Pas de réponse.

– Je les emmène avec moi, dit Lily. Viens!

– Ils savent qui c'est? Une amie à eux?

Ils secouent la tête. Ils n'en ont aucune idée. Lily, protectrice, les entraîne à sa suite.

– Tu viens?

– Je veux sauver cette personne! lui crie-t-il en retour.

Nicolas est seul désormais. Il se couche à plat ventre, le tissu tordu dans ses mains ensanglantées. Il perçoit le débit régulier de l'eau qui progresse chaque minute davantage. S'il descend, il ne pourra jamais remonter.

– Vous m'entendez? dit-il d'une voix qui résonne.

Le visage se tourne de nouveau vers lui, et dans la lumière blafarde, il distingue une femme. Une femme âgée, avec des cheveux blancs, de grands yeux doux. Ses boucles d'oreilles et son collier luisent faiblement. Elle a de l'eau jusqu'aux épaules, maintenant, et c'est comme si son visage flottait vers lui, porté par l'eau noire.

– S'il vous plaît, laissez-moi vous aider. Attrapez ça avec vos deux mains, c'est tout, et je vais vous tirer de là. Je vais vous remonter et vous sortir du bateau.

Toujours pas de réponse. Seulement ce visage âgé, plein de charme et de lassitude. Il sent monter en lui une terreur étrange.

Et s'il ne parvient pas à la sauver? Et si elle ne le laisse pas faire? Il respire profondément. Il faut qu'il se calme, qu'il réfléchisse.

– Vous devez être très fatiguée, mais quand je vous aurai hissée, je vous porterai, vous n'aurez pas à marcher.

Arrivera-t-il à la faire glisser le long de l'échelle de corde, sur son épaule? Il s'inquiétera de ça plus tard. Ce qui compte, c'est de l'extraire du puits.

– Vous parlez anglais ou français?

La vieille dame secoue la tête.

– Comment vous appelez-vous?

Silence. Elle ne lui répondra pas. Le vaisseau agonisant grince et gémit. De très loin monte un cri. Quelqu'un pleure. La peur s'empare de nouveau de lui. Il doit quitter le navire. Mais il ne peut pas laisser cette vieille dame derrière lui. Il ne peut pas s'en aller et l'abandonner dans ce puits obscur.

Du doigt, il pointe son torse.

– Nicolas, dit-il. Nicolas.

Puis il tend l'index vers elle.

– Et vous?

– Natacha.

Avec un accent reconnaissable entre tous. Son cœur fait un bond.

– Vous êtes russe?

– *Da*, dit-elle en hochant la tête.

– *Pojalouïsta!* s'écrie-t-il. S'il vous plaît! Natacha, laissez-moi vous sortir de là. S'il vous plaît!

Il déplore de ne pas avoir appris le russe, la langue de sa grand-mère, cette langue que son père n'avait jamais connue. Si seulement il pouvait maintenant en dire quelques phrases, convaincre Natacha, gagner sa confiance, elle l'écouterait, il en est certain, elle se laisserait sauver.

Natacha. Le prénom de son arrière-grand-mère. Dans son esprit, il revoit la photographie sur la tombe de Volkovo, le foulard noué sur son visage au sourire bienveillant.

Il veut prononcer son nom avec l'intonation la plus russe possible, comme s'il avait été écrit en cyrillique, Наташа, comme si le sang russe qui coule dans ses veines pouvait miraculeusement raisonner la vieille dame.

– Natacha, crie-t-il d'un ton ferme. Natacha!

Elle secoue la tête.

– *Niet*, Nikolaï.

Elle prononce son nom à la russe, comme le faisait Lizaveta Sapounova de façon si enchanteresse.

L'eau noire lui arrive au menton. Elle n'a pas peur. Elle lui sourit courageusement. Il ne supporte plus de la regarder.

Il sait qu'il se souviendra toute sa vie de ce visage, de ce sourire.

Il se relève, appelle à l'aide à s'en rompre les cordes vocales, trébuchant et titubant sur le pont glissant. S'il trouvait quelqu'un, ils pourraient hisser Natacha à deux, la sauver. Mais il n'y a personne en vue. Il hurle, la voix rauque, la gorge en feu. Le seul bruit qu'il entend est celui de l'eau qui déferle et poursuit son invasion inexorable. Et son BlackBerry dans la poche, peut-être pourrait-il appeler les secours? Mais le téléphone n'a pas survécu à son séjour dans la mer. D'un geste rageur, il le jette au loin.

Dehors sur le pont, la lune, indifférente au chaos, nimbe la scène du désastre d'une lumière argentée. Le navire s'est rendu, totalement versé à tribord maintenant. Des hélicoptères tournoient dans le ciel, braquent leurs projecteurs sur le *Sagamor*. Nicolas se dit qu'il y a encore de l'espoir. S'il attire leur attention, et montre aux secours où se trouve Natacha, peut-être pourra-t-elle encore être rescapée. Il reste à bord, en équilibre précaire sur les rampes, et fait signe aux hélicoptères. Des larmes roulent sur ses joues. Sous ses pieds, la carcasse continue de trembler et de craquer. Il entend les hurlements des passagers en bas, dans l'eau, mais il n'a plus que Natacha à l'esprit, la sauver, veiller à ce qu'elle soit en sécurité. Combien de temps attend-il ainsi, il n'a aucune idée. Quand des hommes-grenouilles arrivent enfin, il les guide jusqu'au restaurant, désormais rempli d'eau. Et il comprend, horrifié, que le puits est inaccessible, noyé, et qu'il n'y a plus d'espoir.

L'AUBE ET SES PREMIERS RAYONS ROSÉS dévoilent un spectacle irréel, si hallucinant que Nicolas ne peut s'en arracher.

Une masse blanche gigantesque, affaissée contre le récif, à demi hors de l'eau, un monstre échoué livrant son ventre vulnérable et blessé.

SAGAMOR.

Les immenses lettres noires. SAGA, histoire. AMOR, amour, en italien. MOR, mort. Une histoire d'amour et de mort. Les mots aussi le fascinent.

Il est debout sur la plage en béton. Le visage meurtri, les bras et les jambes courbaturés, une large coupure au menton. Sa chemise blanche est déchirée, son jeans en lambeaux, il a les pieds et les mains ensanglantés.

Autour de lui, les équipes médicales s'activent et offrent des boissons chaudes aux rescapés. Combien sont-ils? Des centaines et des centaines qui errent dans tout le Gallo Nero, enroulés dans des couvertures; ils s'assoient sur la terrasse, au restaurant, sur la pelouse, hagards, le regard vide. Leurs yeux retournent sans cesse au vaisseau chaviré.

Des hélicoptères vont et viennent sans discontinuer. Des hors-bord accostent ou quittent la jetée en vrombissant. Des policiers sont postés à chaque coin. Nicolas reconnaît les clients de l'hôtel. Certains s'empressent pour aider de leur mieux, quelques-uns quittent les lieux, pestant contre les ambulances qui bloquent l'accès. D'autres, à peine réveillés, en peignoir, observent la scène placidement. Ils sont nombreux à prendre des photos. Le personnel tente de faire son travail, sert les clients, mais propose aussi son secours. Le Dr Gheza est invisible. Des habitants des villages voisins sont venus apporter de la nourriture et des boissons, quelques vêtements de rechange. La presse est arrivée, de nombreuses camionnettes surmontées d'antennes satellites ont surgi çà et là, et les reporters rôdent, caméra au poing.

– Ne seriez-vous pas Nicolas Kolt? jacasse une journaliste surexcitée, un badge d'accréditation autour du cou, en lui fourrant un micro sous le nez.

– Qui? demande-t-il.

– L'écrivain.

Il secoue la tête.

– Eh non.

Elle s'éloigne, déçue.

Désolé, manque-t-il ajouter, Nicolas Kolt est bien là, mais il n'a pas envie de parler. Et que pourrait-il vous dire, de toute façon? Qu'il y a un avant et un après? Que cette nuit, une page s'est tournée? Que Nicolas Kolt n'a jamais été aussi étranger, éloigné, coupé de lui-même? Que sa vie antérieure ressemble curieusement à l'affreuse épave du *Sagamor*?

– Vous allez bien? s'inquiète un des médecins.

L'homme a les traits tirés. Il a dû travailler toute la nuit.

– Oui. Merci.

– Cette coupure au menton, laissez-moi voir.

– Ce n'est rien.

Le docteur l'ignore, passe du désinfectant sur la plaie avec un coton. Ça pique.

– Vous êtes un des derniers à avoir quitté le bateau, n'est-ce pas ? l'interroge le médecin.

Nicolas fait oui de la tête.

– Pas comme le commandant. Il a été le premier à partir, à ce qu'on dit.

Sa voix est sèche.

– Il sera la honte de notre pays pendant des années. Vingt personnes sont mortes cette nuit, et une cinquantaine de passagers sont portés disparus. Il voulait frimer devant le Gallo Nero, s'en rapprocher le plus possible.

Un autre journaliste survolté survient, brandissant une caméra.

– Nicolas Kolt ! Vous étiez à bord ? Dites-nous ce qui s'est passé.

Doit-il raconter qu'il est monté sur le bateau et qu'il a désespérément tenté de sauver une vieille dame, en vain ? Que le visage de cette vieille dame le hantera jusqu'à sa mort ?

– Non, je ne suis pas Nicolas Kolt, fait-il en congédiant le journaliste d'un geste.

– C'est vrai que vous lui ressemblez, à l'écrivain, remarque le docteur. Ma femme et mes filles ont adoré ce livre. Et le film aussi.

Nicolas ne répond pas. La blessure sur son menton lui fait mal.

En haut sur la terrasse, un groupe de journalistes est occupé à installer des projecteurs et une caméra. Il reconnaît Lily, toujours dans sa robe de soie et de gaze chiffonnée. Elle parle dans un micro, mime l'ascension de l'échelle de corde avec les mains. Les reporters l'écoutent, captivés. Nicolas imagine d'ici les gros titres. « L'HÉROÏNE DU *SAGAMOR* : une courageuse héritière sauve trois personnes la nuit du mariage de sa sœur. »

Ses yeux le ramènent au bateau. Comment ne pas le regarder ? Des plongeurs à bord de canots à moteur tournent au ralenti. À eux la tâche macabre de remonter les corps à la surface. Tous ces biens emprisonnés dans ses flancs. Il en dresse mentalement la liste. Bagages, vêtements, argent, ordinateurs, caméras, livres, lettres, bijoux, souvenirs, tout cela à jamais perdu. L'énorme quantité de nourriture va pourrir sous l'eau, la pollution de milliers de litres de carburant envahir lentement les magnifiques fonds marins.

– Vous êtes sûr que ça va ? redemande le médecin en le dévisageant. Je devrais peut-être vous examiner.

Nicolas est emmené sous une tente voisine, on l'allonge sur une civière. On lui prend sa tension, lui éclaire l'intérieur de la gorge, les oreilles. Des mains expertes lui palpent l'estomac et le torse avant de bander ses blessures.

Nicolas se sentirait presque bien ici, si ce n'était ce chagrin qui lui ronge le cœur. Par l'ouverture de la tente, il voit encore l'épave, dans toute son horreur. Il y a peut-être des passagers vivants, quelque part, coincés dans des poches d'air, comme ces survivants que l'on extrait miraculeusement des décombres plusieurs jours après un séisme. Il pense à ceux qui attendent, qui n'ont pas encore eu de nouvelles de leurs proches, ceux qui ne sont même pas au courant, qui n'ont pas vu ces images incroyables à la télévision, ceux qui ne savent pas encore que la mort va frapper à leur porte, quand le téléphone sonnera.

Épuisé, il somnole. Quand il rouvre les yeux, le soleil est au zénith. Il est midi passé. À l'extérieur de la tente, l'activité bourdonne toujours. Des rescapés sont installés un peu partout. Certains mangent des sandwiches, d'autres pleurent, ou dorment, recroquevillés sous des parasols.

Avec précaution, Nicolas remonte dans sa chambre sur ses pieds bandés. Tout est tiré à quatre épingles. Ses vêtements ont été déballés, ses affaires de toilette disposées à l'identique dans la salle de bains. Des roses de jardin odorantes près du lit. Une coupelle de raisin frais sur la table basse. Comme si rien ne s'était passé. Mais quand il jette un coup d'œil par la fenêtre, la silhouette effrayante du navire n'a pas disparu. Des foules de gens continuent de prendre des photos. Des policiers les dispersent avec fermeté. Il regarde.

Le téléphone sonne. La réception. Il a des messages. Plusieurs personnes ont tenté de le joindre : Emma Duhamel, Malvina Voss, Alice Dor. Il devrait les appeler. Elles sont inquiètes, toutes, parce que son portable ne répond pas et qu'elles ont vu les images angoissantes à la télévision.

Mais au lieu de passer des coups de fil, il prend son carnet de notes et son stylo à la plume d'or. Le premier et le seul mot qu'il y inscrit est « Natacha ».

Nicolas redescend, son carnet dans la poche. Il comprend qu'il ne peut se détourner longtemps du *Sagamor*, ni s'empêcher de subir son attraction terrifiante ; et même si cette vision lui agresse les yeux, il veut le regarder, encore et encore.

Une tape sur l'épaule. C'est Lily, en jeans et T-shirt. Son visage démaquillé se révèle étonnamment joli.

– Te voilà! Hey, super-héros!

Elle le prend dans ses bras, presse son corps osseux contre le sien.

– Je me faisais tellement de souci pour toi! Je croyais que tu étais resté coincé sur le bateau! Tu l'as sauvée, cette dernière personne?

– Non, s'étrangle-t-il.

Lily se plaque la main sur la bouche.

– Oh! pourquoi?

Nicolas sent un poids lui comprimer la poitrine.

– Elle n'a pas voulu.

L'insupportable vision de Natacha face à la mort le fait trembler des pieds à la tête.

– Merde, c'est trop triste, souffle-t-elle en l'étreignant une nouvelle fois. J'aurais dû rester avec toi. À nous deux, on aurait pu la sortir de là.

Il réussit à ajouter :

– Elle était russe. Elle s'appelait Natacha. Et elle ne voulait pas être sauvée.

– Mais pourquoi?

– Je ne sais pas.

– Tu pleures, murmure Lily. Ça va?

La tristesse jaillit en lui d'un endroit fermé, oublié, elle prend racine au cœur d'une émotion dont il a tout fait pour se protéger. Par-delà la tête de Lily, il voit l'épave. Natacha. Наташа. Son visage las tourné vers lui dans la lumière verdâtre, sa beauté digne, la bravoure de son dernier sourire. Quelle était l'histoire de Natacha?

Était-ce la première fois qu'elle venait en Italie? Avec qui? Elle ne faisait probablement pas cette croisière seule. Pourquoi avait-elle été abandonnée? Était-elle trop épuisée pour bouger? Et si c'était autre chose? Une raison plus profonde, plus terrible? Une autre explication, secrète, qui lui aurait ôté toute envie de vivre? Quelque chose qu'elle aurait compris, enfin, et qui l'aurait tétanisée, obligée à rester là, prise au piège, alors que la mort, lentement, rampait sur son corps usé? La décision de Natacha libérait des questions tout au fond de lui, auxquelles Margaux Dansor avait répondu à sa place, par sa propre destinée, mais pas la sienne.

– Tu vas écrire sur tout ça, hein? chuchote Lily.

Il ne répond pas et préfère la serrer contre lui. Son étreinte est réconfortante et amicale. Nicolas en est conscient, il va devoir s'aventurer dans un puits de souffrance, raviver la douleur secrète de Natacha et son propre échec à la sauver. Retrouver sur son chemin le tourment silencieux qu'il a déjà affronté à la mort d'Alexeï et de son père. Revivre l'atrocité de leur même fin, tous deux engloutis par les flots. Les portes closes sur tant d'énigmes, il va devoir les ouvrir, une à une. Saint-Pétersbourg l'attend. Retour dans la famille Koltchine. Retour rue Pissareva, sur la Fontanka, à Volkovo, en compagnie de Lizaveta Sapounova. Mais aujourd'hui, l'histoire de Natacha est venue tisser d'autres fils dans ce canevas personnel, le parer de nouvelles couleurs, enrichir sa texture. Maintenant, Nicolas discerne clairement son prochain livre, comme il avait vu la piste illuminée de *L'Enveloppe*. L'histoire est là, elle l'attire comme l'éclosion blanche des fusées de détresse dans le ciel noir, comme la longue échelle de corde vers le pont supérieur du *Sagamor*. Pour écrire son roman, Nicolas sait qu'il devra tremper sa plume dans l'encre russe.

Remerciements

Par ordre alphabétique :
Elisabeth Barillé, ma « sœur russe », pour avoir été mes yeux à Saint-Pétersbourg avant mon arrivée
Julien B., pour avoir répondu à quelques questions bizarres
Elena Boudnikova, mon guide russe
« Momo » Cohen-Solal, pour les précisions sur les cigares
Abha Dawesar, pour ses impressions
Julia Delbourg, pour les informations sur la khâgne
Dagmar Hunold, pour m'avoir gentiment prêté son nom (sans le T)
Ksenia, mon professeur de russe, pour sa patience
Caroline Mathieu pour son aide précieuse
Laure du Pavillon et Catherine Rousseau-Rambaud, mes fidèles premières lectrices

Mais aussi :
Ma famille russe, Natalia, Anka, Volodia et leurs enfants, pour leur accueil et pour nous avoir emmenés sur la piste de Tatoulia et Natacha à Saint-Pétersbourg
La merveilleuse équipe d'EHO

Et merci par-dessus tout à :
Mes enfants, Louis et Charlotte, pour leur soutien sans faille
Nicolas, mon mari, qui m'a donné la clé de Manderley

Achevé d'imprimer
sur Roto-Page
par l'Imprimerie Floch
à Mayenne, en mars 2013.
Dépôt légal : mars 2013.
Numéro d'imprimeur : 84311.

Imprimé en France